KAHRAMAN TAZEOĞLU

# Aşkla Kal

DESTEK YAYINLARI: 627
EDEBİYAT: 244

AŞKLA KAL / KAHRAMAN TAZEOĞLU

Her hakkı saklıdır. Bu eserin aynen ya da özet olarak hiçbir bölümü, yayınevinin yazılı izni alınmadan kullanılamaz.

*İmtiyaz Sahibi:* Yelda Cumalıoğlu
*Genel Yayın Yönetmeni:* Ertürk Akşun
*Yayın Koordinatörü:* Özlem Esmergül
*Editör:* Devrim Yalkut
*Kapak Tasarım:* İlknur Muştu
*Sayfa Düzeni:* Cansu Poroy
*Sosyal Medya Yöneticisi – Menajer:* Zeynep Demirkaya

Destek Yayınları: Ocak 2016
Yayıncı Sertifika No. 13226

ISBN 978-605-311-057-6

© Destek Yayınları
Abdi İpekçi Caddesi No. 31/5 Nişantaşı/İstanbul
Tel. (0) 212 252 22 42
Faks: (0) 212 252 22 43
www.destekdukkan.com
info@destekyayinlari.com
**facebook**.com/DestekYayinevi
**twitter**.com/destekyayinlari
**instagram**.com/destekyayinlari
www.destekmedyagrubu.com

Deniz Ofset – Nazlı Koçak
Sertifika No. 40200
Maltepe Mah. Gümüşsuyu Cad.
Odin İş Mrk. B Blok No. 403/2
Zeytinburnu / İstanbul

*Aşkla Kal*

**Kahraman Tazeoğlu'ndan**

"Blue Escape Diving" Bodrum ekibi Erkan Atamer,
Uğur Özçayır, Bilge Mete ve Evren Sürücü'ye...
Dalış hocam Can Gümüşsoy'a...
Sualtı sahnelerinde bana ilham kaynağı olan kardeşim
Ayhan Tazeoğlu'na teşekkürlerimle...

# Birinci Bölüm

Soyunma odasında saklanıyordu. Uzunca bir süre dışarıdaki seslerin kesilmesini bekledi. Beklediği an geldiğindeyse, usulca çıktı saklandığı yerden. Gizlenerek kapalı yüzme havuzuna doğru yöneldi. Parmaklarının ucunda yürüyordu. Kimse onu görmemeliydi. Bir kişiye bile yakalansa bütün plan mahvolabilirdi. Havuzun diğer ucunda, "Herkes çıktı mı?" diye seslenen dalış hocasını gördü. En yakın paravanın arkasına saklandı aceleyle. Ona yıllardır dalış eğitimi veren hocası kuşkulu gözlerle baktı etrafa. Sanki bir ses duymuştu.

"Derya?" diye seslendi havuzun öte yanına doğru. Derya, nefesini tutarak saklandığı yerden sessizce hocasını izledi. Yakalanma korkusu, kalbinin gümbür gümbür atmasına neden oluyordu.

Bir süre etrafına bakınan hoca, içeride kimsenin kalmadığına kanaat getirince, havuzun büyük kapısını kilitleyip çıktı. Rahat bir nefes almıştı Derya. Paravanın arkasından çıkarak, tedirgin adımlarla havuza doğru yürüdü. Çocukluğundan beri bildiği bu büyük olimpik havuzun yüksek duvarlarına baktı. On metre kadar yukarda küçük pencereler vardı. Pencerelere bakınca havanın kararmak üzere olduğunu gördü. Acaba biraz daha oyalanıp, karanlığın iyice çökmesini mi beklemeliydi?

O kadar sabrı yoktu. Bir an önce bitirmeliydi bu işi. Üzerindeki havuz bornozunu çıkarınca, vücudunu sımsıkı saran mavi-siyah dalış elbisesiyle kaldı. Uzun sarı saçlarını toplayıp, deniz mavisi gözleriyle kronometresini kontrol etti. İlk defa böyle bir şey yapacaktı. Her an yakalanabilirdi. Havuzun suya inen merdivenine oturdu. Vücudunun yarısı suyun içindeydi. Etrafa son bir kez göz gezdirip, dalış kronometresine tekrar baktı. Kalp atışları hâlâ hızlıydı. Yavaşlamasını beklemesi gerekiyordu. Eğer bu şekilde dalarsa ciğerlerinin daha fazla oksijene ihtiyacı olacaktı.

"Sakin olmalıyım... Sakin olmalıyım..." diye tekrar ediyordu içinden.

Her dalış öncesi yoga yapan Jacques Mayol geldi aklına. Keşke onun kadar derin bir konsantrasyon sağlayabilmeyi başarabilseydi. Belki o zaman daha fazla kalabilirdi suyun altında... Her dalış öncesi mutlaka Jacques Mayol'u düşünürdü Derya. Ona özenir, onun gibi olmak isterdi hep. Hayatının iki kahramanından biriydi o...

Jacques'ı düşünmek onu iyiden iyiye rahatlattı. Kalp atışları yavaşlamıştı. Artık başlayabilirdi. Derin bir nefes alıp suya bıraktı ince bedenini. Kronometresi çalışmaya başlamıştı bile. Hocası orada olsa buna kesinlikle müsaade etmezdi biliyordu. Zaten bu yüzden gizli yapıyordu.

Çok hırslı bir dalgıçtı Derya. Dünya şampiyonasına hazırlanıyordu ve hocasıyla her gün yaptıkları çalışmalar artık ona yetmiyordu, daha iyisi olsun istiyordu. Hocası ona yeteri kadar çalıştığını, daha fazlasının kendisine zarar vereceğini söylese de kendisi buna inanmak istemiyordu. İçindeki dünya rekoru aşkı, ona bu tip hatalı işler yaptırıyordu.

Suyun altına gireli iki dakika olmuştu. Gözü kronometresindeydi. Suyun onu yüzeye çıkarmasına mâni olmak için bir eliyle merdivenin son basamağına sıkıca tutunmuştu. Kendini çok zorlayacak, sualtında kalabildiği kadar kalacaktı.

Dalmak büyük bir tutkuydu Derya için. Hatta bir yaşam biçimi... Kendini ancak derin sularda mutlu hissediyordu. Babasının etkisiyle küçük yaşta bu spora başlamış ve genç milli takıma kadar yükselmişti. Bugünlere gelene kadar birçok başarı elde etmiş, özellikle üniversite yıllarında okulun serbest dalış takımında birçok başarı elde etmişti. Üç yıl üst üste birincilik elde etmek hiç de kolay değildi.

Şimdi ise tek istediği, dünya dalış şampiyonu Şahika Ercümen'in 91 metrelik dünya rekorunu geçmek, ülkesine bu alanda dünya rekoru kazandıran ikinci sporcu olmaktı.

Kolundaki kronometreye baktı. Suyun altına gireli dört buçuk dakika olmuştu. Ciğerleri zorlanmaya başlamıştı. Ama vazgeçmeyecekti. Gözünü kronometresinden ayırmıyordu.

"Biraz daha, biraz daha..." diyordu içinden. Başı dönüyordu. Gözleri kararmaya başladı. Çok zorlamıştı kendini.

Dayanabileceği son noktanın eşiğindeydi. Dakikalar ilerliyordu. Hayaller görmeye başladı. Suyun içinde uçan mavi kuşlar geçiyordu gözünün önünden. Elini uzatıp tutmak istiyordu kuşları. Dört bir tarafını küçük mavi kuşlar sarmıştı. Ne kadar da büyüleyici bir görüntüydü. Suda uçan mavi kuşlar...

Gözleri daha da kararıyor, karanlık bir dehlizin içine doğru sürükleniyordu sanki. Derin bir kuyunun içinden tiz sesler geliyordu kulağına. Ne olduğunu anlayamadığı sesler bir uğultu halini aldı. Bedeninin yavaş yavaş suyun üstüne doğru yükselmeye başladığını fark etti. Tuttuğu merdiveni bıraktığının farkında bile değildi. Bilinci iyice bulanıklaşmıştı. Ciğerleri ha patladı ha patlayacaktı. Gözlerinin önünden çocukluk yılları geçiyordu. Babasını suyun altında ilk gördüğü o an, sığ sularda yaptıkları alıştırmalar hayalindeydi şimdi. Birden babasının çatılmış kaşlarıyla, "Hemen sudan çık Derya!" diye bağırışı geldi gözünün önüne. Bayılmadan önce gördüğü son hayalse, kuşların arasından ona doğru uzanan bir eldi. Ambulansta da yanındaydı o el.

"Yaşayacaksın, yaşayacaksın denizkızım!" diyen hocasının eliydi...

\*\*\*

Gözünü açtığında bir hastane odasındaydı. Evet, yaşıyordu. Hocası yatağın hemen yanında duran sandalyede oturuyordu. Uyandığını fark etmemişti Derya'nın. Odaya bakındı sakince. İşaretparmağına takılı olan mandal şeklindeki bir alet doğrudan yanı başında duran ekrana bağlıydı. Ekrandaki grafik nabız atışlarını gösteriyordu. Başı çatlayacak gibiydi. Beyninin içinde koca bir kazan vardı sanki. Diğer koluna takılı olan serumu fark etti sonra. Koluna giden plastik hortumun içinden damarına doğru süzülüyordu serum damlacıkları...

Hocasına dönüp, "Özür dilerim hocam" dedi kısık bir sesle.

Hocası hemen yerinden fırladı ve elini tuttu Derya'nın.

"Ah benim denizkızım. Neden yaptın bunu?"

Hocası ona hep "denizkızım" derdi. Derya, mahcubiyetinden gözlerine bakamıyordu hocasının. Yaşı elliye dayanmış, saçları erken yaşlarda kırlaşmış bu adam babasının en güvendiği insandı. Bu yüzden giderken kendisini ona emanet etmişti.

Yüzünde yaşadığı heyecanın izleri duruyordu hâlâ. Bakışlarını üzerini örten beyaz çarşafa devirdi Derya. Hiçbir şey söyleyemedi. Yaptığının affedilebilir bir yanı yoktu.

"Birkaç saniye daha geç kalsam ölüyordun denizkızım. Diğer öğrencilerin arasında göremeyince seni, geri döndüm. Sudaki kabarcıkları fark etmesem şimdi burada olamayacaktın. Çok şükür son anda çıkarıp aldım seni" dedi.

Derya, kayıtsızca dinliyordu hocasını. Kafasındaki tek soru, olaydan ailesinin haberinin olup olmadığıydı. Annesi ve babası böyle bir şeyi duysa, dünyaları başlarına yıkılırdı herhalde.

Tam o sırada, genç bir çocuk Derya'nın yattığı özel hastanenin kapısından hızla girdi içeri. Danışmaya yaklaşıp, "Derya Öztürk hangi odada yatıyor acaba?" diye sordu. Görevli önündeki deftere bakıp oda numarasını söyledi.

Koridorunu hızlı ve telaşlı adımlarla yürüyen delikanlı, yüzündeki kaygı ve endişeyle girdi odaya. Göz göze gelir gelmez rahat bir nefes aldı. Derya'nın nişanlısı Ömer'di bu. Yataktaki nişanlısına eğilerek sarıldı.

"Haber alır almaz koşa koşa geldim aşkım. Nasıl yaptın bunu anlamıyorum" dedi sarılırken. Sonra hocayı fark etti.

"Merhaba Mehmet Hocam... Kusura bakmayın, telaşımdan selam veremedim" dedi ve elini sıktı hocanın.

"Önemli değil" dedi Mehmet Hoca soğuk bir tavırla.

"Ben sizi yalnız bırakayım."

Ömer'le yıldızı bir türlü barışmamıştı Mehmet Hoca'nın. Onu ilk gördüğü günden beri kanı hiç ısınmamıştı. Kötü biri değildi aslında Ömer. Hatta hocaya karşı çok da saygılıydı. Ama Mehmet Hoca bu saygının Derya'dan dolayı göstermelik bir saygı olduğunu düşünüyordu. Derya'yı kızı gibi gördüğünden, ona hep daha iyilerini yakıştırıyor ve sahip çıkıyordu.

Ömer, varlıklı bir aileden geliyordu. İzmirli bir armatörün tek çocuğuydu. Yirmi altı yaşındaydı. Lükse düşkün, altı ayda bir araba değiştiren, bir giydiğini bir daha giymeyen, baba parasıyla büyüyen tipik bir zengin çocuğuydu. Kitap bile okumazdı ve dalış sporuyla da tek ilgisi Derya'ydı. Uzun boylu ve yakışıklıydı. Simsiyah gür saçları, her daim bronz olan buğday bir teni ve kopkoyu mavi gözleri vardı. Geniş omuzlara sahip olduğundan giydiği her şey çok yakışıyordu. Vücudunun fit görünmesine fazlasıyla önem verirdi. Yediklerine çok dikkat eder, formunu hep korurdu. Sporla uğraşmamasına rağmen, atletik bir vücuda sahipti. Sahip olduğu zenginliği her fırsatta belli ederdi. Mehmet Hoca arkasından sık sık "Zengin züppe işte ne olacak!" diye söylenir, fakat Derya'nın hatırına onu sevmediğini belli etmemeye çalışırdı. Derya bu durumun farkındaydı aslında ve içten içe üzülüyordu bu duruma.

Derya'ya dönerek, "Doktorlardan bilgi almaya gidiyorum denizkızım. Bakalım ne zaman taburcu edecekler?" dedi ve kapıya yöneldi.

Tam çıkmak üzereyken tekrar geri döndü ve "Ha bu arada annenle babana haber vermedim telaşlanmasınlar diye. Öyle hemen uçak bulup da gelemezler ta Amerika'dan. Artık çok önemli bir sorun da yok zaten" dedi ve dışarı çıktı.

Odanın kapısı kapanınca Derya Ömer'in gözlerine bakarak, "Kimden öğrendin aşkım?" diye sordu.

"Telefonun cevap vermeyince merak ettim. Havuzun güvenliğini aradım. Onlar da bana olanları anlattı. Doğruca koşup buraya geldim."

Ömer bunları anlatırken yatağından çıkmıştı Derya. Bir daha sarıldılar. Sanki uzun zamandır birbirlerini göremeyen sevgililer gibi, yüzlerindeki manayı okumaya çalıştılar. İki çift mavi göz buluştu soğuk hastane odasında. Ömer, artık yüzünün her santimini ezbere bildiği sevgilisini uzun uzun seyretti, uzun sarı saçlarını okşadı. Neredeyse takma kirpik gibi duran upuzun kirpiklerine, adeta bir yayı andıran kaşlarına, mavinin bin bir tonunu içinde barındıran iri gözlerine hayranlıkla baktı. Yüzünün tam orasında bebek burnu gibi duran küçücük burnunu, öperken başını döndüren dolgun ve biçimli dudaklarını uzun uzun izledi. Sol eliyle adeta kopacakmış gibi duran incecik belini kavrayıp kendine doğru çekti. Bedenini bedenine sıkıca bastırdı. Sağ elini bebek teni gibi duran pürüzsüz yanağında gezdirdi. İkisinin de gözlerinden aşk akıyor, kalpleri aşkla çarpıyordu. Hızlanmıştı nefesleri. Tek beden olmuşlardı sanki. Tam o sırada oda kapısı açıldı ve Mehmet Hoca girdi içeri. Karşılaştığı manzarayı görmezden gelmeye çalıştı. Kafasını diğer tarafa çevirerek konuşmaya başladı.

"Evrakın hazır Derya... Birazdan doktorun gelip son kez kontrol edecek seni."

Derya çok utanmıştı. Yanakları kıpkırmızı oldu. Böyle bir durumda yakalanmak istemezdi hocasına ama olan olmuştu bir kere.

\*\*\*

Taburcu işlemleri çok uzun sürmedi. Yarım saat sonra hastanenin kapısındaydılar. Hoca, yanlarından ayrılmadan önce Derya'ya üç gün antrenman yapmayacaklarını, evde çok iyi dinlenmesi gerektiğini sıkı sıkıya tembih etti. Ömer, Derya'yı evine kendi bırakmak istedi. Mehmet Hoca'ya teşekkür edip ayrıldılar.

Kapıda pahalı bir cip onları bekliyordu. Yol boyu konuştular. Ömer, Derya'dan bir daha böyle bir şey yapmaması için aşkları uğruna yemin etmesini istedi. Konu aşk olunca geriye kalan her şey ikinci plandaydı Derya için.

Aşkı adına yemin etti. Bir daha yapmayacaktı. Eve geldiler. Ömer, ona yukarı kadar eşlik etti.

"İstersen yanında kalayım bir süre?"

"Hayır aşkım gerek yok, iyiyim. Senin işlerin vardır git" dedi Derya. Kapıda öpüşüp ayrıldılar.

Salonun penceresinden Ömer'e el salladı. Sonra denizi izledi uzun uzun. Evinin manzarası muhteşemdi. Babası Moda'nın denize bakan en güzel evlerinden birini almıştı ona. Bu evde tek başına yaşıyordu. Ailesi Amerika'daydı. Annesi Amerikalı, babası Türk'tü. Çok önemli bir ortak yanları vardı; ikisinin de en sevdiği spor yüzmekti. Bu yüzden Derya dünyaya gelir gelmez kendini suda buldu. Babası ve annesi kızlarının iyi bir yüzücü olmasını istiyordu. Ve denizi çok sevmesini... Bu yüzden adını Derya koydular.

Onun kaderi doğumundan itibaren şekillenmişti. Ailesini hiç şaşırtmadı Derya. İyi bir yüzücü, iyi bir dalgıç oldu. İlk profesyonel dalışını babasıyla yapmıştı. O günden sonra dalmak onun için bir tür aşka dönüştü. En çok babasıyla dalmayı seviyordu.

Babası Hint ve Pasifik okyanuslarının derinliklerini araştıran, dünyanın en modern araştırma gemisi RV *Sonne*'de görev alan bir bilimadamıydı. Annesi ise New Orleans'ta bir kolejde yüzme öğretmeni...

Kendini yorgun hissediyordu Derya. O akşam erkenden yattı.

\*\*\*

Ertesi sabah Ömer çaldı kapıyı. Elinde bir demet çiçek ve fiyonkla süslenmiş bir DVD film vardı. Önce çiçekleri uzattı.

"Bunlar geçmiş olsun çiçekleri."

Derya'nın maviş gözleri ışıl ışıl olmuştu. Büyük bir özenle aldı kırmızı gülleri.

"Aşkım çok incesin. Çok teşekkür ederim" dedi.

"İçeri gel. Ben bunları suya koyayım."

Çiçekleri görünce DVD'yi unutmuştu Derya. Ömer, yabancısı olmadığı evin salonuna geçti. Bu sabah çok neşeliydi Derya. Dünkü olaydan iz bile kalmamış, sanki her şey bir günde unutulmuştu. Mırıldandığı şarkı salonda oturan Ömer'in kulağına dek geliyordu.

Evin birçok yerinde Ömer'in aldığı küçük hediyelerden vardı. Salon ve Derya'nın odası çeşitli deniz kabuklarıyla süslenmişti. Odanın duvarları turkuvazdı. İnsan kendini bu evde denizdeymiş gibi hissediyordu. Evin çeşitli yerlerini süsleyen biblolar ve resimler hep denizle ilgiliydi.

Ömer'in oturduğu koltuktan ardiye odası görünüyordu. Evin tek dağınık yeri burasıydı. Derya'nın dalış kıyafetleri, oksijen tüpleri, paletleri ve dalış için gerekli olan ne varsa bu odadaydı. Ömer, her seferinde bu odanın dağınıklığından yakınır, Derya ise, "Aradığım her şeyi anında bulabildiğim bir yerin dağınık olması dert değil, konfordur" diyerek kendini savunurdu.

Oturduğu koltukta birazdan ona vereceği filmin kapağına bakıyordu Ömer. İçeriden seslendi Derya.

"Kahvaltı ettin mi aşkım?"

"Hayır aşkım. Seninle yaparız diye düşündüm."

"Tamam o zaman hayatım. Çiçekleri halleder etmez kahvaltıyı hazırlıyorum." Derya tam sözünü bitirmişti ki arkasına dönüp baktığında mutfak kapısına yaslanmış kendisini seyreden Ömer'le göz göze geldi. Ömer, Derya konuşurken sessizce gelmiş, mutfak tezgâhına yaslanıp çiçekleri vazoya yerleştiren nişanlısını hayranlıkla izlemeye başlamıştı. Tencereden yansıyarak, Derya'nın yüzünü aydınlatan sabah aydınlığı, duru güzelliğini iyice açığa çıkarmış, Ömer ise bu güzelliğin çağrısına kapılı bir halde onu doya doya seyretmişti. Gözleri yukarıdan aşağıya kadar vücudunu süzmüş, yaşadığı heyecan nefesini kesmişti. Üzerindeki beyaz kısa saten sabahlığın omuz askılarından biri düşmüştü. Omuz başlarının yuvarlaklığı Ömer'in avuç içini bekler gibiydi sanki. Beline kadar uzanan dalgalı sarı saçları bel boşluğunda Derya hareket ettikçe bir salıncak gibi salınıp duruyordu. O kadar inceydi ki beli yüzmekten genişleyen omuzlarını olduğundan daha da geniş gösteriyordu. Kısa sabahlık sütun gibi görünen uzun ince bacaklarını iyice açığa çıkarmıştı. Tanrı'nın bir kadına verebileceği en güzel bacaklardı bunlar. Mankenlere taş çıkartacak kadar muhteşem vücut ölçüsüyle inanılmaz bir dişiydi nişanlısı. Yalınayak mutfak taşlarına basan küçük ve zarif ayaklarını, narin parmaklarını ve şirin topuklarını izledi uzun uzun.

Ömer'in kendisini hayranlıkla izlediğini gören Derya, yüzüne yayılan mutlu tebessümle işini yapmaya devam etti. Gülleri vazoya yerleştirme işi bitince çocukluğundan beri sabah akşam içmekten vazgeçmediği sütü ocağa koydu. Ömer'in birazdan ona sessizce sokulup arkadan sarılacağını, boynunu öpmeden önce koklayıp, "Süt kokulu sevgilim benim" diyeceğini adı gibi biliyordu.

Sabah akşam süt içen birinin teninin süt kokmaması imkânsızdı. Bu yüzden Ömer ona süt kokulu sevgilim derdi hep. Daha önce de birçok defa bu evde aynı sahneler yaşanmış, devamındaysa ocakta kaynamakta olan süt taşmıştı. Yine öyle oldu.

***

Kahvaltıdan sonra Moda sahiline inmeye karar verdiler. Derya'nın evi sahile çok yakındı. Evden tam çıkacakken hediye olarak getirdiği DVD'yi verdi Ömer.

"Eve dönünce bunu tekrar izlemeye ne dersin aşkım?"

CD'nin üzerindeki afiş kapağını görür görmez bir çığlık attı Derya. En sevdiği filmdi. Defalarca seyretmiş olmasına rağmen, yine defalarca seyredebilirdi bu filmi. Luc Besson'un unutulmaz filmi...

Derya'nın doğumundan üç yıl önce, 1988 yılında gösterime girmişti bu film. Annesi ve babası bu filmin oynadığı Kadıköy Süreyya Sineması'nda tanışmışlardı. Derya'nın babası Aldora'yı görür görmez ondan etkilenmişti.

Kalabalık ve çok neşeli bir grubun içindeki tek yabancıydı Aldora. Arkadaşları ona İstanbul'u gezdirirken, iyi bir yüzücü olan Aldora'nın mutlaka bu filmi izlemesi gerektiğine karar verip onu sinemaya getirmişlerdi. Aldora, neredeyse hiç Türkçe bilmiyordu. Arkadaşları sürekli olarak ona bir şeyler anlatıyordu. Derya'nın babası ise çaktırmadan onlara kulak misafiri olup, ne dediklerine dikkat kesiliyordu. İleri derecede İngilizce bildiği için Aldora'ya söylenen her şeyi ve onun verdiği tüm cevapları anlayabiliyordu.

Türkiye'ye gezi amaçlı gelmişti bu kız ve birkaç gün sonra ülkesine dönecekti. Tam bir Türkiye âşığıydı. Kitaplardan okuyup fikir sahibi olduğu bu ülkeyi yakından tanımak için gelmiş ve daha önceden mektuplaştığı Türk arkadaşlarıyla buluşmuştu. İki hafta olmuştu geleli.

Derya'nın babası, film arasında elinde bir patates cipsi ve kolayla Aldora'nın yanına gitmiş, "Sizin kültürünüzü bir de burada denemek ister misiniz?" diyerek elindekileri Aldora'ya uzatmıştı.

Kızcağız tam alacakken geri çekip elini uzatarak, "Merhaba, adım Özgür" demiş ve balıklama atlamıştı mevzua. Bu girişe herkes çok gülmüş, hemen kaynaşılmış, hatta sinema sonrası hep birlikte yemeğe gidilmişti.

İşte böyle başlamıştı Aldora ile Özgür'ün hikâyesi. Birbirlerine deli gibi âşık olmuşlar, Aldora Amerika'ya dönmeden önce de aralarında sözlenmişlerdi. Takip eden yaz ayındaysa evlenip Aldora'nın ailesinin isteği üzerine Amerika'ya yerleşmişlerdi.

Özgür'ün en büyük hayali bir gün ülkesine dönüp olimpik yüzme havuzu olan bir yüzme okulu açmaktı. Bunun için Amerika'ya gider gitmez para biriktirmeye başlamıştı bile. Her şey çok çabuk ve çılgınca olmuştu.

Bu yüzden Derya için çok önemliydi bu film. Orijinal ismi *Le Grand Bleu*'ydu. Türkçeye *Derinlik Sarhoşluğu* olarak çevrilmişti. Birbirlerini çocukluklarından beri tanıyan iki rekortmen dalgıcın hazin hikâyesini anlatıyordu film. Enzo ve Jacques'ın hikâyesiydi bu.

Derya, filmdeki Jacques'a hayrandı. Onu hep babasına benzetirdi. İkisinin fotoğrafını yan yana koysalar ikiz gibi dururlardı. Derya'nın hayalinde onun gibi bir dalgıç olmak vardı hep. Bu yüzden dalmadan önce Jacques'ı düşünür, daha iyi konsantre olurdu.

Derya, filmi defalarca seyretmesine rağmen, Ömer'le ancak iki kez izleyebilme şansı yakalayabilmiş, fakat her ikisinde de bu uzun filmin ilk saatinde Ömer uyuyakalmıştı. Derya, filme kendini o kadar kaptırmıştı ki ancak 2 saat 43 dakika sonra, filmin bitmesiyle birlikte Ömer'in uyuduğunu fark edebilmişti. Çünkü o filmi izlerken, değil Ömer'le konuşmak, su bile içmiyor, gözünü ekrandan ayırmıyordu. Bakalım bugün, sahil yürüyüşü sonrası filmi sonuna kadar birlikte izleyebilecekler miydi?

Moda sahilinde el ele yürüyüp gelecek günlerinden bahsettiler. Bu güzel kızla yakışıklı erkek sahilde yürüyüş yapan herkesin dikkatini çekiyordu. Yeryüzünde birbirine bu kadar yakışan başka bir çift yok gibiydi sanki. Derya, sürekli Sicilya'da gerçekleşecek olan Dünya Serbest Dalış Şampiyonası'ndan söz ediyordu. Ömer ise babasının gemilerinden ve şirketin yeni yapacağı yatırımlardan... Geleceğe dair planları birbirinden çok farklıydı aslında. Ama ikisi de karşı tarafın planlarına saygılıydı.

En iyi ortak yanlarından biri sahil yürüyüşleriydi. İkisi de çok hoşlanırdı bundan. Eğer denizi görebiliyorsa, her zamankinden daha mutlu olurdu Derya. Bunu iyi bilen Ömer, onu hep denizi gören yerlere götürürdü. Onun bir yunus gibi yüzdüğünü söylerdi hep. Ama Derya, denizkızına benzetilmekten hoşlanırdı. Şu anda onu en çok üzen şeyse, üç gün antrenman yapamayacak olmasıydı. Yürüyüş boyunca bu üç günün nasıl geçeceğini sorguladı durdu Derya.

Yürümekten yorulunca deniz kenarındaki kayalara oturdular. Rüzgâr, Derya'nın sarı saçlarını savuruyordu. Ufka bakıyordu Derya. Kendine "Neden suyun içinde değilim?" diye sorar gibiydi. Sonra dönüp Ömer'e, "Çalışmadan bu üç günü nasıl geçireceğim aşkım?" diye sordu.

"Bir tanem bunu bu kadar düşünme. Virgül koydun farz et. Üç gün sonra başlayacaksın işte. Hem bu üç gün boyunca hep yanında olacağım. Babamla da konuştuk. Şirkete gitmeyeceğim."

"Teşekkür ederim aşkım çok iyisin ama biliyorsun Sicilya'ya hazırlanıyorum ve bu üç gün benim için altın değerinde. Keşke yakalanmasaydım."

"Âlemsin aşkım ya! Keşke yapmasaydım diyeceğine, keşke yakalanmasaydım diyorsun. Az daha ölüyordun!"

Bu cevaba biraz bozuldu Derya. Ama belli etmedi nişanlısına.

"En azından iyi bir sebebim vardı."

Derya'nın bu yanıtından sonra sessizce onu seyretti Ömer. Derya'nın gözü ise denizdeydi. Ömer'e dönüp, "Yaşamak için sebebi olmalı insanın. Senin yaşamak için sebeplerin varsa, benim de var" dedi ve tekrar denize baktı.

Derin bir iç çekip devam etti sonra.

"Filmde Jacques'ın sevgilisine verdiği cevabı hatırlıyorsun değil mi?"

Ömer bir an utandı. Başını öne eğdi. Hatırlamıyordu. Durumu anladı Derya. Yine sitem dolu konuştu.

"Doğru tabii. Nerden hatırlayacaksın? Benim en sevdiğim, içimdeki dalış aşkını en iyi anlatan filmi hiçbir zaman o sahnesine kadar izlemedin ki... Hep uyuyakaldın. Ben hep seninle başlayıp, sensiz bitirdim o filmi."

Bu sitem epey ağır olmuştu. Suçluluk hissediyordu Ömer. Gerçekten de bir kere bile sevdiceği ile birlikte sonuna kadar izleyememişti o filmi. Onun için ne kadar önemli olduğunu bildiği halde, uykusuna yenik düşmüştü. Filmin çok uzun bir film olması bahane değildi. Yüzü kızardı. Derya, onu anlamışçasına elinden tutup muzipçe gülümsedi.

"Olsun. Ben yine de anlatayım o sahneyi sana..." dedi.

Rahatlamıştı Ömer. Can kulağı ile dinledi.

"Jacques'ın sevgilisinin dalmakla ilgili sorusuna verdiği bir cevap var. 'En kötüsü de ne biliyor musun?' diyor Jacques. 'Diptesin ve yukarı çıkmak için iyi bir sebebe ihtiyacın var. Bazen o sebebi bulmakta zorlanıyorum.' İşte bu cevabı veriyor sevgilisine Jacques. Benim de daldıktan sonra çıkmak için iyi bir sebebe ihtiyacım var Ömer. Mesele dalmak değil, çıkmak."

Hüzünlendi Derya. Bir duygudan başka bir duyguya geçmişti. Biraz daha sokuldu Ömer'e. Başını göğsüne koydu ve "Anlasana be adam! Benim çıkmak için tek bir sebebim var. O da sensin. Seni seviyorum..." dedi.

İkisi de duygulanmıştı. Ömer daha da sıkı sarıldı ona. Sonra eve dönüp filmi izlediler. Ve Ömer film bitene kadar uyumadı.

\*\*\*

Filmi ilk defa sonuna kadar izleyen Ömer, ertesi gün bir plan hazırladı. Sabah uyanır uyanmaz soluğu Derya'da almıştı. Akşama kimseye söz vermemesi gerektiğini, ona bir sürprizi olduğunu söyledi. Derya şaşırmıştı. Ömer arada bir çeşitli sürprizler yapardı ama bu seferki biraz farklıydı galiba... Gün boyu birlikte vakit geçirdiler. Akşama doğru, "Hadi gidiyoruz" dedi Ömer. Derya nereye gideceklerini sorunca, "Sürprize" dedi. Birlikte çıktılar evden. Ömer bu sürpriz konusunda çok ketumdu bu sefer. Hiç açık vermedi. Moda'da kendi oturduğu evden bir kilometre kadar ilerdeydi Ömer'in evi. Ailesiyle yaşıyordu. Daha önceden de birçok kez gidip, müstakbel kayınvalidesi ve kayınpederiyle birlikte vakit geçirdikleri eve doğru yürüdüler. Derya, "Size mi gidiyoruz Ömer?" diye sorunca gülümsedi nişanlısı.

"Evet, bize gidiyoruz aşkım" dedi içinden taşan bir mutluluk ve heyecanla.

Kapıya geldiklerinde hâlâ nasıl bir sürpriz hazırlandığını anlamaya çalışıyordu Derya. İçeri girdiler. Ömer, Derya'nın arkasına geçti ve gözlerini kapattı.

"Ne oluyor Ömer, yine neyin peşindesin?" diyerek kıkırdadı Derya. Ömer, hiç cevap vermeden onu salona doğru yönlendirdi. Evde Derya'ya çok tanıdık gelen bir koku vardı. Bir sos kokusuydu bu.

Ömer salona girdiklerinde "Sürpriiiz!" diyerek ellerini gözlerinden çekti Derya'nın. Derya, neye uğradığını şaşırmıştı. Karşısında 15-20 kişi vardı, hepsi de en sevdiği arkadaşlarıydı. Bir kutlama olduğu besbelliydi ama doğum gününe daha çok zaman vardı.

Şaşkın gözlerle arkadaşlarına bakıyordu. Herkesin elinde yemek tabakları ve çatal vardı. Tam o sırada elinde kocaman bir tencereyle Ömer'in annesi girdi içeri. Tıpkı *Derinlik Sarhoşluğu* filmindeki Enzo'nun annesi gibi giyinmişti. İçinden buharlar çıkan tencereyle birlikte gülümseyerek masaya yürüdü. Masada az önce kokusunu duyduğu makarna sosları duruyordu. Kocaman tencerenin içi ağzına kadar makarnayla doluydu.

Derya anlamıştı. O mutluluk ve heyecanla Ömer'e hiçbir şey söyleyemedi. Teşekkür edebildi sadece.

Ömer, filmi sonuna kadar seyrettiği ve Derya'nın da makarnayı ne kadar çok sevdiğini bildiği için, sevgilisinin büyük bir iştahla seyrettiği o unutulmaz "makarna partisi" sahnesini aynen yaşatmak ve sürpriz yapmak istemişti.

Annesi ve ortak arkadaşlarıyla konuşmuş, herkese "Akşam Derya'ya Makarna partisi yapacağız" demişti. Ve sürprize uygun olsun diye annesi dahil herkesten filmdekiler gibi giyinmelerini rica etmişti.

Bu bir makarna partisiydi ve geç saatlere değin herkes, çatlayana kadar makarna yiyecekti. Öyle de oldu. Tabakların biri doldu biri boşaldı. O günü hiç unutmadı Derya.

Böyle bir sevgilisi olduğu için kendini şanslı hissediyordu. Ömer'e olan aşkı daha da büyüyordu.

Ömer aylar sonra daha büyük bir sürpriz yaptı ona. Bir doğum günü sürpriziydi bu. Takvimler 15 Mart 2015 Pazar gününü gösteriyordu. O gün Derya'nın yirmi dördüncü yaş günüydü. Ömer, nişanlısının doğum gününü unutmuş gibi davranıyordu. Derya bunu çok inandırıcı bulmamıştı. Altından mutlaka bir şey çıkacaktı ama sürprizlerle dolu bu adamın neyle karşısına çıkacağını da pek kestiremiyordu doğrusu...

Günlerden pazar olmasına rağmen, Ömer telefonda şirkette çok acil olağanüstü bir gündemle toplantı yapılacağını, kendisinin yönetim kurulu başkan yardımcısı olarak babasıyla birlikte mutlaka o toplantıya katılması gerektiğini, toplantıları biter bitmez onu arayacağını söylemiş ve aceleyle kapamıştı telefonu. Bunun altında bir bit yeniği olduğunu sezmişti Derya. Yine de bozuntuya vermedi.

Saat altıda tekrar aradı Ömer.

"Aşkım ancak bitti toplantı. Kafam davul gibi... Ne olur kusura bakma."

"Önemli değil aşkım."

"Önemli olmaz olur mu aşkım? Bugün senin doğum günün ve ben bu berbat toplantı yüzünden senin yanına gelemedim."

"Olsun hayatım. Bugünü unutmaman bile bana yetiyor."

"Aslında bir parti vermeyi düşünüyordum ama olmadı işte. Bari baş başa bir sinemaya gitsek ne dersin?"

"Olur aşkım sen nasıl istersen."

"Çok seveceğini düşündüğüm bir film gelmiş. O filme seni götürmek istiyorum. 19.30 matinesi için yer ayırttım. Yarım saate kadar gelir alırım seni."

Telefonu kapattıktan sonra isteksiz bir biçimde hazırlanmaya başladı Derya. Yarım saat sonra ise kapıda hazır bekliyordu Ömer. Elinde bir demet çiçek vardı. Sevgi dolu gözlerle Derya'ya uzattı. "Doğum günün kutlu olsun aşkım" dedi. Çok mutlu oldu Derya. Derin bir nefes çekerek kokladı gülleri ve sımsıkı sarıldı Ömer'e. Ömer'in arabasına binip sinemanın yolunu tuttular. Daha vakitleri vardı. Acele etmediler. Yolda hangi filme gideceklerini sordu Derya. Ömer, sürpriz bir film olduğunu, çok seveceğini söyledi.

Sinemaya geldiklerinde o hafta sinemanın nostalji haftası yaptığını ve bu haftanın nostaljik filminin *Derinlik Sarhoşluğu* olduğunu görünce sevinçten havalara uçtu Derya. Bir kez daha sarıldı nişanlısına. Çok seviyordu onu. Bu kadar ince ve nahif olması, Derya için bulunmaz bir şanstı. Defalarca "Seni seviyorum" dedi Ömer'e...

Karanlık salona girdiklerinde sinemada 25-30 kadar seyirci olduğunu gördüler. Oturacakları yer en arkadaydı. Koltuklarına kurulup, reklamların bitmesini beklediler. Ve film başladı...

Ezbere bildiği sahnelere her defasında ilk defa görüyormuş gibi bakıyordu Derya. Yüzünde mutlu bir gülümseme vardı. Bir eli Ömer'in elindeydi. Nasıl da güven veriyordu ona...

Başını Ömer'e yaslayıp filmi izlemeye devam etti. Defalarca seyretmiş olsa da sinemada seyretmek başka bir keyifti bu filmi... Filmin en sevdiği sahnelerinden biri de kameranın denizin yüzeyinde süratle seyrettiği sahneydi. İşte şimdi o sahne başlamıştı. Filmi ilk defa bir sinema salonunda seyrettiğinden olsa gerek, sanki o sahne biraz değişmiş gibi geldi Derya'ya. Kamera birazdan karaya varacaktı. Vardı da... Ama bir değişiklik vardı kameranın açısında. Ustaca bir montajla başka bir sahne eklenmişti filme. Kamera karaya varır varmaz sahilde vizöre bakan bir çift göründü. Halbuki o sahnenin devamı böyle değildi. Kafasını yavaşça Ömer'in omzundan kaldırıp, iyice odaklandı o sahneye. Bir tuhaflık vardı evet. Ömer'e döndü. Ömer, gayet normal bir şekilde filmi izliyordu. Zaten bu değişikliği fark etmesine de imkân yoktu çünkü zaten bir kere izlemişti bu filmi sonuna kadar.

Kamera sahildeki çifte yaklaştığında, gözlerine inanamadı Derya. Kameraya gülümseyen bu çift, Derya'nın annesiyle babasıydı.

"İyi ki doğdun yavru vatanım. Doğum günün kutlu olsun" dedi babası.

Babası ona hep "yavru vatanım" derdi. Annesi İngilizce kutladı doğum gününü. Aynı anda kameraya el salladılar. Şaşkınlıktan dili tutuldu Derya'nın. Ömer'e döndüğünde kendisine gururla gülümsediğini gördü. Meğer her şey önceden tasarlanmış bir kurguymuş. Ömer'in bu sürprizi Derya'nın hayatı boyunca unutamayacağı bir güzellik olarak hafızasında yer edecekti. Gözleri dolarak sarıldı Ömer'e...

"Biliyordum, biliyordum..." dedi hıçkırıklara boğularak. "Bir sürpriz hazırladığını biliyordum. Ama bu kadarını asla tahmin edemezdim aşkım." Öpücüklere boğdu sevgilisini.

Bu sırada beyazperdede film akmaya devam ediyordu. Birden ışıklar yandı ve salondaki 25-30 kişilik izleyici kitlesi, yanlarında getirdikleri kukuletalarını takıp, ellerinde hediyelerle hep bir ağızdan "İyi ki doğdun Derya!" diye doğum günü şarkısı söylemeye başladı. İkinci şaşkınlığını yaşıyordu Derya. Çünkü sinemadaki herkes, onun en sevdiği arkadaşlarıydı. Hepsi yerlerinden kalkıp Derya'yı tebrik etmek için sıraya girdi. Derya, "Çok kötüsünüz, size inanmıyorum. Hepinizi çok seviyorum serseriler!" diyebildi sadece. Sevinç gözyaşları süzülüyordu yanağından.

Hep birlikte salondan çıktılar. Ama sürpriz daha bitmemişti. Ömer, onu sinemanın bekleme salonuna doğru yönlendirdi. Biraz önce sıradan bir bekleme salonuyken, şimdi eğlenceli bir parti salonuna dönüşen sinemanın bekleme salonuna şaşırarak baktı Derya.

Ortada palet şeklinde dev bir pasta vardı ve pastanın üzerinde "İyi ki daldın Derya" yazıyordu. Artık şaşkınlıktan ne diyeceğini bilemiyordu Derya. Derinlik sarhoşu değildi ama mutluluk sarhoşu olduğu kesindi. Uzun süre unutmayacaktı bugünü...

***

Derya, dalış hocasıyla çalışmalarına aralıksız devam ediyordu. Sicilya'daki yarışma onun için çok önemliydi... Babası bu yarışma için maddi manevi her türlü desteği sağlıyordu kızına. Masraflı bir spordu dalmak. Türkiye ve dünya rekortmeni Şahika Ercümen'in 91 metrelik dünya rekorunu mutlaka geçmesi gerekiyordu. Babasına verebileceği en iyi hediye bu olacaktı.

Çocukluğundan beri onu en mutlu eden şey, babasını gururlandırmaktı. Yüzmeyi ve dalmayı ondan öğrenmiş, üzerine kendi yeteneğini de ekleyerek tam babasının istediği gibi bir sporcu olmuştu. Ama şimdi daha fazlası gerekiyordu. Adını tarihe altın harflerle yazdırmak istiyordu Derya. Üniversite yıllarında sayısız başarılar armağan etti babacığına. Babası hayatı boyunca kızıyla gururlandı hep. Aralarında çok güçlü bir bağ vardı onların. Tam bir baba kız aşkı yaşıyorlardı.

Türkiye'ye dönerken çok zor ayrılmıştı babasından. Havaalanında dakikalarca boynuna sarılmış, gitmek istememişti. Ağlamamak için zor tutmuştu kendini. Kendini sıkmasa, bir bıraksa sağanak gibi dökülecekti gözyaşları ama bunu yapamazdı; çünkü söz vermişti babasına. Onun yanında ağlamayacak ve babacığını üzmeyecekti.

Derya, daha sekiz yaşındayken babasıyla vardıkları bir anlaşmaydı bu. Ve Derya en son sekiz yaşındayken ağlamıştı babasının yanında. Hiç unutmuyordu o günü. Babasının çok sevdiği fotoğraf makinesini yanlışlıkla kırmış ve ağlamaya başlamıştı. Babası yanına geldiğinde önce Derya'ya, sonra fotoğraf makinesine bakmış ve kızına, "Sakın ağlama Derya!" diye bağırmıştı.

Buna rağmen Derya, hıçkıra hıçkıra ağlamaya devam etmişti. Babası bir kere daha uyarmış ve "Ağlama kızım!" diye yüksek sesle bağırmıştı. Derya iyice korkmuş ve daha çok ağlamaya başlamıştı. O an babasının neden fotoğraf makinesini kırdığını sormayıp ağlamaması gerektiğini anlayamamıştı. Babası kızına sımsıkı sarılıp ağlamaya başladığında anladı babasının neden öyle bağırdığını.

"Sakın ağlama kızım, yoksa ben de ağlarım" diyerek ağlıyordu babası. Koca gövdesi sarsılıyordu adamın. Babasının bu halini görünce susmuştu Derya.

"Benim ağlamamı istemiyorsan sakın ağlama kızım" diyordu durmadan. Derya o gün babasına söz vermişti. Bir daha onun yanında hiç ağlamayacaktı. Bazı babaların, küçük kızlarının gözyaşlarında boğulabileceğini o gün öğrendi. Ve bir daha onun yanında hiç ağlamadı.

"Bana gözyaşlarını değil, mutlu gülümseyişlerini ver" dedi babası...

Nasıl ki babası kızının acısıyla daha fazla acılanıyorsa, onun mutluluğuyla da çok mutlu oluyordu. Bu yüzden Sicilya'daki yarışma, babasına sunacağı mutluluk çok önemliydi onun için. Tabii ki annesi de bununla çok gurur duyacaktı. İkisini birbirinden asla ayırmıyordu. Annesi de dünyanın en iyi annelerinden biriydi ama babası aşkı, ilk tanıdığı erkeğiydi Derya'nın.

Nasıl ki bebekler doğduklarında ilk olarak annelerini hisseder, hatta onları kendilerinin bir uzantısı olarak görürse, Derya da tüm bu süreçten geçmişti. Çünkü o annenin içinden çıkmıştı. Anne ile arasında semiyotik bir ilişki vardı. Baba ise dışarıdaydı. Biraz yabancıydı. Kendinin olmayan bir parça gibiydi. Annede huzur vardı, babada ise gerçeklik. Zamanla babadaki güç ve koruyuculuk Derya'nın dört beş yaşlarında ilgisini ona yöneltmiş, anneyi rakip olarak görmeye başlamış, babadan kıskanmış, birlikte uyumalarına engel olmaya çalışmıştı. Hatta bir keresinde babasıyla evlenmek istediğini bile söylemişti. Babanın anlayışlı ve koruyucu tavrı zamanla taşların yerine oturmasını sağlamış ve sağlıklı bir baba kız ilişkisine dönüşmesine yardımcı olmuştu. Değişmeyen tek şey ise; babaya olan hayranlık ve bilinmeyen, görülmeyen, bilinç yüzeyine çıkmamış baba aşkıydı.

Sonraki yıllarda Derya farkında olmasa da hayatına giren erkeklerde hep baba modelini aramaya başlamıştı. Bu yüzden bir iki ilişkisi hüsranla sonuçlandı. Karşısına babası gibi onu sevecek, şefkat gösterecek anlayışlı ve zeki bir erkek çıkmamıştı.

Agresif bir baba değildi Derya'nın babası. Hiçbir zaman da olmadı. Sesindeki sakinlik ve huzur, en telaşlı anlarda bile paniklemeyen yapısı çok etkiliyordu Derya'yı. Eğer sinirli bir baba olsaydı, bu sinir patlamaları zamanla normal bir davranış gibi gelmeye başlayacaktı Derya'ya. Sonrasında ise hayatına giren erkekler agresif davranmadığında o erkeği kendisine sahip çıkmamakla, umursamamakla suçlayacaktı. Çok şükür böylesi bir durum yoktu ortada.

Ömer, bu forma kısmen de olsa uyuyordu. Derya'yı çok seviyor, ona sahip çıkıyor, koruyucu ve kollayıcı oluyordu. Çok fazla ortak paylaşımları olmasa da Derya'nın yaptığı işe saygı duyuyor, ona elinden geldiğince destek olmaya çalışıyordu.

Fakat yine de eksik olan bir şey vardı ve bu eksiğin ne olduğunu bilmiyordu Derya. Belki de kendisindeydi...

Ömer'de noksan bulduğu şeylerle değildi derdi. Onu babasına benzetmeye çalışmasındaydı galiba eksiklik. Antrenman sonrası yine Ömer'le buluştular. Doğum günü sürprizinin üzerinden on beş gün geçmiş olmasına rağmen Derya'nın gündeminde hâlâ aynı konu vardı. Ömer'e durmadan bu sürprizi nasıl hazırladığını soruyordu. Ömer ise hazırlıkların aylar öncesinden başladığını, müstakbel kayınvalidesi ve kayınpederiyle irtibata geçip, onlardan isteğine uygun bir video çekip göndermelerini rica edişini, görüntüleri profesyonel bir montajcı aracılığıyla filme eklettiğini, sinema salonunun ayarlanmasını ve arkadaş çevresindeki herkesi o güne hazırladığını keyifle anlattı.

Ömer'i dinlerken yüzünde mutlu bir tebessüm oluşuyordu Derya'nın. Daha sonra konu evlenecekleri güne geliyordu. Sicilya dalışı biter bitmez hemen evlilik hazırlıklarına başlayacaklardı. Balayı için gidecekleri ülkeyi bile seçmişlerdi.

Derya, hemen hamile kalmak istemiyordu. O yüzden çocuk meselesi hep ötelendi konuşmalarında. Bir müddet daha dalış sporuyla uğraşmak, hatta mümkünse yeni rekorlar kırıp ondan sonra bu sporu bırakmaktı niyeti. İlerleyen yıllarda annesi gibi çocuk doğuracak, hocalık yapıp, yeni rekortmenler kazandıracaktı ülkesine...

***

Nisan yağmurları başlamıştı İstanbul'da. Havanın bir açıp bir kapadığı günlerdi. Yaz, gelişini müjdelemekte biraz kararsızdı bu yıl. Artık kapalı havuzlarda çalışma yapmaktan sıkılan Derya, bir an önce yazın gelmesini istiyor, açık denizlerde dalış yapmak için sabırsızlanıyordu.

Babası Pasifik Okyanusu'ndaki görevinin ardından yeni bir araştırma için Akdeniz'e açılmadan önce, Türkiye'de dalış teknesi olan bir arkadaşından, teknesini Sicilya rekor denemesi öncesinde iki aylığına Derya için istemiş, arkadaşı da bu isteği memnuniyetle yerine getirebileceğini söylemişti. Bu ricadan bir hafta sonra ise tekne Moda Koyu'ndaki yerini almış, tüm ekip ve ekipman Derya'nın ve hocasının emrine sunulmuştu. Mayıs ayının sonuna kadar onlarındı tekne.

Derya çok mutluydu. Bir an önce tekneyle açılmak ve hocasıyla denizdeki çalışmalarına başlamak istiyordu. Ama önce denizin elverişli hale gelmesi ve sağanak yağışların hafiflemesi gerekiyordu. Fırtınalı bir deniz, çalışmaları zorlaştırabilirdi.

O gün Derya babasının yaptığı bu iyilik için ona telefonda dakikalarca teşekkür etmiş, kendisine bir rekor armağan ederek bu iyiliğin karşılığını vereceğini söylemişti. Babası buna çok gülmüş ve "Ben karşılık istemiyorum yavru vatanım, senin mutluluğun benim hayatımın karşılığıdır zaten" demişti.

Babasının bu sözünü hiç unutmamıştı Derya. O gece yatağında sabaha kadar dua etmiş, "Allahım beni bensiz bırak ama babamsız bırakma, ben onsuz yaşayamam" demişti.

İyi ki o vardı hayatında... Çok özlemişti onu. O gece babasına duygu dolu, kısa bir mesaj attı:

*"Babalar kızlarının kalbine ölene kadar sevgi tohumu eken beyaz saçlı bahçıvanlardır..."*

\*\*\*

Nisan'ın 16'sıydı. Hava iyiden iyiye düzelmiş, artık denize açılma zamanı gelmişti. Derya, sabahın erken saatlerinde hocasıyla birlikte geldi dalış teknesine... Altı kişilik mürettebat onları hazır bir şekilde bekliyordu. Tekneye biner binmez çalıştırdılar motoru. Büyükada açıklarına doğru yol aldılar.

Dalacakları mevkie ulaştıklarında ekip, dalış derinliğine göre tutunma halatını suya indirirken Derya da dalgıç kıyafetleriyle güvertede konsantre oluyordu. *Derinlik Sarhoşluğu*'ndaki Jacques Mayol'un dalmadan önce uyguladığına benzer bir meditasyonla çalışıyordu. Babasının küçükken ona öğrettiği teknikleri bir bir aklından geçiriyordu. O kadar yoğunlaşmıştı ki etrafındaki sesler yavaş yavaş duyulmamaya başladı.

Tüplerini takan iki dalgıç suya girdi önce. Onlar Derya'nın ineceği derinliğe önceden inip onu bekleyeceklerdi. Güvenli bir dalış olacaktı. Artık hazırdı herkes. Geri sayım başladı. Önce derin bir nefes, ardından kısa kısa üç nefes daha çekerek kendini suya bıraktı. Tek nefeste 50 metreye inecekti.

"Hadi benim denizkızım" dedi hocası, tekneden sulara gömülen Derya'ya bakarken.

Suyun altında farklı derinliklerde iki dalgıç hazır bekliyordu. Ekibin diğer kısmı teknede tüm önlemleri almıştı. Herkes ne yapacağını çok iyi biliyordu. Mehmet Hoca'nın gözü kronometreden bir saniye bile ayrılmıyordu. Derya, özel yapım monofin paletiyle bir denizkızı gibi baş aşağı doğru süzülüyordu derin maviye. Gerçi dünya rekoru için değişken ağırlıkla, ip destekli, paletsiz dalacaktı ama bunlar alıştırmaydı.

Sarı saçları suyun içinde ağır çekim bir ahenkle dans ediyordu. Halattan tutuna tutuna hedeflediği derinliğe doğru ilerliyordu Derya. Hayalinde babasıyla yaptığı dalışlar vardı. O görüntüler geçiyordu aklından. Birlikte yapılan dalış sonrası hedefe varmanın mutluluğu ve yüzlerdeki gülümseyiş. Suyun içinde gülümsemeyi babasından öğrenmişti o.

Aşağıdaki dalgıçların oksijen tüplerinden çıkan hava kabarcıkları, Derya'nın yüzünü yalayarak yukarı doğru yükseliyordu. 25. metrede halatın hemen yanında bekleyen ilk dalgıcı gördü Derya. Bu yolu yarılamak anlamına geliyordu. Ciğerlerinin durumu gayet iyiydi. Geri dönüş için nefesindeki rezerv ona rahat rahat yetecek gibi görünüyordu. İlk dalgıçtan "okey" işaretini alarak devam etti inişine. Nefesini dikkatli kullanmayı iyi biliyordu Derya. Yaptıkları çalışmalarda buna çok dikkat ediyordu hocası.

"Sakın hızlı hareket etme ve heyecanlanma; ciğerindeki havayı çabuk tüketirsin" diyordu.

Suya ilk dalışında masmavi olan görüntü yavaş yavaş koyuluğa bırakıyordu yerini. Dibe doğru kararan bu görüntü her zaman ürpertirdi Derya'yı. Aşağıda onu bekleyen ikinci dalgıcın tüpünden çıkan kabarcıklar, yüzünün yanından geçmeye devam ediyordu. Üzerinde ağırlık olmadan tüpsüz dalmanın en keyifli yanı bu diye düşündü Derya. Kendini daha özgür hissediyorsun. Ama her özgürlüğün bir bedeli var. Bunun bedeli ise nefesini tutabildiğin sürece suda kalabilmek. Yani çok sınırlı bir zaman...

Büyük bir kararlılıkla ulaştı 50 metreye. Hiç zorlanmadı. Aşağıda bekleyen dalgıçlar ona eskortluk yaparken yine aynı kararlılıkla çıktı yüzeye. Kafasını suyun üzerine çıkarır çıkarmaz hocası arka arkaya uyardı onu. "Derya nefes al, Derya nefes al, Derya nefes al."

Derya, hemen hemen her gün saatlerce antrenman yapıyordu. Dalış mesafesini 72 metreye kadar çıkarmıştı. Her gün biraz daha zorlanıyor ama vazgeçmiyordu. Hedefi 91 metreyi geçmekti.

Çalışma zamanlarında kendini dış dünyaya kapatırdı Derya. Bu durumdan da en çok Ömer şikâyetçi olurdu. Denizde olduğu zamanlarda ona ulaşamazdı. Telefonda biriken çağrılara saatler sonra dönerdi Derya. Önce biraz atışırlar ama sonra tatlıya bağlarlardı.

Derya, Ömer'e bu rekorun onun için ne kadar önemli olduğundan bahsederdi hep. Ömer ise kendini bu kadar yıpratmaması gerektiğini, bu yoğun antrenmanlardan dolayı başına bir şeyler gelmesinden korktuğunu söylerdi. Sonra işin içine babasını sokunca Derya, Ömer'e çok da söyleyecek söz kalmazdı.

***

Günler günleri, haftalar haftaları kovaladı. Mayısın sonlarıydı. Ve tabii ki Derya'nın o tekneyle yapacağı çalışmaların da... Teknenin geri gidecek olması üzüyordu onu. Fakat yapacak bir şey yoktu. Süre dolmuştu. Çalışmalarına yine havuzda devam edeceklerdi. Haziran, temmuz ve ağustos ayı böyle geçecekti. Belki artık kapalı havuzlarda değil de açık havuzlarda çalışacaklardı ama bu yine de Derya'ya yetmeyecekti. Bu yüzden üzgündü. Bu arada yoğun çalışmalardan sonra onu en sevindiren şey, 89 metreye kadar inebilmiş olmasıydı. 91'i geçmeye az kalmıştı.

Teknenin geri gidişine en çok Ömer sevindi. Artık nişanlısını daha çok görebilecekti. Öyle de oldu. Artık daha sık görüşüyorlardı. Ama Derya'nın aklı hep denizdeydi. Gece birlikte eğlenmek için dışarı çıktıklarında Derya ne Ömer'le ne de grup arkadaşlarıyla mutlu olabiliyordu. Durumun farkına varan Ömer artık bir gerçeği kabullenmek zorundaydı; ne yaparsa yapsın Derya'yı mutlu edemeyecekti. Onu hayallerine kavuşturması gerekiyordu. Hemen bir plan hazırladı.

Yine arkadaşlarıyla eğlendikleri bir gecenin sonunda eğlence mekânından çıkıp Ömer'in arabasına binmişlerdi. Derya her zamanki gibi mutsuz görünüyordu. Ömer, onu güldürebilmek için türlü şakalar yapsa da nafileydi. Derya'nın evinin önüne geldiklerinde tam arabadan inecekken gülümseyerek kolunu tuttu Ömer.

"Aşkım senden yarın için bir kahvaltı sözü istiyorum."
"Elbette aşkım. Ne zaman istersen..."
"O halde yarın sabah dokuzda sendeyim."
"Tamam hayatım."
"Gelirken getirmemi istediğin özel bir şey var mı?"

"Hayır. Neden böyle imalı sordun?"
"Ben gelirken yanımda özel bir şey getireceğim de..."
"Yaaa... Neymiş o söyle?"
"Sürpriz."
"İpucu ver."
"Cebe sığacak kadar küçük ama seni mutlu edecek kadar da büyük bir şey."
"Aşkım yüzük falansa biz zaten nişanlıyız" dedi gülerek. Ömer de kahkahayla cevap verdi.
"Biliyorum aşkım. Öyle bir şey değil. Yarın görürsün. Hadi iyi geceler."

Çok meraklanmıştı Derya. Gece boyu bu sürprizin ne olduğunu düşündü. Kim bilir yine nasıl bir plan hazırlamıştı bu deli çocuk...

Sabah erkenden kalkıp, buzdolabına baktı. Evdeki kahvaltılık malzemeler zengin bir kahvaltı için yeterli değildi. Hemen marketin yolunu tuttu. Kucak dolusu alışveriş yaptı. Gelirken köşedeki çiçekçiden renkli çiçekler almayı da ihmal etmedi. Mükellef bir sofra hazırlamak istiyordu.

Bembeyaz masa örtüsünü serdikten sonra vazoya yerleştirdiği çiçekleri özenle masaya koydu. Bir çırpıda hazırlanmıştı kahvaltı. En son Ömer'in Sevgililer Günü'nde kendisine armağan ettiği oyuncak ayıyı da masanın tam orta kısmına koyunca eksik hiçbir şey kalmadı. Tam bu sırada çaldı kapı.

Masayı görünce Ömer'in gözleri parladı.
"Vay vay vay... Aşkım ben kıyamam bu masada kahvaltı etmeye."

"İkimize de yakışacağını düşündüm aşkım."
"Benim zarif sevgilim. Harikasın sen."
Derya'ya sarıldı ve öptü. Sonra masaya oturdular. Kahvaltı bitip sıra kahveye geldiğinde balkona geçtiler. Fondaki Moda sahili manzarası eşliğinde yudumladılar kahvelerini.
"Eeee aşkım?" dedi Derya.
Ömer istifini bozmadan, "Ne esi aşkım?" diye karşılık verdi.
Derya kaşlarını çattı. "Bilmem... Dün birileri bir sürprizden bahsediyordu. Hani beni çok mutlu edecek bir sürpriz..."
Keyiflenmişti Ömer ve oyunu biraz daha uzatmak istiyordu. "Yaa kimmiş o sürprizci?" dedi bıyık altından gülerek.
"Hatırlamana yardımcı olayım aşkım" diyerek sandalyesinden kalktı, mutfak çekmecesine yöneldi Derya, "Birazdan bizim bay sürprizci kötü bir sürprize kurban gidecek" dedi ve çekmeceden en büyük bıçağı alarak Ömer'in üstüne doğru yürümeye başladı.
"Aşkım hiç şakadan anlamıyorsun sen" diyerek alttan almaya başladı Ömer. Ayağa kalktı, sevgilisinin elindeki bıçağı aldı, dudaklarına bir öpücük kondurarak elini cebine soktu ve iki uçak bileti çıkardı. Derya, şaşkın bir halde biletlere ve Ömer'e bakıyordu.
"Nedir onlar aşkım?" diye sordu merakla.
Ömer hınzırca yanıt verdi.
"İki kişilik uçak bileti... Nasıl olsa tekne yok artık. Tatile gidiyoruz. Hem de nereye biliyor musun?"

Yüzündeki şaşkınlık ve mutluluk karışımı ifadeyle "Nereye?" diye sordu Derya.

"Flying Fish'e" diye cevap verdi Ömer. Derya Flying Fish'i duyar duymaz büyük bir çığlık atıp yerinde zıplamaya başladı. Hem gülüyor, hem çığlık atıyor, hem de Ömer'in boynuna sarılıp sarılıp onu öpüyordu. Ömer de onun sevincine eşlik ediyor ve ona ayak uydurmaya çalışıyordu.

"Gel şöyle otur deli kız" dedi kolundan tutarak.

"Deniz dalışı yapamadığın zamanlarda ne kadar üzgün olduğunu görünce böyle bir tatil planlamak geldi aklıma. Bunun sana çok iyi geleceğini düşündüm. Kaş'ın en iyi otellerinden birinde kalacağız. Dilediğin zaman Flying Fish'e gidip dalabileceksin. Oteli tam bir aylığına tuttum aşkım."

"Ömer gerçekten çok iyisin. Şu anda ne diyeceğimi bilemiyorum. Anlayışın ve sevgin, bana verdiğin değer... Babamdan sonra en sevdiğim erkeksin."

Yüzünde mutlu bir gülümseme, gözünde düşmeye hazır gözyaşları vardı. Ömer, yüzünü avuçlarının arasına aldı ve mavi gözlerine baktı.

"Ben o deniz gözlerin için her şeyi yaparım. Yeter ki ıslanmasınlar."

O an karşısında babasını görür gibi oldu Derya.

\*\*\*

Uçaktan iner inmez havaalanındaki acentelerden birinden hemen bir cip kiraladı Ömer. Öğle güneşi yakıp kavuruyordu ortalığı. Kalacakları otele doğru yola koyuldular. Üç saat sonra otelin taş binasının önündeydiler. Girişte "Villa Hotel Tamara" yazıyordu. Çok güzel bir otele benziyordu burası. Resepsiyondaki işlerini halleder etmez en üst kattaki odalarına çıktılar. Ömer, otelin süitini tutmuştu. Onları kocaman bir salon ve yerlere serpilmiş gül yaprakları bekliyordu. Odanın tam ortasında kocaman bir yatak vardı. Yatağın dört tarafı tavandan yere kadar uzanan turkuvaz tüllerle çevriliydi. Derya, büyük bir hayret ve beğeniyle odayı inceliyordu. Yerler açık renk özel bir mermerle kaplanmıştı. Odanın yüksek sayılabilecek duvarları beyaza boyanmış, turkuvaz mavisi ile mükemmel bir uyum sağlamıştı.

"Aşkım burası çok güzel" dedi Derya hayranlıkla.

Ömer, valizleri açmaya başlamıştı bile. "Buranın en iyi oteli..." dedi. Derya, deniz manzaralı balkona yöneldi. Çok büyük bir balkon olmamasına rağmen, iki geniş koltuk ve bir küçük sehpa rahatça sığdırılabilmişti. Balkon korkuluklarına dirseklerini dayayıp, mavi gözleriyle önünde uzanan masmavi denizi izlemeye başladı. Mavi, maviye bakıyordu şimdi.

Balkonun hemen altındaki havuza ve havuzun kenarındaki palmiye ağaçlarına baktı. Az ötede tahta döşemeler üzerine yerleştirilmiş şezlonglar ve sarı renkte güneş şemsiyeleri vardı. Deniz onu çağırıyordu. Ama önce duş yapmalıydı. Yol yormuştu biraz.

İçeri girip Ömer'in valizlerden çıkan eşyaları yerleştirmesine yardım etti. Kısa sürede tüm eşyalarını yerleştirdiler. O sırada odanın telefonu çaldı. Resepsiyondan arıyorlardı. Aşağı inmesi gerektiğini söyledi Ömer. Onları yarın dalışa götürecek dalış ekibinden birileri gelmişti.

Banyoda genelde western filmlerinde kullanılan türden büyük bir küvet vardı. Küveti suyla doldurmaya başladı Derya. Tam karşısında deniz manzaralı kocaman bir pencere duruyordu. Küvet dolarken soyunmaya başladı. Yarın yapacağı dalışın heyecanı vardı içinde.

Az sonra çırılçıplak kalmıştı. İncecik ve zarif vücudunu ılık suya bıraktı. Küvetin arkalığına yaslanıp, karşısındaki pencereden görünen deniz manzarasını izlemeye başladı...

***

Ertesi gün, sabah erkenden kalktılar. İlk geceleri çok rahat geçmişti. Bölgeyi çok iyi bilen dalış ekibi kıyıda onları bekliyordu. Ömer, ilk defa sevdiceğinin dalışına eşlik edecekti. O da çok heyecanlıydı. Birlikte tekneye bindiler. Dalış ekibi güler yüzle karşıladı onları. Dalış yerine doğru harekete geçtiler.

Dalacakları yerin adı Flying Fish'ti. Kaş açıklarında, Yunanistan'a ait olan Meis Adası yakınlarında bir yerdi burası. Türk karasularına dahil olduğu için orada dalış yapmaları ulusal bir sorun oluşturmuyordu. Derin bir dalış noktasıydı. Her dalgıcın mutlaka dalmak istediği, hayallerini süsleyen bir yerdi. Derya'nın Flying Fish dendiğinde bu kadar sevinmesinin nedeni de buydu işte. Hayallerinden birine kavuşmuştu çünkü... Sualtı görüş mesafesinin her zaman 30 metre olduğu bu dalış noktasının en mükemmel yanıysa 65 metre derinlikte dalgıçları bekleyen bir enkaz olmasıydı.

İkinci Dünya Savaşı'nda o noktaya düşen üç motorlu bir İtalyan keşif uçağı, onu ziyarete gelen dalgıçlara ev sahipliği yapıyordu. Zor ve akıntılı bir bölge olmasına rağmen, birçok dalgıç o batığı görmek için 65 metreye kadar iniyordu. Ama o derinliğe tüpsüz inen ilk dalgıç, Derya olacaktı.

Tüm hazırlıklar tamamlandıktan sonra Derya dalışa geçti. Güvenlik için iki yanında onunla birlikte dibe doğru inen tüplü dalgıçlar vardı. Ömer, sevgilisini yukarıda ama denizin içinde bekliyordu. Şnorkel ve maskeyle suyun üstünde, sevgilisinin dibe doğru salınışını hayranlıkla izlemişti.

Derya, uçları kalp şeklinde olan özel yapım monofin paletiyle adeta bir denizkızını andırıyordu. Dibe doğru inişine devam ederken hemen yanından geçen lagos ve orfoz balıklarını ilgiyle izledi. İlk defa görüyordu onları.

Uçak enkazına yaklaştığında ise oraya önceden dalıp, uçak enkazını inceleyen dalgıçların yanından süzülerek geçti ve sırf muziplik olsun diye onlara el salladı. Şaşkınlıktan neredeyse küçükdillerini yutacak hale gelen dalgıçlar, gözlerine inanamamıştı. Hayal gördüklerini düşünüyorlardı.

Bu derinlikte tüpsüz bir kadın dalgıç oralarda olamayacağına göre, bu gördükleri kesin bir denizkızıydı... Dalgıçlardan biri gördüğü manzara karşısında ağzı açık kalınca mapsının kenarından ağzına su girdi. Derya ise babasının ona öğrettiği gülüşle geçip gitti yanlarından.

Binlerce balığa ev sahipliği yapan uçak enkazına baktı kısa bir süre. Sonra ona eşlik eden dalgıçların uyarısıyla geri dönüş için yüzeye doğru çıkmaya başladı. Aşağıdaki dalgıçlar şoke olmuş bir biçimde arkasından bakıyorlardı hâlâ...
Ömer, aşağıdan yukarı doğru süzülerek gelen nişanlısını görünce sevinmişti. Derya'nın suyun yüzüne çıkmasına iki metre kala o da daldı. El ele çıktılar yukarı... Aşk onlara çok yakışıyordu.

\*\*\*

Otele yerleşeli birkaç gün olmasına rağmen, tüm müşteri ve personel onları tanımış, ne zaman yanlarından geçseler tebessümle selam verir olmuşlardı. Dalıştan artakalan zamanlarda havuz kenarında birlikte güneşlenirlerken, bazı orta yaşlı kadınlar onlara gıpta ile bakıp, "Maşallah pek de yakışmışlar" gibi laflar ediyorlardı. Personel tarafından da otelin en sevilen müşterilerinden olmuşlardı.
Üstlerinden aşk akıyordu adeta. Birbirlerine bakışları, el ele tutuşmaları, şezlongda sarılıp uyumaları... Her biri film afişi olacak karelerdi. Ya da bir şiirin dizeleri...
Derya çok güzel, Ömer'se çok yakışıklıydı ama aşk için bunun da bir önemi yoktu aslında. Çünkü güzellik kalıcı değildi. Her ikisi çirkin de olabilirdi. Önemli olan kişilerin birbirlerine kendi güzelliklerini değil, aşkın güzelliğini sunabilmeleriydi.
Aşk sanki onlardan çıkıp onlara yayılıyor, sonra çapıp tekrar kendilerine geri dönüyordu. Aşkı birbirlerine

yansıtıyorlardı. Ve onları aslında en çok mutlu edense, aşkın kendilerinden çıkışı değil, karşılığını bulup kendilerine geri dönüşüydü.

Akşamları otelin restoranında kalabalık otel müşterileri ile birlikte yenen yemekte tüm gözler onların üzerindeydi. Gündüz giyilen şort, tişört, mayo ve benzeri giyeceklerin yerini akşam yemeği zamanı şık kıyafetler alıyordu. Kadınlar en güzel ve en şık kıyafetleriyle yemeğe iniyor, adeta aralarında gizli bir güzellik yarışı başlıyordu. Saçlar özenle yapılıyordu. Kimi abartılı, kimi sade ama mutlaka her kadın makyaj yapıyordu.

Gündüz güneş altında bronzlaşmaya bırakılan tenler, akşam açık renk kıyafetlerin içinden "Bakın ne kadar da bronzum" edasıyla gösterişe sunuluyordu. Erkekler bu konuda kadınların bir hayli gerisinde kalıyordu.

Kadınlar arasındaki bu gizli rekabet ne kadar çetin geçerse geçsin son noktayı Derya'nın yemek salonuna girişi koyuyordu. O salona girer girmez kadın erkek herkes ona bakıyor, güzelliği ile tüm misafirler büyüleniyordu. İşte o an yarış ikincilik için başlıyordu. Birinci zaten belliydi. Üstelik Derya'nın güzelliği kozmetik bir güzellik de değildi...

Her akşam yaşanan bu sahne on beş gün sonra alışılmış bir durum haline gelmişti. Gündüzleri etrafta görünmeyen bu güzel çift akşamları ortaya çıkıyordu. Havuza birlikte girdikleri sayılı zamanlarda ise Derya'nın havuzda yüzüşü herkes tarafından büyük bir şaşkınlık ve beğeniyle izleniyordu. Havuzda o varsa, en iyi yüzen erkeklerin bile pabucu dama atılıyordu. Suların içinde adeta bir denizkızı süzülüyordu. Yüz metrelik havuzda dibe dalıp hiç çıkmadan baştan sona dört kez gidip geliyordu. Suyun içinde hareket ettiğini görmeseler boğulduğunu bile düşünebilirlerdi.

Bazı kadınlar Derya havuzdan çıkıp kusursuz vücuduyla şezlonga doğru arzı endam ederken bir bahaneyle yanına yaklaşıp, ne kadar iyi yüzdüğünden söz açarak konuşmaya çalışıyordu. Onun kim olduğunu çok merak ediyorlardı çünkü...

O havuzdan çıkarken vücudundan süzülen sular, teninin çekiciliğini daha da artırıyor, mucizevi bir güzelliğin efsunlu bir görüntüyle sudan çıkması gibi bir durum oluşuyordu. Erkekler ona bakarken zaman ağır çekim gibi işliyordu... Yanlarındaki kadınların, sevgililerin ya da eşlerin durumu fark etmesinden endişe eden erkekler bu güzelliği güneş gözlüklerinin arkasına saklanarak doyasıya izliyordu.

Tüm bakışların üzerinde olduğunun farkında olan ama bu durumla zerre kadar ilgilenmeyen Derya ise sudan çıkar çıkmaz dik duruşuyla, balerinlerin en belirgin özelliği olan "kendinden emin" yürüyüşüyle, etrafını umursamayan tavırlarla Ömer'in yanına geliyor ve kendisini izleyen gözlere "Ben bu adama aidim" mesajı gönderiyordu sanki. Ömer de durumun farkındaydı ve böyle güzel bir kızın nişanlısı olmasının haklı gururunu ve gizli kıskançlığını yaşıyordu.

Bazı akşamlar havuz barda oturup bir şeyler içerken, sevdikleri bir müzik çaldığında kimseye aldırmadan dans ediyorlardı. Dakikalarca birbirlerine sarılıp, kendilerinden geçiyorlardı. Aşk bile onları kıskanıyordu. Birbirlerinin kulaklarına sevgi sözcükleri fısıldıyorlardı durmadan. Konuşacakları, anlatacakları hiç bitmiyor, bitmek bilmiyordu.

Geçmişlerinde yaşadıkları her şeyi, içlerindeki derin izbelerden çekip çıkarmak ve birbirleriyle paylaşmak istiyorlardı. Saklı hiçbir şey kalmamalıydı aralarında. Duygular, aktarılmalı, anılar, paylaşılmalıydı. Geçmişte yaşadıkları bütün heyecanları birbirlerine yaşatmak, hikâyeleştirmek istiyorlardı. Tek başlarına yürüdükleri yollarda beraber yürümüş olmayı dilemek, girdikleri başka başka denizlerin tuzunda ve güneşin yakıcılığında bile bir olmayı ummaktı onlarınki.

Sadece yaşamadıkları geleceklerinde değil geride bıraktıkları geçmişlerinde bile bir olmak istiyorlardı. Hissettikleri her şeyin birbirlerinde karşılık bulmasıydı aşk... Karşındakine anlatmak, hatta bizzat onun da yaşamasını, hissetmesini sağlamaya çalışmaktı...

Birbirlerine duygularını ortak etmeye çalışıyorlardı. Yol arkadaşlığı demekti bu. Sanki birlikte yaşayacakları her an bir öncekinden daha güzel olacakmış gibi hissediyorlardı.

Kendilerini birbirlerinde unutup, yine birbirlerinde hatırlıyorlardı. Cümlelere sığdıramadıklarını susarak anlatıyorlardı. Kazanmayı bilmeden tüm kaybedişleri reddetmekti şimdi aşk... Zamanı an'a çevirip, o an'a tüm geçmişi ve geleceği yerleştirmekti...

Gündüzleri dalış çalışmaları, akşam saatlerinde yenen romantik yemek, yemek sonraları çıkılan küçük şehir gezintileri, çalışmaların erken bitirildiği günlerde jet ski, balon ya da farklı aktiviteler, dolu dolu geçen günler ve geceler... Çok mutluydu Derya; gözlerinde bir deniz daha vardı sanki.

Odalarına çekildiklerinde minik balkondan denizi seyredip içeceklerini yudumlarlarken, "İyi ki hayatımdasın, iyi ki hayatımın bir parçasısın..." dedi Ömer'e.

Ömer elini tuttu ve öptü. "Sen benim huzurumsun. Aşksın sen..." dedi sevgi dolu gözlerle bakarken.

Derya, denizin üzerinde oynaşan yakamozları seyrederek sürdürdü konuşmasını. Yüzünde sakin bir huzur vardı.

"Babam, 'Cevap anahtarı olmayan tek sorudur aşk' derdi. Aşkın altyazısı da olmaz bilirsin. İzleyip anlayacaksın. Anlayamadıklarını kaçıracaksın. Ben bu aşkın hiçbir karesini kaçırmak istemiyorum Ömer. Yanında bulduğum huzuru bir ömür doya doya yaşamak istiyorum. Şimdi buradasın, yanı başımda. Damarlarımda dolaşan kanın daha hızlı aktığını ve geçtiği tüm kılcallarıma huzurlu bir his bıraktığını duyumsuyorum. Kanımda aşk yüzüyor Ömer. Sanırım ruhun kana karışması aşk..." dedi ve biraz daha sokuldu kollarına.

Ömer, duygusal bir anı bozmamak adına hiçbir şey söylemedi. Zira onun duygularını ifade etme yeteneği Derya kadar güçlü değildi. Anlatmak yerine kanıtlamak yolunu seçerdi ekseriyetle. Sevgilisinin saçlarını okşadı ve "Seni seviyorum" dedi.

Derya, başını omzuna yasladı Ömer'in ve "Ben de seni seviyorum aşkım" dedi.

"Ne olur bitmesin bu masal Ömer. Çok korkuyorum. Her şey yolunda giderken neden böyle bir korku yaşadığımı anlamıyorum ama korkuyorum işte. Kimse yolumuza çıkmasın istiyorum. Bu yol hiç bitmesin. Hep birbirimize yürüyelim; durmadan ve varmaksızın. Aşk gitmektir, varmak değil. Aramaktır aşk, bulmak değil. Varırsak biteriz. Bulursak biteriz. Hep gidilen ama hiç varılamayan bir yer ol benim için. Korkuyorum Ömer."

"Korkmanı gerektirecek bir durum yok aşkım. Bak yanındayım. Ve hep yanında kalacağım. Evleneceğiz, bir sürü çocuğumuz olacak."

"Bir sürü çocuğumuz olsun evet. Asla hayır demeyeceğim bir şey bu. Senin kanını taşısınlar. Bizim kanımızı taşısınlar. Aşkımızı taşısınlar."

"Yıllar sonra yaşlanıp, elden ayaktan düştüğümde de sevecek misin beni?"

"Ben seni her zaman seveceğim Ömer; elden ayaktan düştüğünde bile... Yeter ki kalbimden düşme."

"Sıkı tut beni o zaman. Birbirine güvenen trapezciler gibi olalım. Sırtım sana dönükken kendimi boşluğa rahatça bırakayım. Ama bileyim senin beni tutacağını ve hiç bırakmayacağını."

Derya, biraz daha sokuldu Ömer'in boyun boşluğuna. Kendini bir yuvaya yerleştirir gibiydi... İlk defa böyle sözler duyuyordu nişanlısından. Sımsıkı tuttu elini sevdiği adamın. İçinde ona karşı hissettiği büyük aşkın elleri yardımıyla, gövdesi yardımıyla ona geçmesini ister gibiydi. Bir tek babasında duyumsadığı güveni Ömer'e de aktarmak ister gibi...

"Seni hiç bırakmayacağım... Bak Ömer, iki türlüdür aşk. Birincisi kendinde olmayanı başkasında arama, ikincisi ise başkasında kendi yansımamızı bulma...

Ben kendimde olmayanı sende buldum Ömer. Aynı zamanda da kendi yansımamı sende buldum. Nasıl tutmam ellerini?"

Sabaha kadar balkonda birbirlerine sarılı bir halde kaldılar. Yeryüzünde onların aşkından daha güçlü hiçbir duygu yok gibi hissediyorlardı. Birken ikiye, ikiyken bire dönüşüyorlardı yan yana gelince. İçlerindeki ses "Aşka bismillah" diyeli çok olmuştu.

***

Zaman su gibi akıyordu. Bir ay bitmek üzereydi neredeyse. Son günlerinde günlük rutin çalışmaların ardından şehri gezmeye, tarihi yerleri görmeye gittiler. Ömer, Derya'nın bir dediğini iki etmiyordu. Her şey onun mutluluğu ve motivasyonu içindi. Derya, hiç bu kadar güzel ve eğlenceli çalışmamıştı. Bu yüzden çok şey borçluydu Ömer'e...

Bu kadar mutlu olarak çalışması beraberinde başarıyı da getirdi. Her dalışı bir öncekinden daha iyi oluyordu. Aşkın sadece mutluluk değil, başarı da getirmesi heyecanlandırıyordu Derya'yı. Fakat aynı zamanda aşkın ansızın atacağı bir tokadın da başarıyı başarısızlığa çevireceğini, verdiği her şeyi fazlasıyla geri alacağını da biliyordu. Daha önceki ilişkilerinde hep öyle olmuştu. O yüzden biraz şanssızdı aşkta.

Neyse ki öyle bir ihtimal yoktu ortada. Seviyor ve seviliyordu. Aynı ruhun suretini bulmuşlardı birbirlerinde.

Hayatlarında ilk defa hissettikleri bir yakınlık, yakınlıktan da öte aynılık duygusunun baş döndüren girdabındaydılar. Başkaldırı için özgüvene ihtiyaçları bile yoktu bu aşkta. Birbirlerine karşı aşk dolu cümleler sarf edemeseler de dert değildi... Çünkü biliyorlardı; bazen aşk, aşkı anlatmaya engel olurdu.

Sayılı günler çabuk geçti. Tatilin son gününde son akşam yemeklerini dışarıda yediler. Ömer, güzel bir sürpriz hazırlamış Kaş'ın en iyi restoranını Derya için kapatmıştı. Otelden çıkarlarken biraz buruktu Derya. Fakat kendisi için hazırlanan sürpriz onu mutlu etmeye yetmişti.

Mum ışığında baş başa romantik bir yemek yediler. Kemancılar masanın etrafında sadece onlar için çaldı. Küçük bir kız onlara bir sepet dolusu gül getirdi. Ömer, nişanlısının elini tutuyor, aşk dolu bakışlarla yüzünü izliyordu.

"O kadar âşığım ki sana. Bazen seni kaybedeceğimden korkuyorum" dedi Derya'ya...

"Her zaman yanında olacağım aşkım sana söz veriyorum."

"İyi ki çıkmışsın karşıma. Bir an önce evleneceğimiz günün gelmesini istiyorum."

"Ben de hayatım. Ama ondan önce babama ve sana bir rekor sözüm var unutma."

"Unutur muyum hiç? Neden buradayız ki?"

"Umarım her şey istediğim gibi olur. Babamı mutlu etmeyi çok istiyorum. Kızıyla gururlanmalı."

"Aşkım kendini bu kadar kaptırma. Baban sen ona rekor armağan etmesen de seninle gururlanıyor ve seni çok seviyor. Aranızdaki bağa hayranım. Hani zaman zaman da kıskanmıyor değilim söyleyeyim."

"Babamla arama girmeye hiiiç yeltenme hayatım. Onun yeri ayrı senin yerin ayrı. Belki bazen ikinizle ilgili kıyaslama yapıyorumdur bilmeden ama dediğim gibi ikiniz de çok farklı yerlerdesiniz benim için."

"Baban çok iyi bir insan... İyi bir damat olup ona layık olmaya çalışacağım."

"Sen iyi bir damattan önce iyi bir insansın Ömer. Paranın şımartmadığı, iyi kalabilmiş nadir insanlardan birisin. En çok bu huyunu sevdiğimi biliyorsun değil mi?"

"Biliyorum bir tanem biliyorum. Seni çok seviyorum."

"Ben de seni çok seviyorum aşkım."

\*\*\*

Bir ay çabucak geçmişti. Derya bu süre içinde her gün dalarak 91 metre sınırına ulaşmış, hatta biraz zorlansa da 91 metreyi bir metre kadar geçmiş ve bunu telefonda babasına sevinç çığlıklarıyla anlatmıştı. Ama bu başarıyı rekor dalışında yapabilmesiydi önemli olan...

Sicilya'da, uluslararası gözlemciler nezdinde yapılacak olan resmi dalışta bu başarısını tekrar edebilirse dünya rekoru onun olacaktı. Babasına hediye edeceği bu rekor için günler yaklaştıkça daha da heyecanlanıyordu.

Takvimler 10 Temmuz'u gösterdiğinde şampiyonaya tam bir ay kalmıştı. Ama Derya'nın sıkıntı ve stresten saçları dökülmeye başladı. Şampiyonaya bu kadar az bir zaman kalmışken artık denizde çalışamıyor olması onu strese sokmuştu. Durumu fark eden Ömer, onu acil olarak tekrar en sevdiği yere, dalış için Kaş'a gönderdi. Aynı ekiple on beş gün daha dalacaktı orada. Ama bu kez nişanlısı yanında olamayacaktı. Çünkü tatil hakkını kullanmış ve biraz boşladığı şirketin başına tekrar geçmek zorunda kalmıştı. Şimdi tatil sırası Ömer'in ailesindeydi. Yine de onu yalnız başına göndermek içine sinmemiş, tüm masraflarını karşılayarak Mehmet Hoca'yı da onunla birlikte Kaş'a göndermişti.

Bu, Derya için iyi bir fırsat olmuştu. Tekrar kavuştuğu denizine ve dalışına hiç ara vermeden devam etti. Hocasıyla birlikte disiplinli bir dalış çalışması gerçekleştirdi. Yanında hocası olduğunda, başarısı bir kat daha artıyordu Derya'nın. Son dalışında 94 metreye kadar inmiş ve sandığı kadar zorlanmamıştı. Her akşam babasını arayıp, o gün ne kadar daldığını heyecanla anlatıyordu. Artık saçları da eskisi kadar dökülmüyordu.

İşine o kadar konsantre olmuştu ki, gün içinde Ömer'i aramak aklına bile gelmiyordu. Ömer de rahatsız etmek istemediği için sadece geceleri arıyordu onu.

On beş günün bitmesine iki gün kala çok mutlu bir haber aldı Derya. Babası aramış ve dalış günü annesiyle birlikte kızlarını izlemek için Sicilya'ya geleceklerini söylemişti. Bütün dünya Derya'nın olmuştu sanki. Bu haber o kadar iyi gelmişti ki ona, rekor için adeta kamçılamıştı kendisini. Onlara o gün kızlarıyla gurur duyacakları bir gün yaşatacaktı...

Derya, iki gün sonra tekrar çok yüksek bir moral ve motivasyonla İstanbul'a dönmüştü... Havaalanında kendisini Ömer'in karşılayacağını düşünmüştü. İki gün önceki son konuşmalarında Ömer, bineceği uçağın saatini sormuştu çünkü.

Derya hocasıyla birlikte taksiye binerken aradı Ömer'i... Telefonu kapalıydı. İndikten sonra tekrar aradı. Yine kapalıydı. Eve gidip duş yaptı. Bornozuyla yatağına uzandı. Yol onu yormuştu. Farkında olmadan uykuya daldı.

Birdenbire telefonun sesiyle uyandı. Akşam olmuştu. Kaç saattir orada uyuduğunu bilmiyordu. Aceleyle telefona uzandı. Ömer'di arayan.

"Ömer neredesin Allah aşkına!"

"Aşkım çok özür dilerim. Şirket yeni bir ihaleye giriyor, bu yüzden acil olarak İtalya'ya gitmek zorunda kaldım. Sana da haber veremedim kusura bakma aşkım ya..."

Sesi çok telaşlı geliyordu Ömer'in. Ama ne olursa olsun mutlaka haber verirdi. Sanki kendisinden saklamaya çalıştığı bir şey vardı. Kuşkulu bir sesle sordu Derya.

"Aşkım sen böyle durumlarda ne yapar eder bana haber verirdin?"

"Sorma aşkım çok ani oldu. Babam tatilde olduğu için bizzat benim gidip ihaleye girmem gerekiyordu. Neyse aşkım şimdi kapatmam gerekiyor. Ön toplantı yapacağız. Ben seni sonra ararım. Öpüyorum aşkım."

Kaçıp gider gibi kapamıştı telefonu. Bu durum derin bir kuşku yarattı Derya'da. Kalkıp giyindi. Dışarı çıkıp bir şeyler yemeye karar verdi. Kırıntı Büfe'ye kadar dalgın adımlarla yürüdü. Ne olduğunu anlamaya çalışıyordu.

Yemeğini yedikten sonra, çay içmek için Moda Çay Bahçesi'ne gitti. Bir çay söyleyip, denize karşı yudumlamaya başladı. Havadaki iyot kokusu ona iyi gelmişti.

Ömer'in neden böyle bir şey yaptığını düşünürken birden beyninde bir ışık yandı. Bu Ömer yine bir sürpriz peşindeydi... Öyle ya Ömer'in en sevdiği şey ona sürpriz yapmaktı. İtalya'ya gitmesinin sebebi bu olsa gerekti. Oradan Sicilya'ya geçecek ve Derya oraya gelmeden önce ona bir sürpriz hazırlayacaktı. Boş yere İtalya'ya gitmemişti bu. Böyle düşününce taşlar yerine oturuyordu. Bu sefer iyi becerememişti sürprizi. Hemen telefona sarıldı. Sonra vazgeçti ama... Sürprizi anladığını söyleyip her şeyi berbat etmek istemedi. Ömer, böyle şeylerle mutlu olan biriydi. Onun hevesini kursağında bırakmamalıydı.

Evine doğru mutlu adımlarla yürüdü. Gece, güzel ve rahat bir uyku onu bekliyordu.

*\*\*\**

Takvimler 26 Temmuz Salı gününü gösteriyordu. 10 Ağustos'ta gerçekleşecek olan büyük şampiyonaya sadece on beş gün kalmıştı. Evden çıkarken hocasını aradı Derya. Her şey yolundaydı. Hoca havuzda Derya'yı bekliyordu. On gün daha havuzda çalışacaklar ve sonra Sicilya'ya gideceklerdi. Bu on gün çok yoğun geçecekti. Ağır bir antrenman süreci Derya'yı bekliyordu. Annesinin ve babasının o gün Sicilya'da olacak olması Derya'ya inanılmaz bir enerji vermişti. Hocası o gün Derya'nın dünya rekoru kıracağına adı gibi emindi. Çalışmalar çok iyi gidiyordu...

Derya saat farkı nedeniyle babasıyla genelde gece geç saatlerde konuşuyordu. Bir gece önce yine konuşmuşlar ve ertesi gün Derya, babasının bir ricasını yerine getirmek üzere hocasıyla birlikte havaalanına gitmişti. Babasının profesör bir arkadaşını karşılayacaklar ve otele kadar ona eşlik edeceklerdi. Dış hatlar terminali çok kalabalıktı. Herkes birilerini bekliyordu. Derya, beklediği profesörün adının yazılı olduğu bir kâğıtla çıkış yapanların rahatlıkla görebileceği bir konumda duruyordu.

Çok geçmeden beklenen misafir geldi. Adının yazılı olduğu tarafa gülümseyerek yöneldi. Derya'ya yaklaşınca, "Siz Profesör Özgür Öztürk'ün kızı olmalısınız?" dedi Amerikan aksanlı İngilizcesiyle. Derya sevecen bir yüz ifadesiyle, "Evet, benim o" dedi ve elini sıktı profesörün. Daha sonra Mehmet Hoca'nın da elini sıktı kibarca.

Mehmet Hoca kendini tanıttı ve misafirin elindeki küçük valizi almaya yeltendi. Kibar profesör buna izin vermedi.

Yolcular hızla çıkmaya devam ediyordu. Profesör, Derya ve Mehmet Hoca tam bir taksiye binmek üzereyken, Derya çıkış yapan yolculardan birine kilitlendi. Bakışları çakılı kaldı ona.

Hoca, "Ne oldu denizkızım?" diye sorunca kekeleyerek, "Siz gidin ben sonra gelirim..." dedi ve ayrıldı yanlarından. Gözlerini bakışlarının saplanıp kaldığı kişiden hiç ayırmadan yürüdü kalabalığa doğru. Kendini kalabalığın arasına saklayarak, dehşet içinde o kişiyi izlemeye devam etti. Mehmet Hoca, profesöre ayıp olmasın diye hemen taksiye bindirdi onu; zira Derya'nın gördüğü manzaraya o da şahit olmuştu.

Taksiye binerlerken, "Ben biliyordum zaten bu kızın başına böyle bir şey geleceğini" dedi kırgın, öfkeli ve üzgün bir ses tonuyla.

Türkçe konuştuğu için yanındaki misafir hiçbir şey anlamadı. "Sorry" diyebildi sadece, merak eden gözlerle bakarak... Mehmet Hoca taksi şoförüne, "Devam edelim lütfen" dedi.

Derya, aynı şekilde duruyordu kalabalığın arasında. Rengi küle dönmüştü. Ağzı açık izliyordu olan biteni. Başı dönüyor, gözleri kararıyordu. Birazdan bayılabilirdi. Birden eli ayağı titremeye başladı. Engel olamıyordu bir türlü. İstemsiz bir şekilde dişlerini sıkmaya başladı. Çenesi kilitlenecek gibi oldu bir an.

Havaalanından çıkış yapan yolcular arasında çok tanıdık bir yüz vardı. Kolunda Rus olduğu her halinden belli olan bir kadınla birlikte dışarı çıkmıştı Ömer.

Gözlerine inanamıyordu Derya... Ellerinde valizlerle taksi kuyruğuna doğru yürüyorlardı. Bir el ele, bir kol kolaydılar. Valizlerini yerleştirip arka koltuğa oturdular. Derya'nın son gördüğü sahne, Rus olduğunu düşündüğü kadınla Ömer'in dudak dudağa öpüşmesiydi. Bu sahneden sonra gözlerine bir karanlık indi...

Yıkılmıştı, aldatılmıştı Derya... Hem de gözünün önünde. Ömer bunu ona nasıl yapabilirdi? Başına şiddetli bir ağrı saplandı o an. Yere düşmek üzereydi. Kafasında yüzlerce sorunun ağırlığıyla sendeledi. Bir kenara tutunup yere çömeldi. O sırada cep telefonu çaldı. Arayan hocasıydı.

"İyi misin denizkızım?" diye sordu. İyi değildi Derya. Ve bundan sonra bir daha hiç iyi olmayacaktı. O ana kadar tutmakta olduğu gözyaşları birdenbire sel olup akmaya başladı. Ağlamaktan nefes alamıyordu. Hocası telefonda, "Kızım metin ol. Sen güçlüsün. Bunu da atlatırsın ağlama. Ben misafirimizi oteline yerleştirir yerleştirmez döneceğim. Ağzını burnunu kıracağım o hergelenin. Ağlama denizkızım..." diyordu.

Hocasını duyuyor ama ona cevap veremiyordu Derya. Neden sonra biraz kendine gelebildi.

"Ben bunu hak edecek ne yaptım hocam!" diye inledi telefonda. Hocası onu teselli edecek cümleler kurmakta zorlanıyordu.

Kapattı telefonu ve ayağa kalktı. Havaalanının çıkışında sıkışan trafiği fark etti. Dakikalar geçmesine rağmen Ömer ve kadının bindikleri taksi hâlâ çıkış yapamamıştı. Hemen toparlandı ve müşterisini yeni indirmiş bir taksinin arka koltuğuna attı kendini. Birkaç metre ötedeki taksiyi göstererek takip etmesini istedi şoförden. Taksici ağır bir biçimde akan trafikte öndeki taksiye yaklaşmaya ve onu takip etmeye başladı. Biraz daha yaklaştıklarında kadının başının Ömer'in omzunda olduğunu, Ömer'inse ona sarıldığını gördü.

Gözyaşlarını silen Derya, sesini düzeltebilmek ve Ömer'i aramak için öksürerek temizledi genzini. Kendine gelmeliydi. Soğukkanlı olmalıydı. Bu sırada taksiler havaalanından çıkmış, E-5 istikametine doğru yönelmişti. Trafik ağır akıyordu. Daha zamanları vardı. Önce hocasını arayıp, iyi olduğunu, kendine gelebildiğini söyledi. Ömer'i takip ettiğini, daha sonra arayacağını ekleyip telefonu kapattı.

Elleri titreyerek Ömer'i buldu son arananlarda. "Aşkım" diye kaydetmişti onu. Telefonun arama tuşuna bastı. Bir yandan da hemen önünde seyreden arabanın arka koltuğunda onları görebiliyordu. Ömer, telefonu cebinden çıkardı ve "Efendim prensesim" dedi. Derya yutkundu ve "Neredesin aşkım?" dedi kırık ve aldatılmış bir sesle. Bir yandan da kendisiyle konuşurken Ömer'in hareketlerine bakıyordu. Bari kadının omzundan kolunu çekseydi... Ama istifini bozmadan konuşuyordu işte. "Hâlâ İtalya'dayım aşkım. Yarın sabah döneceğim. Biraz uzadı işler" dedi.

Derya'nın gözünden iki damla yaş süzüldü tekrar. Karanlık bir denizin içine doğru batıyordu sanki. Ağzını açsa ölecekti. Ama bir şey onun ağzını yumruk gibi sıkılı hale getirmişti.

"Dönünce ararsın o zaman" dedi ve kapattı.

Ömer, birkaç saniye kapanan ekranına baktı telefonunun. Bu arada yanındaki kadın onun yüzüne anlamsızca bakıyordu. Konuşulanlardan hiçbir şey anlamadığı belliydi. Ya Türkçesi çok zayıftı ya da hiç bilmiyordu. Rusya'dan eskortluk için Türkiye'ye gönderilen kadınlara benziyordu. Başını tekrar Ömer'in omzuna koydu.

Taksim The Marmara Oteli'nin önünde indiler. Derya, onlardan bir dakika sonra, saklanarak lobiye girdi. Onlar bu sırada resepsiyonda işlemlerini tamamlamaya çalışıyorlardı. Ömer'in parmağına dikkat kesildi uzaktan. Nişan yüzüğünü çıkarmıştı. Yanındaki kadının telefonu çaldı. Kadın Ömer'den biraz uzaklaşarak Rusça bir şeyler konuşmaya başladı. Derya yanılmamıştı. Rus bir kadındı bu. Çok kısa konuşmuştu. Ömer'in yanına döndü tekrar.

Ellerindeki küçük valizleri alan görevliyle birlikte asansöre bindiler. Derya, asansör kapısı kapanırken sarmaş dolaş olduğu kadının beline sarılıp öpmek için kendine doğru çekişini gördü Ömer'in. Tıpkı kendisine yaptığı gibi... Bu katlanılamaz bir acıydı Derya için...

The Marmara Oteli'nin kafesine oturdu sonra. Garsondan su istedi. Sakinleşmeli ve kafasını toparlamalıydı. Elleri hâlâ zangır zangır titriyordu. Etrafındaki hiçbir şeyi ve hiç kimseyi görmüyordu gözü. İçi o kadar yanmıştı ki... Aldatılmışlık duygusuyla nasıl baş edebileceğini bilemiyordu. Çünkü hayatında ilk defa bu denli ağır bir ihanete bire bir şahitlik ediyordu.

O kadar çaresizdi ki savunmasız küçük bir kız gibi hissediyordu kendini. Şu anda güvenle sarılabileceği ve saçlarını okşayacak olan tek erkeğe... kendisi için yeryüzündeki güvenilebilecek tek erkeğe... yani babasına o kadar çok ihtiyacı vardı ki.

Biraz bilinçli biraz bilinçsiz bir şekilde bir mesaj attı babasına. Ve sadece şunu yazdı:

*"Babalar küçük kızlarını hiç kandırmazlar. Bu yüzden küçük kızların gerçek aşkı babalarıdır. Seni seviyorum babacığım."*

Aradaki saat farkı nedeniyle muhtemelen o mesajı çok sonra okuyacaktı babası.

Gözünden akan yaşları durduramıyordu Derya. Garsonun getirdiği suyu içerken üstüne döktü. Ellerinin titremesini kontrol altına alamıyordu bir türlü. Boş gözlerle masaya bakıyordu... Arada bir dudaklarından belli belirsiz cümleler dökülüyor, hıçkırıklarının arasında kaybolup gidiyordu. "Senin gibi birine âşık olacak kadar ne kötülük yaptım ben bu dünyaya!" dedi nefret dolu kırık sesiyle... Neyin eksik olduğunu bilip, neye ihtiyacı olduğunu bilmeyen insanlar gibiydi şimdi. Kalabalıklar ortasında çırılçıplak kalmış gibi hissediyordu kendini. Utancından içine kıvrılıyordu. Ama içinde saklanabileceği hiçbir kuytu kalmamıştı. Nereye kafasını gömse orada hep o vardı. En derin kuytularına kadar sinmişti Ömer.

Şu anda hiç tanımadığı biri elinden tutup saklanması için ona yardım etmeye çalışsa, tereddütsüz giderdi peşinden. Ama kendi kuytusunu yitirmiş birine başka bir insan sığınak olamazdı... Nasıl anlayamamıştı onu? Bu kadar rahat aldatan birini nasıl tanıyamamıştı bunca zaman?

Demek ki ne olduysa ikinci kez Kaş'a gittiğinde olmuştu. O zamanlar telefonda çok fazla görüşmemişlerdi. Ömer'i fazla arayıp sormadığı için araya soğukluk girdiğini düşündü Derya. Sadece işini düşünerek ihmal mi etmişti acaba onu? Ama hayır! Belki de her şey çok önceden planlanmıştı. Kendisinin Kaş'a gönderilme olayı planın bir parçasıydı. Rahat rahat gönlünü eğlendirmek için bu planı hazırlamıştı belki de...

O gözler hep yalan bakmıştı da bir kendisi mi anlayamamıştı o yalancı bakışları? Yoksa ona o rahatlığı kendi mi vermişti? Kendisine aitmiş sandığı birinin kendisinden başka herkesin olduğunu anlamak ölmek gibiydi şimdi.

"Beni aldatan benim olmaması değil, bana aitmiş gibi bakan o gözleriydi" dedi bunları düşünürken.

Ömer, yukarıda Rus sevgilisiyle –muhtemelen– sevişirken, aşağıda ağlayarak bunları düşünüyordu Derya...

Ne yapması gerektiğini bilemiyordu. Uyuşmuştu sanki. Ağır adımlarla kalktı masadan. Nereye gittiğini bilmiyordu. Sarhoş gibi yürümeye başladı. Ara sokaklardan, geniş caddelerden yürüyerek sahile indi. Beşiktaş sahiliydi gittiği yer, sonradan fark etti. İnsan kalabalıkları arasından denizi seyretti. Aldatılmanın ağırlığı onu omuzlarından yere doğru bastırıyordu sanki. İçinde incecik bir sızı etlerini kesiyordu dilim dilim...

"Bunu hak edecek ne yaptım ben?" diyordu durmadan...

Yanından geçip gidenler kendi kendine konuşan bu kızın deli olduğunu düşünecekti neredeyse. Aldatılmanın ağır yükü altında eziliyordu.

"Hayır, sen aldatılan değil, güvenensin" diye tekrar edip duruyordu.

Kendini avutmaya çalışıyor, kendine yardım ipi uzatıyordu. "Aldatan aldanır, aldatan aldanır, aldatan aldanır..." Kafasında dönüp dolanan tek cümle buydu. Nasıl bir hile yapmıştı bu oyunda Ömer? Karşısındakinin can hakkını hiç mi düşünmemişti?

Ne yapmalıydı şimdi Derya? İntikam almak için kirletilmiş duygularını hiç tanımadığı bir herifin bedenine mi gömmeliydi? Yabancı bir bedenin altında kendi gövdesini ezdirerek nefretinin intikamını kendi bedeninden mi almalıydı? Yabancı dudaklarla, içindeki adamın öpüşlerini mi sökmeliydi? Bu yakışmazdı ona. Kendi ruhunu kirleterek intikam alamazdı.

Bir hevesin ezdiği gerçek aşkın ardından bakarken keşkelerle dolu bir başlangıca gider miydi Ömer? Gider de pişmanlıkla geri döner miydi? Son pişmanlık fayda etsin diye geri gelir miydi? Gelse de bu yürek onu affeder miydi? Asla, asla, asla!

Nemli gözlerini denize döktü ve haykırdı.

"Yazıklar olsun sana! Affedersem de seni yazıklar olsun bana! Başı heyecanlı, ortası pişmanlık, sonu ayrılık olan bir illet için değer miydi beni kaybetmeye? Kendine biçtiğin değer bu muydu? Ayrılmaya cesaretin mi yoktu? Gitmeye cesaretin, kalmaya iraden mi yoktu? Neyim eksik geldi sana da başkalarıyla kapatmaya çalıştın bu açığı? Aldatıldığımı öğrendiğimde neler hissedeceğimi düşünecek kadar da mı sevmedin beni?

Kendini benden ettin, mutlu musun şimdi? Seni doyurdu mu ruhsal oburluğun? Zaten ne kadar saklayabilecektin ki bunu? Gözümle gördüm ihanetini. Görmesem birileri söyleyecekti. Duyacaktım. Kulak hakikati duyduğu zaman göz olurmuş bilmez misin? Kaybetme korkusu olmayan insan bu kadar rahat aldatır. Kaybedilmeye bile değmeyecek biriymişim sende. Cinayetten daha hafif kalır bu yaptığın. Boşuna dememişler erkekler aldatabilecekleri kadınları sever diye! Alçaksın sen! Alçaklığın adısın!"

Sonra sustu Derya. Tüm bu söylediklerini Ömer'in yüzüne bir tokat gibi indirecekti.

Akşamüstü olduğunda telefonuna baktı. Hocası onu 17 kez aramıştı. *"İyiyim"* diye bir mesaj yazdı sadece. Bu cevabın üstüne hocası birçok mesaj attı Derya'ya ama o cevap yazmadı. Deniz kıyısında bir aşağı bir yukarı yürüyor, yorulunca bir taşa oturup denizi seyrediyor ve ağlıyordu. Ne acı bir duyguydu aldatılmak. Koca koca meydanlarda dolaşıp, hiçbir yere sığamamaktı bu... Bulutların üstüne yatıp uzansa bile dikenli tellere yatırıyor gibi hissedecekti bedenini. Kendi yatağını şikâyet eden bir nehir gibiydi Derya.

Belki de açık açık konuşmalıydı onunla. Karşısına alıp her şeyi bildiğini söylemeliydi, böylece daha fazla yalan söyleyip kendini daha da aşağılamasına müsaade etmemiş olacaktı...

"Hatayı uzatmayalım" dedi seslice.

Kaygılıydı, sesinde uçurumlar vardı. Gözleri hâlâ denizdeydi. Akşam iyiden iyiye çökmüştü İstanbul'a... Etraftaki insanların çehreleri değişiyordu yavaş yavaş... Sahil boyu çoğalan karanlık yüzlü adamların dikkatini çektiğini fark etti. Korku ve ürpermeyle uzaklaştı oradan. Kendini Kadıköy vapuruna attı.

Güverteden denize bakarken, kuruyan gözyaşları eşliğinde martıları seyretti. Bir çölü yeşertecek kadar ağlamıştı sanki. Sanki bir jileti yalıyordu bakışları... Oluk oluk kanayan bir yarası vardı. Akarken bile aşk kokuyordu. Derya bir türlü kabullenemiyordu bu durumu.

"Ah Ömer..." dedi iç çekerek. "Beraber yaşadığımızı tek başına öldürmemeliydin."

\*\*\*

Vapur Kadıköy İskelesi'ne yanaştığında, kendini kalabalıkla birlikte akarken buldu. Eve kadar yürüyecekti. İçinde öfkeyle karışık bir intikam duygusu taşırken, nasıl böyle sakinleşebildiğine inanamıyordu. Aldatılmak bildiği ama tatmadığı bir duyguydu. Demek bundan sonra her aldatılışında bunları yaşayacaktı. Aldatan, sadece aldattığı ile kalmayıp, bir aşkı nefrete çevirebiliyormuş. Duygu katili olabiliyormuş...
İnsanın içi yanarken, elleri buz gibi kesebiliyormuş. Derya, geri dönülmeyen bir yoldaydı ve köprüden önceki son çıkışı kaçırmıştı. İçinde en az yüzü kadar güzel olan duygularına kezzap atılmıştı.

Yolda öfkeyle kendi kendine konuşuyordu.

"Aldatılmışsam, bu benim güvenmiş olduğumu gösterir. Güvenmiş olmak suçsa, güveneni aldatmak ne? Cellatlık! Sen sana güvenmeyen birini aldat bakalım aldatabiliyor musun? Sen ancak sana güvenenleri aldatabilecek bir alçak olabilirsin! Yakıştı sana! Herkes kendine yakışanı giyer ne de olsa..."

Giderek yükseliyordu sesi ve öfkesi.

"Sana, başımın üstüne koyarak büyütüp verdiğim sevgiyi böyle yerlerden mi toplayacaktım? Yemin ediyorum Ömer, pişman olur da bir gün dönersen geri, gözlerinin beni bulacağı yerde olacağım; seni affetmek için değil; artık sana ait olmadığımı yüzüne vurmak için!"

Adımları yürüdüğü sokakları dövüyordu adeta. Yumrukları sıkılı, kaşları çatılıydı. Yanından geçerken onu görenler söylediklerini anlamasalar bile yüzündeki öfke ve nefreti okuyabiliyorlardı.

"Ve bu yaptığını herkes konuşacak sen hariç ve herkes bir gün unutacak ben hariç..."

Derken gözünden yaşlar süzülmeye başladı yine. Bitmek bilmiyordu isyanı.

"Sen bana değil, kendi onuruna ihanet ettin. Bense bu kadar saf olduğum için kendimden intikam alacağım bir gün... Güvendiğim dağlara kar yağmadı, güvendiğim dağlar üstüme yıkıldı. Üstü kalsın diyerek vermen gereken güveni vermeden aldın sen. En büyük ihanet en yakından gelirmiş. Aldanmışlığımı zamanın sargı bezlerine sardırabilecek miyim ki? Bu ihanet belki de öfkeme bile fazla gelir! Aldanmışlığımı hazmedebiliyorum da kandırılmışlığımı nasıl sindireceğim?"

Böyle söyleyecekti ona. Yüzüne sözleriyle atacağı tokadı büyütüyordu içindeki öfke.

Apartmandan içeri girerken gözündeki yaşlar dinmemişti hâlâ. Oturduğu kata hangi ara çıktığını bile anlayamamıştı. Çantasından anahtarını çıkardı. Anahtar deliğini bulmaya çalışırken bir yandan da kapıyı sarsıyordu. Elleri titriyordu. Anahtarı düşürdü. Sinirleri boşalmıştı artık. Kapının eşiğine oturup, sırtını kapıya dayadı. Kafasını kapı pervazına yaslayıp artık ağlamaktan kızaran yaşlı gözleriyle boşluğa daldı.

"Sadece kendine açılan bir kapının yüzüme çarpılması mıydın sen Ömer!" dedi. "Eskimiş bir pantolonun yenisine meydan okuyamayan yaması gibi kaldım burada. Aldatıldım! Bundan sonra en doğru söz bile bende şüphe uyandıracak. Benim olmayanı sahiplenmenin bedelini mi ödüyorum Allahım?... Ölmeden mi ölecektim kendimde? Sana vermediğim ne vardı da gittin başkasında aradın?

Kalbimin neyi yetmedi sana? Yürüyen bir yara gibiyim bak! Aldatıldım! Bir kelime bu kadar mı acı barındırır içinde?" Bu sözleri de çarpacaktı yüzüne... Dakikalarca orada öylece oturmuştu. Sonra yavaşça kalktı. Ellerinin titremesi geçmişti. Sakince açtı kapıyı. Bir bardak su içti. İçine dolan su onu rahatlatmıştı biraz ama suyun kendi içinde olmasını değil kendisi suyun içinde olmak istiyordu. Kocaman bir okyanusa açılmalı ve geri dönmemeliydi. Saatlerce yüzmek, diplere dalmak ve çıkmamak istiyordu.

Duşa girdi. Suyun altında dakikalarca kaldı. Arınmak ister gibi... Su ona iyi gelmişti. Her zaman iyi gelirdi... Suların vücudundan aşağı öylece inişini izledi. Sitemler sularla birlikte aktı dilinden...

"Neden aldattın beni? Bir adam, adam gibi ayrılmayı bu kadar mı beceremez? Hayal, ümit, gurur kırıklarıyla doluyum. Şimdi öyle bir yara bıraktın ki bende, kanamak için hiçbir acıyı kaçırmayacak. Kalbim kırıldı ve ben yanlış kaynamasını istemiyorum. Bende olmayan ve sana veremediğim her şey için senden özür dilerim. Bak ben seninle geçen zamanımdan, sen ise benden oldun. Hangimiz daha eksik şimdi?"

Böyle soracaktı ona. Tokat büyüyordu gitgide...

\*\*\*

Ömer rol yapmıştı. Derya'nın babasını çok sevdiğini bildiği için onun gibi davranmaya çalışmıştı. Bunu sadece kendisini sevsin diye yapmıştı. Kendisine verilen ipuçlarından yola çıkıp, onları kullanarak kandırmış ve nihayetinde aldatmıştı. Derya, gerçekten de Ömer'de babasından bazı parçalar bulabileceğine inanmış ve ona güvenmişti. Ömer de böylece onu çok rahat aldatabilmek için gerekli olan güveni kazanmıştı. Bu alçaklığın daniskasıydı işte. Bir insanın zaaflarından yararlanmaktı.

O gece sabaha kadar yatağında düşündü Derya. Gözünün önüne devamlı o Rus kadınla öpüştüğü, ona sarıldığı anlar geliyordu. Sonra telefonda kendisine söylediği yalan... Tekrar tekrar başa sarıp film izler gibi izliyordu bu sahneleri. Her izleyişinde kalbi biraz daha kanıyor, ara ara yeniden gözyaşları döküyordu. Yarın ona söyleyeceği çok şey olacaktı.

Uykusuz bir sabahın erken saatlerinde yola çıktı. The Marmara Oteli'nin kafesinde oturup beklemeye başladı. Gözü asansördeydi. Er geç oradan çıkacaklarını biliyordu. Telefon etmek istedi. Ama Ömer'in cebi kapalıydı. Beklemeye devam etti.

Öğlene doğru beklenen konuklar aşağı indi. Sarmaş dolaşlardı ve Ömer kadını öpücüklere boğuyordu yine. Tıpkı kendisini öptüğü gibi öpüyordu. Derya'yı en çok bu yaralıyordu. Aynı şekilde Ömer tarafından öpülmüştü birçok kez. Ama şimdi aynı öpücükler bir fahişede hayat buluyordu. Kalbi acıdı Derya'nın. Bir zamanlar o dudakların değdiği kişi olmaktan tiksindi. Kendini sona getiren ayakları titriyordu. Bir insanın kendi sonu olması ne acıydı.

"Kendi sonum oldum sonunda. Beni buraya bu titreyen ayaklarım getirdi. Şimdi onlar geri götürecek" dedi içinden ve son gücüyle ayakta durmaya çalışarak dikildi Ömer'in karşısına.

Birden bir sesle irkildi Ömer.

"Ne güzel geçiyor İtalya toplantısı!"

Ömer, şoke olmuştu. Derya tam karşısında duruyordu. Ağlamaktan şişen gözleri öfkeyle bakıyordu kendisine... Rengi bir anda küle dönmüştü. Önce sessizce yutkundu ve elini yanındaki kadının belinden çekti. Rus kadın anlamsız gözlerle bir ona bir Ömer'e bakıyordu. Hızlıca kendini toparlayıp, "Bak aşkım açıklayabilirim" demeye yeltenmişti ki Derya, parmağından hızlı bir hareketle nişan yüzüğünü çıkarıp Ömer'in suratına fırlattı ve "Kes sesini!" diye bağırdı. Etraftaki herkes onlara bakıyordu. Ömer, Derya'ya bir iki adım yaklaşıp onu sakinleştirmeye yeltendiği anda suratına sert bir tokat yedi.

Ömer, tokadın şaşkınlığıyla ağzı açık yüzüne baktı Derya'nın. Yediği tokadın, işlediği haltın etkisiyle al al olmuştu yüzü.

"Sana söyleyecek çok sözüm vardı ama biriktirdiğim o yaralı kelimeler senin yüzüne çarpar da kirlenir diye söylemiyorum. Değmezsin! Bu tokat yeter sana. En fazla elim kirlendi işte o kadar! Yıkarım geçer. Sen sıfatını neyle temizleyeceksin onu düşün!" diye bağırdı. Rus kadın şaşkınlık içinde olan biteni izliyor ve Rusça bir şeyler söylemeye çalışıyordu.

"Şimdi gerekli açıklamayı yanındaki orospuya yaparsın!" dedi ve arkasını dönüp gitti Derya. Bu onu son görüşüydü.

\*\*\*

Yolda yürürken yanağından sicim gibi yaşlar süzülüyordu. İnsanlara çarpa çarpa gidiyordu... Hayat bitmişti sanki onun için. Hâlâ titriyordu dizleri. Beti benzi atmıştı. Tansiyonunun iyiden iyiye düştüğünü hissedebiliyordu. Daha fazla yürüyemedi. Düşüp bayılacağını anladığı anda bir kaldırım kenarına oturdu. Ellerini başının arasına alıp ağlamasını kontrol altına almaya çalıştı. Arkasından gelmemişti Ömer, gelememişti...

AKM'nin önünde bekleyen polislerden biri yanına yaklaşıp, "Hanımefendi iyi misiniz?" diye sordu.

"İyiyim" dedi gözündeki yaşları silerken. Ayağa kalkıp oradan geçmekte olan bir taksiyi durdurdu. Yığılıp kaldı arka koltuğa. Demek böyle oluyordu insanın birini içinden söküp atması; kendini parçalaya parçalaya...

\*\*\*

Üç gün boyunca evden çıkmadı. Bu süre içinde Ömer onu yüzlerce kez aradı. Açmadı telefonu Derya. Onlarca özür mesajı attı. Mesajları okumadı bile. Olayı öğrenen bazı yakın dostları kendisine teselli vermek için yanına geldi Derya'nın. En büyük destekçisi ise Mehmet Hoca'ydı.

Yaşadığı ihanetin şokunu üzerinden atamıyordu bir türlü. Babasını hiç aramadı. Arayamadı. Ağladığını bilmesini istemiyordu. Olanları annesine anlatıp, nişanı attığını söylemişti. Annesi ise kızının yaşadığı bu durumdan ötürü çok üzüldüğünü anlamış, onu teselli etmeye çalışmıştı. Aldora, bu durumu eşine uygun bir dille anlatacağını ama

Özgür'ün Akdeniz'deki araştırma gemisinde olduğunu, fırtınadan ötürü sağlıklı iletişim kuramadığını, ilk fırsatta bu konudan söz edeceğini söyleyerek kapatmıştı telefonu. Derya bu durumdan babasının haberdar olmasını istemiyordu aslında. En azından şimdilik... Neyse ki fırtına yüzünden annesi ona ulaşamıyordu. Bu en azından Derya'ya biraz zaman kazandıracaktı. Bu sırada kendini toparlar ve babası aradığında onunla ağlamadan konuşabilirdi.

Ama şu anda öyle çok ihtiyacı vardı ki babasına. Onun omzuna yaslanmayı, saçlarının şefkatli elleriyle okşanmasını, onun tarafından teselli edilmeyi o kadar çok istiyordu ki... Yeryüzünde onun dışında güvenebileceği hiçbir erkek kalmamıştı artık. Evet! Yediği son darbeden sonra artık hiç kimseye güvenmiyordu ve güvenmeyecekti... Özellikle de erkeklere. Hayatla en önemli bağı olan güvenmek duygusunu yitirmişti artık.

Birkaç gün antrenman yapamadı. Aldatılmak onu çok sarsmıştı. Kendisi için bu kadar önemli bir rekor denemesine az bir zaman kala başına gelen bu olay onun idealleri uğruna göze aldığı tüm zorlukları önemsizleştirmişti. Hocasının tüm ısrarlarına rağmen dalmıyordu.

"Dalarsam çıkmak istemeyebilirim" diyordu. Hocası böyle bir dönemde çok fazla üzerine gitmek istemedi. Onu kendi haline bıraktı bir süre.

Neyse ki çabuk toparladı kendini Derya. Hocasını arayıp çalışmalara tekrar başlayabileceklerini söyledi. Bu arada babası hâlâ Akdeniz'deydi ve fırtınadan ötürü ona ulaşamıyorlardı bir türlü. Yaşanan hiçbir şeyden haberi yoktu Özgür'ün.

Dalışlara tekrar başladı Derya. Moral motivasyonu düşüktü. Sualtında çok kalamıyordu ama bunu da atlatacaktı. Atlatmak zorundaydı. Artık Ömer diye biri yoktu hayatında. Tüm yaşananları unutmalı ve babasına armağan edeceği rekor için çaba sarf etmeliydi. Ancak böyle bir çalışma ve başarı onu yarım bıraktıklarına geri döndürebilirdi.

Ömer'den hiç ses seda çıkmıyordu artık. İstese karşısına çıkabilir ya da evine gelebilirdi Derya'nın. Ama yapmadı, ya da yapamadı. Yüz yüze gelmektense mesaj atmayı tercih etmişti bir süre. Fakat yanıt alamayınca ondan da vazgeçmiş, vazgeçmek zorunda kalmıştı.

Derya, ona son olarak uzun bir mail gönderdi ve Ömer'i tarihe gömdü:

*"Seni son kez hatırlayacağım. Ebediyen unutmak için... Ve hatırlanacağın tek yer sana yazılan bu son satırlar olacak. 'İhanet kendini; sadakat, iradeni dinlemektir' derler. Bu mantıkla düşünüp karakterine baktığımda ne olduğunu değil ama kendini ne sandığını görebiliyorum. Umarım söylediklerimden yola çıkarak söyleyemediklerimi anlayabiliyorsundur.*

*Bu ayrılığı terk edilmek olarak değil, kendimi senden geri almak olarak görüyorum. Bir kahrın oldu farkında mısın? Âşığın olmak değil âşığın kalmaktı derdim. Senin yüzünden kaç yanlışa inandığımı bilemezsin... Kendini güzel ambalajlamışsın. O hediye paketinin içinde beni bir çirkinliğe sürgün eden iyilik ve güzellik gibiydin. Kendini güzel seviyormuş gibi gösteren iyilik kılığına girmiş kö-*

tülüktün aslında sen. Güzel kandırdın beni. Belki biraz dikkatli baksam gerçeği görebilirdim ama karanlığı fark edebilmen, karanlıkta görmen anlamına gelmiyormuş sonradan fark ettim. Bana senin ne kadarını ayırmıştın Ömer? Hangi yanını? Benim bilip senin bilmediğin yanını mı? Senin bilip benim bilmediğim yanını mı? Hangisiydi bana layık gördüğün? Neydi bende, önce güzel bulup sonra beğenmediğin? Güzeli sevmen değil, güzel sevmendi önemli olan ama sen bunu beceremedin. Aslında insanların birbirini sevmesinde de değil mesele; sevmeye devam edebilmesinde... Duygularına işlenmiş kenar süsü, oyalı yalanlarına kandım... Sence ne kadar saftım?

Kadınların güzel görünmek için yapığı makyajla, erkeklerin kalbe girmek için söylediği yalanlar arasında fark yoktur. İkisi de karşı tarafı etkilemek için yapılan gerçekdışılıktır. Nasıl bu kadar yalana dönüştüğünü hâlâ anlayabilmiş değilim. Kelimeler bunu anlatamıyor. Senin dilini sen anlıyor musun? Belli ki anlamıyorsun. Anlasaydın kendinden iğrenirdin... Bana da sadece yüzüne susmak düşüyor bu durumda; kendi dilinden bile anlamayan birine susarak ne anlatılabiliyorsa... Kendi kendini yıkan bir hayalsin artık anla!

Aşk, karşındakine seni incitebilme ayrıcalığını verir. Ve diğer taraf bunu çok iyi bilir. Biliyordum ben, seni severken... Çünkü gözüm kapalı sevdim seni. Belki de bu yüzden bu kalp senden başkasını göremedi. Ama şimdi çok ağrıyor. Ben de başkaları gibi seni aklımla sevseydim acıyan yerim kalbim olmazdı değil mi? Sen benim içimdin. İçimken içimde öldün; şimdi hangimizin başı sağ olsun?

En azından aramızda geçecek bir ayrılık konuşması olsun isterdim. İki medeni insan gibi ayrılsaydık keşke. Belki de hatanı anlar değişirdin? Ah pardon! Her seferinde unutuyorum. Yılan deri değiştirdiğinde ısırmaz sanıyorum. Yılanın deri değiştirmesi onun yılan olduğu gerçeğini değiştirmiyordu değil mi?

Ben seni ruh eşim yapamazken sen beni aşk cinayetine nasıl suç ortağı yaptın? Bunları korkarak yazdığımı sanma. Yenilmekten korkmuyorum. Çünkü bu oyunu biliyorum. Erkekler en büyük yanlışlarını en doğru kadınlarda yapar. Bunu hep yaşıyorum.

Belki de senin suçun yok, ben sana yanlış başladım. Kırılmış bir kalp neresinden başlanabilir ki onarılmaya? İyi kalpten ölür mü insan? Bazen ölür. Ben belki ölmedim ama çok yaralandım. Ve bugün açtığın yara daha kaç yarınımı kanatacak acaba?

Neden bazı geceler diğer gecelerden daha karanlıktır bilir misin? O geceler hayatının kırık anlarına denk gelir. Ne doğrulabilirsin ne düşebilirsin. Bir sancıdır o yürekte saplı kalan. Herkesten uzaklaşırsın ama işin kötü yanı kendine de yaklaşamazsın. Kendinle hep savaşırsın. Ben senin için kendimle savaşmayı göze aldım. Kendimle olan savaşımda kazanan oldukça yeniliyorum. İnsanın kendini yenmesi zafer midir?

Çok oldu yanımda uyumak isteyen ama benim aradığım yanımda uyanmak istediğim biriydi. Ve ben hâlâ değişmedim. Beni bıraktığın gibi misin bilmiyorum ama ben hâlâ bırakıldığım gibiyim. Baktığın yerden değil verdiğin değerden anlamaya çalışıyorum seni. Bari beni kaybetmekten korkuyormuş gibi yapsaydın. Bir tesellim olurdu elimde avucumda en azından. En doğru olanını bulamasam da... Bu hayatta daha az yanlış olanını buldum ama doğru olanı bulamadım hâlâ...

Hep mutlu olmak için sevdin; çünkü bencildin. Keşke biraz da mutlu edebilmek adına sevseydin. Sıradan olabilecek kadar cesaretliymişsin. Tebrik ederim! Sahte gülümseyişlerle yaşayanlar, gerçeğini çabuk unutur. Şu yalan dünyaya bir yalan olarak da sen eklen sanki ne olur?... Sen benim yanılgım oldun, ama ben senin yenilgin olacağım. Saklamak istediğim çok şey var; tüm bunları o yüzden yazıyorum Ömer.

Sen hiç mutlu anlarını düşünüp ağladın mı? Senden sonra bu noktaya geldim biliyor musun? Seninle yaşadığım mutlu anları düşünüp düşünüp gözyaşı döktüm. İsyan ettim bazen, 'Ölümsün sen hayat!' dedim. 'Yaşatıp yaşatıp yanına alan...'

Ama hiçbir şeyi iyi etmedi bu isyanım. Açtığın pencere bir hapishane duvarındaysa ne işe yarar? Zamanıma kazınırcasına sızmışsın çok sonra anladım. Senden sonraki günlerimden seni çıkardım; kendime değil sana harcadığım zamanıma acıdım. Söylesene Ömer; gönül evini benim yıkıntılarımın üzerinde mi kuracaktın? Bakalım etrafında kimselerin kalmayışı sana neyi hissettirecek, yalnızlığı mı özgürlüğü mü? O çukurun içine düşen benmişim gibi görünse de sen kendi kuyunu kazdın.

Seni anlıyorsam, benim dilimi konuşmayı öğrendiğinden değil, senin dilini anlamayı bildiğimdendir. Çok zaman aldı bunu öğrenmek ve oldukça pahalıya mal oldu. Önce bildiklerimi unutmam gerekiyordu. Sonunda bana kimseye bağlanmamayı öğrettin. Oysa ben insanlara senin yüzünden güvenmiştim. Sen sen ol bundan sonra sevmiyorsan kimseyi kandırma! Bu, sevmemekten daha mahvedici...

Suyun üstünde durabilmeyi becermekle yüzücü olunmuyor Ömer! Kendini dahi kandırabilecek kadar iyi bir yalancı olman da seni kurtaramayacak gerçeklerden. İnsanın içi yüzüne vurur. Kiminin ışığı, kiminin karanlığı, kiminin de yarası... Sende o kadar çok değişti ki bunların yerleri... Değişmeyi hep bildin. Bildin de bir kendin olmayı beceremedin. Bundan sonraki aşklarında 'Birinin aşkına layık oldum' de. 'Âşık oldum' deme. Sen bu saatten sonra ancak sevilmeyi, değer verilmeyi bekler, sadaka aşklar dilenirsin. Yalnızlığında emeği geçen herkese küfür edersin.

Benim biriktirdiklerim senin harcadıklarındı. Ne kadar bildiğin değil, bildiklerinin ne kadarı umurunda; işte bu önemli. Sen solmuş bir yaprağın ağaçtan düşüşünü izlersin, ben o yaprağın nasıl öldüğünü bilirim; çünkü sen seni harcarken ben kendimi biriktirdim. Kalbine sığmayanları bavuluna sığdırabildiğine göre artık gidebilirsin. Git ve doğrunun seni bulmasını dile... Hep bir martı bekle ama beklediğin yerde denizin olmadığını bilme!

Hayatın neresinden hatırlıyorsan oradan unut beni. Gelir hafıza defterimden bir gün siler seni biri... Aklım ve kalbimin arasındaydın, şimdi iki dudağımın arasındasın. Sen çirkinleştikçe ayrılık güzelleşiyor bak. Hoşça kal. Hayırsız korkak, hoşça kal!"

Maili göndermekte bir an tereddüt etmedi. Zaten Derya'nın da bunları düşünecek hali yoktu. Ülkesine ve babasına armağan etmek istediği bir rekor vardı ve bunu başarmak için çalışmak zorundaydı. Kendini antrenmanlarına verdi. Ancak dalarak, egzersizle beynini oyan düşüncelerden kurtulabiliyordu. Gece gündüz çalıştı. Hırs ve azimle çalıştı. Öfkesi başarı getiriyordu.

Büyük gün için yola çıkmasına birkaç gün kala eski formunu yakalamıştı. Sicilya'ya gidince kendisine orada çalışmak için birkaç gün daha kalıyordu. O süre içinde derin dalışlar yapabilecek ve yarışma günü Şahika Ercümen'e ait olan 91 metre rekorunu mutlaka kıracaktı. Artık hazırdı.

\*\*\*

Her şey planlandığı gibi gitseydi, her şey kendisinin istediği gibi olsaydı belki de Sicilya'dan rekorla dönecekti. Ama öyle olmadı. Yarışmaya bir hafta kala babasının ölüm haberi geldi. Özgür'ün içinde bulunduğu araştırma gemisi Malta açıklarında fırtınada batmış ve kurtulan olmamıştı.

Derya'nın canından çok sevdiği babasının cesedi Akdeniz'in sularına gömülmüştü ve bulunamıyordu. Deniz onu almış, geri vermemişti. Tüm televizyonlar ve yazılı basın olayı duyurmuş, bilim çevreleri hüzne boğulmuştu. Ama asıl boğulan Derya olmuştu...

Onu hastaneye yatırdıklarında dudakları patlamış, kaşı yarılmış, gözleri mosmor olmuştu. Babasının ölüm haberini aldıktan sonra kendini yerlere atmış, kafasını duvarlara vurmuş ve bu hale gelmişti Derya. Bayılıp yere düşene kadar kimse müdahale edememiş, tutamamıştı. Annesi yoldaydı o sırada...

Derya, baygın ve bilinci kapalı bir şekilde yatağında yatarken, Mehmet Hoca üzgün ve ağlamaklı bir halde odasının kapısında bekliyordu. Gözü hastane koridorundaydı. Derya'nın annesi gelecekti. Bir saat önce inmişti uçaktan. Şu dakikalarda orada olması gerekiyordu.

Birden Derya'nın odasına doğru yaklaşan davetsiz birisi dikkatini çekti Mehmet Hoca'nın. Ömer'di bu. Yüzünde pişmanlığın bin türlüsünü görmek mümkündü. Başı önde yaklaştı hocaya. Elinde bir demet çiçek vardı. Oturduğu yerden öfke dolu bakışlarla ayağa kalktı Mehmet Hoca.

Ömer'in "Merhaba" diyerek uzattığı el havada kalmıştı. Hoca, Ömer'in bir havada kalan eline bir de gözlerine baktı öfkeyle. Dişlerini ve yumruklarını sıkarak sordu.

"Elindeki ateşle yangın söndürmeye mi geldin? Düşman sofrası ne zaman dönüştü dost meclisine?"

"Ben çok üzgünüm hocam. Hem özür, hem de başsağlığı dilemek için geldim."

"Demek onun için geldin ha?"

"Evet. Ben de çok kötü durumdayım. Çok üzgünüm."

Mehmet Hoca Ömer'in ensesinden sert bir hareketle tutarak, onu Derya'nın odasının kapısına doğru iteledi.

Araladığı kapıdan Ömer'in kafasını içeri soktu. Ömer'se "Durun hocam ne yapıyorsunuz?" diyordu.

"Bak!" diyordu hoca bağırarak. Kulağına doğru yanaştı ve "Bak, eserine bak! Orada yatan benim denizkızım. Onun kadar üzgün olamazsın tamam mı olamazsın! Bak oğlum sana bir şey söyleyeyim mi? Ben seni hiçbir zaman sevmedim. Ama bu çocuk seni çok sevmişti. Tecrübesizdi ve bilmiyordu; insanın kahpesi de insana benzer! Bu yüzden senin nasıl aşağılık biri olduğunu anlayamamıştı. Tekrar ediyorum: insanın kahpesi de insana benzer... Ne demek istediğimi, bu kızın seni neden tanıyamadığını anlıyorsun değil mi şimdi?" dedi öfkeyle.

Nefes almakta güçlük çekiyordu Ömer. Derya, olup bitenlerden habersiz solgun bir melek gibi uyuyordu yatağında. Hiç hareket etmiyordu. Yüzündeki yaralar, ellerindeki morluklar ve ölü gibi duran benzi, acıtmıştı içini Ömer'in. Daha fazla bakamadı. Hoca, onu kapı arasından geri çekti ve "Şimdi git buradan. Git ve bir daha karşımıza çıkma!" dedi.

Ömer, ürkek bir farenin deliğine sinmesi gibi, "Anlıyorum" dedi.

"Hayır, anlamıyorsun!" dedi Mehmet Hoca. Bu sefer biraz daha kısık bir sesle konuşuyordu.

"Senin anladım dediğin şeyin ne olduğunu ben çok iyi bilmiyorum. Benim sözlerim senin gibi birinde ne tesir uyandırır kestirmek zor ama o kızın yüzünü, halini gördün az önce. Kelimelerle anlatamayacağım için gösterdim sana denizkızımı. Onun o halini gör ve utan istedim. Utandın mı?"

"Çok. İçim acıdı. İncindim. Ben de insanım hocam."

"Anlamışsın demek. Benim söylediklerim değil, senin anladığındır aslında seni inciten. Şimdi defol git ve Rabb'inden seni bağışlamasını iste."

Ayaklarını sürüye sürüye, büyük bir utançla uzaklaşırken oradan, Mehmet Hoca söyleniyordu arkasından.

"İyi ki senin gibiler var. Dürüstleri büyüten düzenbazlardır. Sayende kıymetimiz biliniyor. Ama bende de hata var. Söylenmesi gerektiği yerde söylenmeyen bir doğru, zamanla yalana döner. Keşke zamanında söyleseydim zavallı kızıma, bu pislik sana göre değil deseydim. Bunun gibilerin hiçbiri doğru insan değil, sadece sayıları fazla işte. Dua et edepli benim kızım. Yoksa ihanet, âşık bir kadını barbara çevirir. Paran bile kurtaramazdı seni o zaman piç kurusu! Daha gerçek acılarla tanışmamışsın sen. Yaşıyor sayılmazsın. Ulan bir de ben de insanım diyor ya... En çok o güldürüyor beni!"

Mehmet Hoca kendi kendine söylenirken, Aldora'nın yanına yaklaştığını fark etmemişti. Bitkin ve üzgündü Aldora. Yaşama sevinci kalmamış gibiydi. Az önce yaşananlara şahit olmamıştı neyse ki... Ömer'i orada görmek, acısını daha da artırabilirdi.

Gözyaşlarıyla sarıldı Mehmet Hoca'ya. Özgür'le bunca yılın ortak arkadaşıydı o. Sımsıkı sarıldılar. Sanki Özgür'ün bir parçasına sarılıyordu Aldora. Mehmet Hoca teselli edercesine sırtını sıvazladı.

"Hadi gel ondan kalan en değerli varlığını gör. İyileşecek merak etme."

Ağlayarak girdi içeri Aldora. Kızının yanağını okşadı. Sessizce uyuyordu Derya. Çocukluğunda da öyle uyurdu. Nefes aldığı bile anlaşılmazdı. Bazı geceler yataktan kalkıp yanına gider ve nefes alıp almadığını kontrol ederdi annesi. Şimdi de aynı sessizlikte uyuyordu meleği.

Bir süre kızını izleyen Aldora'yı Mehmet Hoca dışarı çıkardı. Çok ağlıyordu. Biraz kendisine geldikten sonra hastanenin kafesinde oturup konuştular. Aldora, eşinin acısını yaşarken bir de bu durum çıkmıştı ortaya. Büyük acıları daha büyük acılar küçültüyordu ama bitirmiyordu.

Şu anda eşinin acısını geriye atmış, kızı için endişeleniyordu. Onun da başına bir şey gelirse hayata tutunacak gücü kendinde bulamayacağını anlattı Mehmet Hoca'ya. Hoca, üzgün bir ifadeyle dinledi onu ve her şeyin düzeleceğini, şu an dua etmekten başka çarelerinin olmadığını söyledi. Allah büyüktü ve sabrı sınardı...

\*\*\*

Üç gün sonra taburcu oldu Derya. Artık onun için her şey bitmişti. Mavi gözlerinin feri sönmüştü. Gözleri boşluktan başka hiçbir şeye bakmıyordu. Annesiyle bile konuşmuyordu. Dili lal olmuştu.

Aldora hep yanındaydı... Ona yemek yedirmeye çalışıyor, fakat başarılı olamıyordu. Açlıktan bayılınca da eve bir hemşire çağrılıyor, serum bağlanıyordu.

Neredeyse tanınmayacak haldeydi. Göz altları giderek morarıyor, geceleri karabasanlar iniyor, kan ter içinde yatağından fırlıyor, pencereye koşup, "Bana babamı getirin!" diye bağırıyor, etrafa küfürler savuruyordu.

Yine o hezeyanlardan birinin ardından annesinin gözlerinin içine bakarak, "Öldürün beni. Babamın yanına gitmek istiyorum!" dedi. Sonra yukarı bakıp, "Bir sen kaldın, sen de terk etme Allahım" diye yalvardı Rabb'ine. Tam bir dengesizlik içindeydi. Yaşamak istemiyordu ama ölmek de ona yetmeyecekti, biliyordu...

Aldora, kızına sarılıp dakikalarca ağladı. Derya onun kollarında kayıtsız durdu öylece. Gözlerini babasının duvardaki fotoğrafından ayırmıyordu.

\*\*\*

Takvimler 10 Ağustos 2015'i gösteriyordu. Bugün Sicilya'da rekor kırıyor olması gerekirken, yatağında ağlıyor, babasının resmiyle konuşuyordu Derya.

"Sen bir kere öldün baba. Artık nefes almıyorsun ama ben her nefeste ölüyorum. Günde milyon kere... Şimdi hangimiz daha ölüyüz? Adım Derya ama artık yetim diyorlar. Çok ağırıma gidiyor baba. Kabullenemiyorum bir türlü yeni sıfatımı... Nasıl da fahişe bir hayatın içindeymişiz sen gidince anladım. Ağzım bozuldu baba. Dilinden küfür çıkmayan kızın ağız dolusu küfür sallıyor. Katlanmaya çalışıyorum sensizliğe. Hayır, hayatı sensiz yaşamak değil, seninle paylaşamamak öldürüyor beni. Babaların bu kadar erken ölmesi çocuklarına haksızlık değil mi?

Sokakta yürürken yeni yeni fark ediyorum, ne çok sana benzeyen insan varmış aslında. Hiç acele etmiyorum eve gelirken. 'Eve geç kalmamalıyım, babam kızar' diyememek ne kötüymüş aslında... Bulutlara baktığımda içime yağıyor her gözyaşı. Başımı kaldıramıyorum baba. Sensizliğe alışamıyorum. İnsan kaç yaşında alışır ki bir babanın yokluğuna? Küçük kızların iki kanadı olur. Bu kanatlardan biri baba, diğeri annedir. Şimdi kırıldı tek kanadım. Artık küçük kızın hiç uçamayacak baba. Orada, kapkaranlık suların içindesin. Oysa biz seninle o sularda hayat bulmuştuk. Suda gülümsemeyi sen öğretmiştin bana. Ama şimdi ağlıyorum. Sen benim ağlamamı asla istemezdin biliyorum. Eğer yaşıyor olsaydın bugün sana o sulardan bir rekor çıkaracaktım. Sen de kızınla gurur duyacaktın. Ama yoksun. Saatim hiçe durdu baba. Babam... Aşkım... Aklıma sıkılı kurşunum...

Neden bu kadar erken gittin baba? Şimdi zamanı mıydı bunun? Yarın diye bir günün yok şimdi senin. Tıpkı artık dününün de olmadığı gibi... O boşlukta nereye tutunuyorsundur şimdi kim bilir. Saçlarımı uzatsam, seni çekip alsam...

Hayatında bize yaptığın ilk ve son mızıkçılık oldu bu baba... Hayatın gecesi buymuş demek. Sessiz bir sancı. Alışabilecek miyim buna? Alışılması en acı olana...

Hiçbir şey değişmedi dünyada senden sonra. Ama her şey değişmiş gibi duruyor yokluğunda. Odandan atmadım hiçbir şeyi ama şimdi eskisinden daha boş gibi.

'Baba adı?' diye sorulan her soruda sessizce yutkunacak mıyım ben şimdi? Kokunu kim çıkarıp alabilecek burnumun direğinden baba? Yarım yamalak yaşayacağım artık. Böyle yaşamak istemiyorum ama...

Seni hiç ölmez sanırdım. Anladım ki babaların da herkes gibi tek canı varmış. Ruhun denizin içinde bir yerlerde beni bekliyor biliyorum. Yanına geliyorum baba. Senin kadar güçlü olamadığım için beni bağışla. Ölünce cennete gidebilecek miyim bilmiyorum ama bir cehennemden kurtulacağım kesin."

Sonra yavaşça kalkıp çıktı yatağından. Annesi uyuyor, Derya ölmeye gidiyordu... Babasının en sevdiği beyaz elbisesini giydi. Gecenin karanlığına karıştı sonra. Bunca yük ona çok ağırdı. Ölüme yürüyordu Derya. Hem de en sevdiği yere; denize...

Sahil boyu yalpaladı adımları. Babasının denizde kalan ruhuyla buluşmak istiyordu bir an önce. Artık vakit gelmişti. Kadıköy İskelesi'ne yakın olan mendirekten atacaktı kendini denize. O sevdiği sularda boğulacak, yaşamına son verecekti. Az ötedeydi o mendirek.

Ne garip bir durumdu yüzmeyi çok iyi bilen birinin denize atlayarak intihar etmesi... Ya boğulmazsa? Yüzmeyi bu kadar iyi bilen biri nasıl bırakacaktı kendini suların koynuna? Ama böyle ölmeliydi Derya. Kendine böyle bir ölümü yakıştırmıştı. Babası denizdeydi ve o sularda ruhu ruhuyla buluşmalıydı. En sevdiği yerde, suda ölüp en sevdiğine gitmeliydi.

\*\*\*

Mendireğin ucuna doğru yürüdü. Birazdan kendini karanlık sulara bırakacak ve babasının yanına gidecekti. Suyun içindeyken ağzını açması yetecekti. Suda hayatta kalmasını en iyi bilen, ölmesini de en iyi bilendir. Hayata ait son adımlarını atıyordu. Birazdan kurtulacaktı acılarından. Hafif bir rüzgâr vardı o saatlerde. Bembeyaz elbisesi rüzgârla salınıyordu. Son kez baktı dünyaya. Kayalıklardan uca doğru yürümeye devam etti. Birden tökezledi Derya. Dengesini kaybetmemek için kenardaki kayaya tutunarak çömeldi. Tam o sırada kayanın üzerine bırakılmış bir mektup gördü orada. Uçmasın diye üzerine küçük bir taş konmuştu. O an babasının sesini duyar gibi oldu. Ya da ona rüzgârın yaptığı bir oyundu bu. Yavaşça uzandı ve okumaya başladı. Şair Tekin Gönenç'in bir şiirinde geçen cümleden alıntıyla başlıyordu:

"*Çok bekledim yoktunuz... Usulca okşayıp akşamlarınızı sesimi bırakıp gidiyordum, duymuyordunuz...*"

Bu satırları okuduktan sonra sarsıldı birden. Besbelli ki bir intihar mektubuydu bu. Sanki bir el o mektubu Derya için yazıp koymuştu oraya... Okumaya devam etti gözünde yaşlarla:

"*Bu oyundan sıkıldım ve yarısında çıkıyorum. Bütün iyiler diğer tarafa gitmiş. Ben de gidiyorum. Yarını merak etmiyorum artık ne acı. Oysa ne kadar da uğraşmıştım bu* vahşi hayatı sevebilmek için. Böylesi bir dünyada yaşamayı kendime yakıştıramadım. Varken yok sayıldım, bakalım yokken varlığım fark edilecek mi? Beni ancak içimden bakarsanız anlayabilecektiniz ama hiçbiriniz bunu öğrenemediniz. Hiç uyumadığım bir uykudan kaldırıyorum kendimi. Bunun başlaması için, her şeyin bitmesi gerekiyordu.

Beni hiç anlamadınız... En çok da sen... Bazı çiçekler sulanmadığında değil, sevilmediğinde ölür. Ölüyorum. Çok vaktinizi almayacağım. Geri kalan tüm vaktimi de size bırakıyorum zaten. Aslında güzeldi duygularım ama kapandı perdelerim. Kendime cezayken kimseye ödül olamazdım.

Kendimi gerçekleştiremedim, bu yüzden bitiriyorum. Bu kötü gidişi durduramadığım için kendimi durduruyorum. Başıma öyle bir hayat geldi ki, ölümden beterdi...

Hayat en çok yumuşak yürekli insanları eziyor, taş kalpli olmayı reddettiğim için gidiyorum. Lüzumsuz bir lambaydı hayatım; söndürdüm ve gidiyorum. Olmadığınız tek yer orası. Hiçbir şey bırakmıyorum ardımda; zaten bir hiç'ten ne kalabilir ki geriye?...

Hoşça kal sevdiceğim ve unutama beni..."

Mektubun sonunda "Burak" yazıyordu. Onun kim olduğunu bilmiyordu ama satırları şu anki durumunu nasıl da anlatıyordu. Bu satırlar iyiden iyiye güç verdi Derya'ya... Artık ölmek için hiçbir tereddüdü kalmamıştı.

Çömeldiği yerden ayağa kalktığında kendini denize atacağı noktada bir karaltı fark etti. Biri orada öylece duruyordu. Birkaç adım yaklaşınca orada fark ettiği karaltının bir erkek olduğunu anladı. Yüzü denize, sırtı Derya'ya dönüktü. İki deniz arasında duruyordu farkında olmadan. Gözleri uzaklara dalmıştı. Rüzgârı kucaklamak istercesine açmıştı kollarını iki yana. Derya, biraz daha yaklaştığında orta boylu, siyah kısa saçlı biri olduğunu fark etti. Kollarını iki yana açmış öylece duruyordu. Derya'yı fark etmemişti. Mendireğin en ucundaki kayanın üstündeydi. Yani Derya'nın kendini atmayı düşündüğü kayanın ucunda...

Aynı gün, aynı saat ve aynı dakikada aynı yere, aynı amaç için gelen iki insan. Bu bir kader miydi acaba? Kayanın ucunda duran kişi birazdan kendini sulara bırakacak gibiydi. Ama bir türlü kendini atamıyordu nedense. Vücudu bir ileri bir geri salınıp duruyordu. Biraz önce okuduğu intihar mektubunun sahibi bu adam olsa gerekti. Şimdi onu nasıl durduracaktı ki? Nasıl ikna edecekti ki? Kaldı ki o da ölmek için gelmişti oraya. Ölüme giden birine nasıl bir sebep sunacaktı yaşamak için?

"Hey acele et!" diye bağırdı. "Sırada ben varım."

Kayanın ucundaki kişi yavaşça geriye döndü. Derya, onun iki metre kadar gerisindeydi. Yüz yüzelerdi şimdi. Yirmili yaşlarında bir delikanlıydı. Yüzü karanlıkta pek seçilmiyordu ama yanağından süzülen yaşlar ay ışığında parlıyordu. Hiçbir şey söylemiyor, öylece durup Derya'ya bakıyordu.

Derya, bir iki adım daha yaklaştı delikanlıya. Şimdi daha iyi seçiliyordu yüzü. Avurtları çökmüş, dolgun dudakları titriyordu. Biçimli kaşları, masum bir yüzü vardı. Teni bembeyazdı. İri siyah gözlerinde keder yüklüydü. Üzerinde siyah kot pantolon ve siyah kısa kollu bir tişört vardı. Kolları hâlâ açıktı. Derya'nın gözlerine bakarak, yüzünde mutlu gülümsemeyle geriye doğru bıraktı kendini. Derya'nın gözleri önünde bedeni sularla buluştu. Delikanlının bedeni suyun içinde kaybolurken "Hayır!" diye bağırdı Derya. Ama o, karanlık suların içine gömülmüş, gözden kaybolmuştu bile.

Derya, o an ne yapacağını bilemedi. Kısa bir tereddüdün ardından refleks olarak delikanlıyı kurtarmak için atladı denize. O gün, o saatte, orada, o insanı kurtarabilecek tek kişi oydu. Karanlık suların içinde el yordamıyla aramaya başladı onu. Hiçbir şey görünmüyordu suda. Neyse ki daha önceden gece denize dalma tecrübesi vardı Derya'nın. Suyun içinde gözünü açık tutmasıyla kapalı tutması arasında hiçbir fark yoktu insanın. Suyun altında görmeden aranıyordu Derya.

Kayalık bir yere geldiğini fark etti. Ayağıyla güç alarak bedenini suyun içinde doğrulttu ve kendini ileri doğru itti. Tam o anda eli yumuşak bir şeye değdi. O tarafa doğru hamle yaptı hemen. Şans eseri bulmuştu delikanlıyı. Baygın bir halde dibe doğru inerken yakalamıştı onu o karanlıkta. Onu sağ eliyle koltuk altından tutarak yüzeye doğru çıkmaya başladı. Acele etmeliydi. Yoksa ölecekti. Suyun içinde onu yukarı doğru çekerken pek zorlanmıyordu. Suyun altında her şey daha hafifti çünkü.

Suyun üstüne çıktığında mendirekten birkaç metre açıkta olduklarını fark etti. Hemen pozisyon değiştirdi ve cankurtaranların boğulan insanları sudan çıkarırken aldıkları kurtarma durumuna geçti. Tek kulaç yüzerek kayaların kenarına kadar geldi. Şimdi işi daha zordu. Delikanlının bedenini karaya çıkarmakta zorlanacaktı. Kayaların üzerindeki kaygan yosunlar işini daha da güçleştiriyordu. Bastıkça ayağı kayıyor, bir türlü doğrulamıyordu. Kurtardığı kişi hâlâ baygındı. Suyun içinde değillerdi artık. Suların kayalarla kucaklaştığı en sığ yerdeydiler. Delikanlının bedeni daha da ağırlaşmıştı. Nefes nefeseydi Derya. Neyse ki durumu uzaktan gören birkaç kişi o tarafa doğru koşmuş ve kayaların dibine kadar gelmişti.

Derya gelenlere "Çabuk olun, yukarı çekin!" diye seslendi. Derya'nın bir an önce kalp masajı ve suni teneffüs yapması gerekiyordu. Oraya gelen insanların da yardımıyla mendireğe çıktılar. Onu düz bir zemine yatırmalarını istedi Derya, babasının ona öğrettiği ilkyardım tecrübesiyle hemen suni solunum ve kalp masajına başladı. Önce başını hafifçe geriye doğru kıvırdı, bir eliyle ensesinden tutarken, diğer eliyle burnunu tıkadı. Dudaklarını delikanlının dudaklarına yasladı ve ona iki kez nefes verdi. Daha sonra kalp masajına başladı.

On dakika kadar sürdü bu iş. Yanıt alana kadar devam edecekti. Delikanlının rengi bembeyazdı. Derya, hiç durmadan işine devam ediyor, bir yandan da "Ölme, lütfen ölme!" diyordu yalvarırcasına.

Tam bu sırada uzaktan siren sesleri duyulmaya başladı. Birileri ambulans çağırmıştı. Delikanlı yavaş yavaş kendine gelirken, sağlık ekibi de oraya ulaştı. Artık nefes alabiliyordu. Sağlık görevlileri onu sedyeye yerleştirirken, bilincinin açık olup olmadığını anlamak için "Adın ne? Adını söyle!" dediler. Delikanlı "Burak" diyebildi güçlükle. Derya, ismi duyar duymaz az önce okuduğu mektup geldi aklına. Etrafa şöyle bir bakındı. Mektup, biraz ötede bir kayanın üzerinde duruyordu hâlâ. Uzanıp aldı mektubu. Tam bu sırada bir sağlık görevlisi, "Hanımefendi sizi de alalım ambulansa" dedi.

"Gerek yok, ben iyiyim" dedi Derya.

Fakat sağlık görevlisi kararlıydı.

"Görgü tanıkları şahsı sudan sizin çıkardığınızı söyledi. Genel bir sağlık kontrolü yapacağız, siz de bizimle hastaneye kadar geleceksiniz."

On dakika sonra hastanedeydiler. Burak sedyede yatarken, Derya'yı bir tekerlekli sandalyeye oturtmuşlardı. İkisinin de üzerinde battaniye vardı. Doktorlar bazı sorular soruyordu. Derya, soruları yanıtlarken, sedyede yarı baygın halde yatan Burak'a bakıyordu. Bir yandan da evdeki yokluğunu fark eden annesinin kim bilir şimdi ne halde olduğunu düşünüyordu.

İki saat sonra her ikisini de taburcu ettiler. Ama macera daha bitmemişti. Karakola gidip ifade vermek zorundaydılar. İkisinin de üzerinde kimlikleri yoktu. Bir ekip otosuna bindirilip, Kadıköy Rıhtım Karakolu'na götürüldüler. Kısa bir süre sonra kendilerini polise ifade verirken buldular. Üzerlerindeki elbiseleri kurumuştu artık. Komiser her ikisine de olayın nasıl olduğunu sordu. İkisi de anlattı. İfadelerinde hiçbir çelişki yoktu. Birbirlerini tanımıyorlardı.

Anlattıkları her şey doğruydu. Sadece Derya, oraya intihar etmek için gittiğini saklamıştı o kadar. Polisin kuşku duyduğu nokta da buydu zaten. Genç bir kızın gecenin geç bir vaktinde tek başına o mendirekte ne işi vardı? Derya, polisten annesini aramak için izin istedi. Evi aradığında annesi çıldırmak üzereydi. Hemen karakola geldi. Tabii onunla birlikte Mehmet Hoca da... Durumu anlattılar, babasının yeni öldüğünü, Derya'nın bunalımda olduğunu, bazen yatağından fırlayıp, kendini bilmez bir halde sokaklara çıktığını, bu yüzden de böyle şeyler yapabileceğini söylediler. Polis ikna oldu ve her ikisini de salıverdi. Karakoldan çıktıklarında sabah olmuştu.

Burak, Derya, Aldora ve Mehmet Hoca bitkin bir halde karakolun önündeki bankta oturdular bir süre. Derya, gerçekleri tüm çıplaklığıyla anlattı onlara. Oraya intihar etmek için gittiğini ve sonrasında yaşananları...

Hepsine yabancı olan Burak'ın ağzını bıçak açmıyordu. Kimsenin kimseye bir şey sormaya ya da konuşmaya mecali yoktu. Mehmet Hoca kalktı önce. "Ben arabayı getireyim" diyerek uzaklaştı.

Sonra Burak kalktı, "Size bu cehennemi yaşattığım için özür diliyorum" dedi başı önde. Sonra Derya'ya bakarak, "Hayata yeniden başlamamı sağladığınız için size teşekkür ediyorum. Belki bu sefer olur" diye devam etti ve başını tekrar öne eğip yürümeye başladı.

Derya ve annesi bu garip çocuğun arkasından baktılar bir süre... Derya, birden fırladı yerinden ve yetişti Burak'a... Kolundan tutup kendine doğru çevirdi.

"Bir dakika bakar mısın Burak?"

"Efendim buyurun?"

"Seni gideceğin yere kadar bırakalım?"

"Zahmet etmeyin teşekkür ederim. Ben yürüyerek giderim."

"Olmaz öyle şey. Kötü bir geceydi ve ikimiz de neden orada olduğumuzu biliyoruz."

"Ben size rahatsızlık vermek istemem. Yürüyerek gidebilirim."

"Mutlaka gidersin ama izin ver biz seni bırakalım."

Burak, utana sıkıla kabul etti teklifi. O sırada Mehmet Hoca arabasını kaldırımın kenarına yanaştırıyordu. Hep beraber bindiler. Derya, önce Burak'ı bırakacaklarını söyleyince Mehmet Hoca Burak'a nerede oturduğunu sordu. Burak kısık bir sesle "Cevizli" dedi. Bunu duyan Derya, şaşkın bir ifadeyle baktı yüzüne. Burak'ın Cevizli dediği yer, yaklaşık 20 kilometre uzaklıkta bir semtti.

"Buradan Cevizli'ye yürüyecek miydin?" diye sordu.

Burak, Derya'nın yüzüne bakmadan, başı önde cevap verdi.

"Buraya gelirken de yürümüştüm."

Derya, karakolda Burak'ın üzerinden para dahil hiçbir şey çıkmadığını hatırladı. Bu demek oluyor ki gelirken de yoktu. Zaten intihar etmeye giden biri niye cebinde para taşısın ki?

Yola koyuldular. Arabada bir sessizlik hâkimdi. Derya'nın annesi sessizce ağlıyordu. Derya ise adeta uyuşturulmuş gibiydi. Etrafa boş gözlerle bakıyor, gözü arada bir Burak'a takılıyordu. Yüzünde bir yılgınlık, çaresizlik vardı. Ölümünü bekler gibi bakıyordu hayata. Sanki onu

bu dünyada tutabilecek hiçbir şey kalmamış gibi bir tavrı vardı, öyle hissediyordu Derya.
Elbisesinin cebinden Burak'ın intihar mektubunu çıkararak ona verdi. Mektubu alırken elleri titriyordu Burak'ın. Buruşturarak cebine koydu. Arabadan indikten sonra atacaktı besbelli.
Tugayyolu'ndan geçip, Cevizli'ye vardılar. Tamirhane'ye çıkan yolu geçip, Bankalar Caddesi'nden yukarı doğru çıktılar. Oradaki ara sokaklardan birinin girişinde araçtan indi Burak. Derya da onunla birlikte inmişti. Burak, tekrar teşekkür edip özür diledi. Derya, buna gerek olmadığını söyleyip, "Orada kim olsa aynı şeyi yapardı" dedi.
İlk defa gülümsedi Burak ve elini uzattı. Derya elini sıktı ve yüzüne ilk kez bu kadar dikkatli baktı; çünkü Burak Derya'dan sürekli gözlerini kaçırıyordu. Ayrılırken üç saniye kadar göz göze geldiler. Derya, sanki onu daha önce bir yerlerde görmüş gibi olduğunu fark etti. Çok emin değildi ama sanki daha önce karşılaşmış gibiydiler. Sessizce dönüp gitti Burak. Derya arabaya dönerken, onun bir gecekonduya girdiğini gördü. Demek böyle bir yerde yaşıyordu Burak.

***

O günden sonra annesi, Derya'nın tek başına dışarı çıkmasına izin vermedi. Her yere birlikte gidiyorlardı. Derya, annesi dışında kimseyle konuşmuyordu. Odasını babasının fotoğraflarıyla baştan sona donatmıştı. Babasına mektuplar yazıyordu durmadan. Bazen sitemler, bazen yakarışlar ama en çok da özleyişler akıyordu satırlardan. "En acı kayıp, tekrar elde edilmesi imkânsız olan kayıptır" diyordu babasına. "Anlık varlığıyla asırlık yokluk bırakan ölüm, seni de vururlar bir gün" diye yazıyordu sonra... Eğer bir mezarı olsaydı, oraya götürüp bırakırdı. Ama yoktu. Bu yüzden öldüğünü kabullenemiyordu bir türlü. Cesedini dahi görememişti. Suların derinliklerinde yatıyordu babası.

İntihar girişiminden sonra hiç denize girmedi Derya. Her gün annesiyle birlikte sahile iniyor, denize bakarak babası için gözyaşı döküyordu. Babasının ölümünden kısa bir süre önce yaşadığı ayrılık aklına bile gelmiyordu artık. Büyük bir acıyı daha büyük bir acı silmişti çünkü.

Annesi Derya'yı kendisiyle birlikte Amerika'ya dönme konusunda ikna etmeye çalışmış fakat başarılı olamamıştı. Türkiye'den ayrılmak istemiyordu kızı. Burada kalacak ve acısını yaşayacaktı. Bunun üzerine annesi İstanbul'a yerleşme kararı aldı. Kızını yalnız bırakamazdı. O, Özgür'den kendisine kalan tek emanetti. Bundan sonra gözü gibi bakacak, koruyacak ve kollayacaktı kızını. Kocasının hatırasını kızında yaşayacaktı.

\*\*\*

O kötü deneyimin üzerinden üç ay geçmişti. Babasının ölümüne biraz daha alışmış, hayata yeni yeni tutunmaya başlamıştı. Tabii bunda annesinin rolü de çok büyüktü. Son günlerde durmadan o intihar gününü düşünüyordu Derya. Bazı detaylar üzerinde duruyordu. Burak orada intihar ediyor olmasaydı, şimdi yaşamıyor olacaktı... Nasıl bir kaderdi bu... Burak kurtarıldığı için teşekkür etmişti. Kulaklarından silinmemişti o cümleler. "Acaba hangimiz hangimizin hayatını kurtardı?" diye düşündü Derya.

Belki de asıl teşekkür etmesi gereken kişi kendisiydi. O gece her şey o kadar hızlı gelişmişti ki olayı o açıdan düşünebilmesi imkânsızdı. Ama şimdi zihninde bulanık duran her şey çok netti. Burak'a bir teşekkür borçlu olduğunu biliyordu. Hocasını aradı Derya.

"Hocam o gün gittiğimiz yeri hatırlıyor musun?"
"Hangi gün denizkızım?"
"Burak'ı evine bıraktığımız yerden bahsediyorum."
"Hatırlıyorum tabii. Gençlik yıllarım oralarda geçmişti benim."
"Öyle mi? Bunu bilmiyordum. Peki, beni oraya götürür müsün hocam? Burak'a bir şey söylemem gerekiyor."
"Götürürüm tabii. Ne zaman istersen... Hem çocuğun durumu nasıl onu da öğrenmiş oluruz."
"Bir saate kadar hazır ol."
"Teşekkürler hocam."

Bir saat sonra hocanın arabasıyla yola çıktılar. Derya'nın yüzünde o günden bugüne kadar görülmeyen bir rahatlama vardı. Gerçi yine gülmüyordu yüzü ama en azından asık da değildi. Mehmet Hoca neden böyle bir şey istediğini sorunca Derya anlatmaya başladı.

"Kafasına intiharı koymuş, kararlı birini ölüme gitmekten ne vazgeçtirebilir hocam?"

Mehmet Hoca, soruya gülümsedi. Anlamıştı.

"Kendisinden önce intihar eden başka biri..."

"Evet hocam. O gün Burak orada olmasaydı belki de bugün yaşamıyor olacaktım. Sadece ben onun değil, o da benim hayatımı kurtardı farkında olmadan. Ama hep o teşekkür etti. Böyle düşününce ona bir teşekkür borcum olduğunu fark ettim ve şimdi borcumu ödemeye gidiyorum."

"Umarım onu orada bulabiliriz. Hakkında hiçbir bilgimiz yok çünkü. Kimdir, necidir, yalnız mı, ailesiyle mi yaşar?... Aradan epey zaman geçti."

"Bulamasak bile en azından komşularına bir telefon falan bırakırız. Bize döner herhalde."

"Bırakırız denizkızım merak etme."

Cevizli'ye yaklaşınca gençlik yıllarındaki anılarından bahsetmeye başladı Mehmet Hoca. Şimdi yerinde yeller esen, her ergenin mutlaka bir iki defa gittiği, müstehcen filmler oynatan o meşhur Sinema 73'ten girdi, Bankalar Caddesi üzerindeki As Düğün Salonu'ndan çıktı... Gözünde tüm hatıralar canlanmıştı Mehmet Hoca'nın.

"Çok değişti buralar" dedi.

"Tanımadığımız insanların bile düğününe giderdik şu As Düğün Salonu'na. Her düğün sonrası mahallenin serserileri mutlaka kavga çıkarırdı. Hey gidi günler heeey..."

Derya'ya çok uzak geliyordu anlatılanlar. Onun şu anda tek istediği Burak'ı bulmak ve "Bana hayatımı verdiğin için sana teşekkür ederim" diyebilmekti.

Onu, o gece bıraktıkları sokağı buldular. Arabayı uygun bir yere park etti Mehmet Hoca.

"Bu sokaktı çok iyi hatırlıyorum ama evi hangisiydi bilmiyorum denizkızım" dedi.

Derya, arabadan inerken gözleri o eve kilitlenmişti bile.

"Ben biliyorum hocam."

O gece Burak'ın girdiği gecekonduya doğru yürüdü Derya. Köhne kapıyı birkaç defa çaldı ama açan olmadı. Yan taraftaki evin camından uzanan yaşlı bir teyze, "Kimi arıyorsun gızım?" dedi.

Derya kadına dönerek, "Burak'ı arıyorum ben. Burada mı oturuyor teyze?" diye sordu.

"Ne edeceksin sen o garibanı?"

Ne demek istediğini anlamamıştı Derya. Gariban diyerek neyi kastetmişti acaba? Teyzenin camına doğru yaklaşarak, "Onu bulmam lazım teyze. Benim için çok önemli" dedi.

Yaşlı teyze meraklı gözlerle Derya'yı süzerek sordu.

"Niye arayıp durursun onu bakayım hele bir söyle bana!"

"Biz onunla tanışıyoruz teyze. Bir yerde tesadüfen karşılaştık ama telefon numaralarımız yok birbirimizde. Daha doğrusu almayı unuttuk. Sadece burada oturduğunu biliyorum."

"Ah benim gözel gızım, o garibanın telefonu yoktur ki. Bir garip oğlandır o. Tek başına yaşar burada. Kimi kimsesi yok. Sessizce bir çocuktur. Sanki dersin dili yok. Kimseyle konuşmaz. Kimseye yan bakmaz. İşine gelir gider."

"Ne iş yapıyor teyze?"

"Berber. Gadın berberi."

"Kuaför yani?"

"He ya ondan işte... Ben diyemiyom onu dilim dönmeyo. İşine gider gelir. Elinde hep kitap vardır. Eskicilerden alır gelir. Bütün parasını kitaplara verir gızım. Durmadan okur. Fülüzof olacakmış olamamış herhal."

"Ailesi yok mu peki?"

"Kimsesi yok. Depremde ölmüş hepsi. Sakaryalı bunlar. Bu o zaman daha küçükmüş. Bir tek ağabeyi kalmış hayatta. O da üç ay önce öldü zaten."

Derya, hemen yanında duran Mehmet Hoca'sına baktı. İkisinin de gözleri dolmuştu.

"Çok teşekkür ederim teyze."

"İki saate kadar gelir. İstersen eğlen biraz buralarda gözel gızım."

Kadın Anadolu insanının misafirperverliği ile davet etti onları içeri. Derya kibarca reddetti bu nazik daveti.

"Biz biraz dolaşıp yine geliriz teyze" dedi.

Giderlerken arkadan teyzenin sesi duyuluyordu. "Maşallah pek de gözel gızmış tü tü tü..."

Arabaya bindiler tekrar. Tamirhane Caddesi'ndeki kafelerden birine gittiler. Kasım soğukları kendini iyiden iyiye hissettiriyordu. Sıcak birer salep söylediler. Derya'nın gözleri dalgındı.

"Niye dalgınsın denizkızım?" dedi Mehmet Hoca.

"Hiç" dedi Derya. "Etrafımızda bilmediğimiz ne çok dram var değil mi?"

Sonra salebinden bir yudum daha aldı. Dudaklarında kalan tarçın kalıntılarını diliyle temizleyip devam etti.

"Hiç tanımadığım ama yüzü bana çok tanıdık gelen

birinin hikâyesini dinledim az önce. O kişi ki bilmeden beni ölümümden alıkoydu. Onu hem çok iyi tanıyor, hem de hiç tanımıyor gibiyim."
"Bazen insan hayatında kırılma noktaları vardır denizkızım. Benim hayatımdaki kırılma noktalarından biri de babandır. Onun bana yaptığı iyiliklerin hakkını ödeyemem. Nur içinde yatsın."
"Nur içinde yüzsün."
Bu dramatik sahnenin ardından ikisi de bir suskunluğa gömülmüştü. Sessizce daldılar kendi içlerine. Bu arada Aldora sık sık onları arayıp ne durumda olduklarını soruyordu. Neyse ki kızı hocasının yanındaydı. İçi rahattı.

\*\*\*

İki saat, bir dakika gibi geçti. Kalktılar. Tekrar aynı sokağa geldiler. Hava kararmıştı. El ayak çekilmişti etraftan. Eve doğru yürüdüler. Yan evin penceresine baktı Derya, yaşlı teyze ortada yoktu. Kapıyı çaldı ve bir süre bekledi. İkinci çalışında açtı Burak. Çok şaşırmıştı. Bir an panikledi, heyecanlandı.
Derya'ya "Merhaba" dedi sesi titreyerek. Ellini uzattı. Tokalaştılar. Elleri de titriyordu. Tokalaşır tokalaşmaz hissetti Derya. İkisi de o kötü güne gitmişti bir anda. Burak'ın yüzünde kocaman bir soru işareti vardı sanki. Başını öne eğerek, "İçeri buyurmaz mısınız?" dedi.
"Yok, rahatsız etmeyelim biz..." dedi Derya.
Aralarında kısa bir sessizlik oldu.

"Dışarısı soğuk lütfen içeri girin" diye ısrar etti Burak. Derya, hocasına baktı. Mehmet Hoca kafasıyla onaylayınca girdiler içeri.

Derme çatma bir evdi. Kırık dökük birkaç parça eşya vardı. Basık, tek göz oda bir yerdi burası. Tavanı akıyordu. Suların aktığı yerde bir leğen vardı. Yarısına kadar dolmuştu. Kesif bir rutubet kokusu kendini hemen belli ediyordu. Yerde belli yerleri çürüyüp delinmiş eski bir halı, üzerinde tek ayağı kırık masif bir sehpa, sehpanın üzerinde kitaplar ve bazı notlar vardı...

Evin yırtık bir perdeyle kamufle edilmiş olan tek penceresinin yanında Burak'ın uyuduğu somya, somyanın üzerinde bir defter, defterde yarım bırakılmış bir şiir görünüyordu. Biraz ötedeki duvarda derme çatma, inşaat kalaslarıyla yapılmış bir kütüphane bulunuyordu. Uzun rafların her biri eski kitaplarla doluydu. Rus edebiyatından Türk klasiklerine kadar her türden kitapla, adeta bir sahafı andırıyordu burası.

Salona açılırken gıcırdayan tahta kapının hemen yanında, üzerinde çay pişirildiği belli olan elektrikli bir ocak duruyordu yerde. Aynı zamanda evi de ısıtıyordu bu ocak. Evin bir diğer köşesinde yazlık evlerin bahçelerinde duran eski ve dağınık bambu bir masa ve etrafında genelde çay bahçelerinde kullanılan üç plastik sandalye yer alıyordu. Sandalyelerden birinin tek ayağı kırıktı. Üzerleri kirliydi. Masanın üstüne gazete kâğıdı serilmişti. Bambu masanın üzerinde yumurta kırılıp yenildiği çok belliydi. Sabahtan kalma alüminyum bir sahan, kirli bir çay bardağı ve toz şekerlik duruyordu. Köşesi koparılmış yarım ekmek, ekmek kırıntıları, ters duran bir çay kaşığı, birkaç zeytin çekirdeği bu gariban sofrasını özetliyordu. Tüm yoksulluğa rağmen evde okunan kitaplar Burak'ın sefil ama edebiyatla taçlanmış bir hayat yaşadığını işaret ediyordu. Elinden geldiğince yaşanabilir hale getirmeye çalıştığı bu evde, fakirlikten çok derin bir hikâye gizli gibiydi aslında. Derya, ilk defa gördüğü böyle bir evi merakla inceliyordu.

Mehmet Hoca'yla birlikte odadaki çekyatta oturuyorlardı. Derya, önlerinde duran tek ayağı kırık sehpanın üzerindeki notları gözucuyla okumaya çalışıyordu. Burak onlara bir garson edasıyla "Bir şey içer misiniz efendim?" diye sorduğunda Mehmet Hoca az önce kafede içtiklerini söyleyip teşekkür etti. Burak, evine gelen misafirlere bir şey ikram edememenin ezikliğini yaşadı o an. Durumu fark eden Derya, "Bir şey ikram etmene gerek yok Burak. Çok uzun kalmayacağız zaten" dedi. Ne kadar da mahcup biriydi...

Burak rahatlamış gibi görünse de neyin sebep olduğu bilinmeyen bir utanç yaşıyordu sanki. Fakirliğinden utanmış gibiydi. Bambu masanın yanındaki plastik sandalyeyi alarak tam karşılarına oturdu. İkisinin de gözlerine bakamıyordu.

"Şey... Evimin kusuruna bakmayın lütfen" dedi utanç yüklü sesiyle.

"Önemli değil" dedi Derya tebessümle...

Kısa bir sessizlik oldu odada. O sırada gözucuyla sehpanın üzerindeki defterde yazan notları okumaya başladı Derya. Burak'ın elyazısını intihar mektubundan biliyordu. Yaptığının doğru olup olmadığına karar veremiyordu. Burak'ın yüzüne bakmaya da çekiniyordu açıkçası.

Bu durumda en iyi yapılacak şey, notları okumak olabilirdi. Biraz utanç ama daha çok merak duygusuyla okumaya koyuldu.

"Aşkın büyüme hızıyla tükenme hızı arasındaki savaştan hangisi galip çıkacak?" diye başlıyordu satırlar. Derya, zor da olsa oturduğu mesafeden okumaya çabalıyordu yazılanları.

"Aşk zannetmektir, ayrılık ise zannettiğini fark etmektir. Bütün masalların 'bir yokmuş'u düşer payına. Yalnızsan aşk sadece bir kelimedir, biri hayatına girdiğinde cümleye dönüşür. Tek kelimelik en uzun cümle... Onu ikna etmeye çalışma! Aşk, kendi doğrularıyla gelir sana. Senin bu zamana kadar edindiğin tüm doğruları yanlışa çevirir, tüm yanlışları doğruya. Karmakarışık gelir bildiğin her şey. Aşkın özü karmaşasındadır zaten. Ya ayak uyduracaksın ya ayakta uyuyacaksın! Başka seçeneğin yok.

Ne hazin bir son... Ya da en hüzünlü başlangıç mı demeli? Bir yeniklik duygusu peyda olur içinde. Sebebini anlayamadığın bir duygudur bu. Aşka inanmış, ona güvenmiş ama onun tarafından haksızlığa uğratılmışsındır. Aşk bazen insana girmediği bir kavganın yenilgisini yaşatır. Kalbin büyük gelir göğüskafesine. İçin ağrır. O iç ağrısı adama adamlığını yaşatmaz. Onun söylediklerini dinleyip gözlerine sığınırsın. Ama hangisi tarafından kandırıldığını asla anlayamaz, 'Ey aşk beni yıkmak için mi yaptın?' diye sorarsın.

Hep kaybedeceklerimize mi âşık oluyoruz, yoksa âşık olduklarımızı mı kaybediyoruz hep? Cevabı kaosa

> dönüşecek bir soru bu. En iyisi hiç cevap beklememek! İyi soruların kötü cevapları olur bazen. İnsan kendini kandırmaya çalışıyor bu kaos içinde. Kendini kandırmaya çalışmanın en boktan yanı söylediklerine kendini asla inandıramıyorsun. O yüzden beni kandırma işini hep başkalarına bıraktım. İyi yapıyorlar işlerini. Çünkü onlar hep kendileri dışındakilerin aptal olduklarına inanır. Kendi zekâlarına bakmadan herkesi aptallıkla suçlarlar, en iyilerin, en zekilerin hep kendileri olduklarını zannederler. Onlar için 'zannetmek', gerçeklerden daha inandırıcıdır çünkü.
> Neyse boş ver onları. Sen beni nasıl yaktın onu söyle?"

Buraya kadar okuyabildi Derya. Gözlerini nottan ayırdığında ise Burak'ın kendisine baktığını gördü. Derya'nın notlarını okuduğunu görmüş ve bir mahcubiyet yaşamıştı. Durumu fark eden Derya açıklama yapma gereği duydu.

"İstemeden gözüm takıldı notlarına. İzin almadan göz gezdirdiğim için özür dilerim. Özel değil de genel gibi duruyordu. Bir makale gibiydi yazdıkların, o yüzden okudum."

"Önemli değil. Misafir geleceğini düşünmediğim için her şeyi öyle ortada bırakmışım. Asıl ben özür dilerim."

Sözlerini bitirdikten sonra ayağa kalkıp, defteri almaya yeltendi. Tam o sırada elini tuttu Derya.

"Lütfen bırak kalsınlar. Rahatsız olma."

"Şey... ben..."

"Üstelik o kadar güzel yazmışsın ki devamını da okumak için senden izin isteyeceğim."

"Estağfurullah ne izni?..."

"Devamını çok merak ediyorum. Edebi bir yazıya benziyor."

"Tabii ki okuyabilirsiniz. Nasıl arzu ederseniz..."

"Hem senin yazdıklarına çok da yabancı değilim ben."

Burak, Derya'nın bu cümleyi intihar mektubunu kastederek söylediğini anladı. Haklıydı. Burak'ın kelimelerine aşinaydı. Okumasında hiçbir sakınca yoktu. Yavaşça sehpaya bıraktı elindeki notları. Tekrar sandalyesine otururken, Derya teşekkür eden gözlerle baktı ona ve sözlerine devam etti.

"Neden geldiğimizi merak etmişsindir eminim. Sana bir teşekkür borcum var."

"Estağfurullah Derya Hanım. Ne teşekkürü? Ziyaretinizden dolayı asıl benim size teşekkür etmem gerekiyor."

"Sen çok kez teşekkür ettin zaten Burak. Seni kurtardığım için ettin. Ben de aynı şeyi yapıp, beni kurtardığın için teşekkür etmeye geldim."

Bir an bocaladı Burak. Yere bakarak konuşuyordu. "Ben pek anlayamadım özür dilerim" dedi utanarak.

Bu mahcup hali çok etkilemişti Derya'yı. Merhamet yüklü bir ses tonuyla yanıt verdi.

"O gün sen orada olmasaydın intihar edecektim. Bilmeden beni kurtardın."

Dudaklarının kenarında küçük bir gülümseme belirdi. Başını kaldırıp üç saniye kadar Derya'nın gözlerine baktı. İkinci kez bu kadar uzun bakıyordu o mavi gözlere. Sonra boğulmaktan korkarcasına kaçırdı bakışlarını.

"Bir işe yarayabilmişsem ne mutlu bana" deyip, tekrar eğdi başını.

Bu çekinken ve tutuk halleri, daha da merak uyandırıyordu. Derya, bu gizemli gencin kim olduğunu bilmek, onu daha yakından tanımak istiyordu. Yeryüzünde bu kadar nahif bir erkek kalmış mıydı acaba? Yüzüne bakınca hiç kimseye zarar veremeyeceğine inanılan insanlardandı Burak. Suretinden akan saflık ve masumiyet, onu eşi benzeri olmayan bir insan yapıyordu. Ama Derya biraz onun dünyasına yaklaşsa, kapısını aralayacak olsa, ürküp kaçacak gibi de duruyordu aynı zamanda. Kendine ait gizli bir dünya taşıyordu içinde besbelli.

Yine bir sessizlik olmuştu odada. Mehmet Hoca bu sessizlikten faydalanarak devreye girdi.

"Burak'ı neden bir yemeğe davet etmiyoruz Derya?" diye sordu göz kırparak.

Bu teklife hazırlıksız yakalanan Derya, önce biraz şaşırdı fakat çabuk toparladı kendini. Bu gerçekten iyi bir fikirdi. Hem Burak'ı tanımak hem de merak ettiği soruları sormak açısından iyi bir teklifti.

İkisi de Burak'ın vereceği tepkiyi ölçmeye çalışıyordu. Burak'sa bir kez daha mahcubiyet yaşadı o anda. Bu teklifi kabul etmek ister gibi bir hali vardı ama biraz desteğe ihtiyaç duyuyordu sanki. Bunu anlayan Mehmet Hoca yerinden kalkarak Burak'ın yanına doğru yürüdü. Plastik sandalyede oturmakta olan delikanlının omzuna elini koyarak, "Seni tanımıyorum ama inan çok sevdim delikanlı. Bir büyüğün olarak seni müsait olduğun bir günde yemeğe davet ediyorum. Teklifimi yaşıma hürmeten kabul etmek zorundasın" dedi ve tekrar göz kırptı Derya'ya...

Tüm mahcubiyetiyle, "Peki efendim. Nasıl isterseniz" dedi.

Derya'nın yüzüne bir gülümseme yayılmıştı. Gitme zamanı yaklaşıyordu. Ama Derya, notların devamını okumayı unutmamıştı. Az önce yaşanan sahnenin samimiyetine güvenerek, "Şimdi notlara kaldığım yerden devam edebilir miyim?" diye sordu.

"Tabii ki, ne demek?..." diyerek zarifliğini bir kez daha ortaya koydu Burak.

Derya, kaldığı yerden devam etti okumaya.

*"Öyledir işte aşk, bir taraf kendini devamlı olarak şair zanneder, diğeri de yazılan her şiire inanır. Çift taraflı bir yanılsama vardır aşkın özünde. Ama mutlu bir yanılsamadır bu. Herkes salak gibidir ama yine de halinden memnundur. Gönüllü bir teslimiyet vardır ortada. Zaten öyledir aşk. Özgürlüğünü kısıtlıyorsun ama mutlu oluyorsun...*

*Ah gidişi gelişinden belli olanım, uzun otobüs yolculuklarında dökülmesin diye yarım doldurulan bardaklar gibiydik biz seninle. Ne döküldük, ne tadımıza doyabildik. Bir yudumda bitti sanki aşkımız. Her şey çok çabuk oldu. Hani diyordu ya Yıldız Tilbe, 'Çabuk olalım aşkım.' Bizimkisi ışık hızıydı sanki. Daha gözlerini bitirmeden topuklarını seyrettim sen giderken... Baktığım her yerdesin. Yani bu kadar çoksun; bir kalbimde yoksun. Aklımı silemiyorum. Neye baksam senleşiyor. Neye tutunsam kopuk, neye uzansam eksik... Kimi görsem yabancı, kimi sevsem acı.*

Sende sarıldığım umutları bilsen, acaba bu kadar kolay terk eder miydin beni? Ama sen beni sevmemiştin o kadar. Terk etmek için en zayıf anımı beklemiştin. 'Sırt sırta verelim' deyip arkamı döndüğümde sırtımdan vurmuştun. Şimdi bu yaralı, bu mağlup halimle nasıl mücadele vereceğim? Beni koca bir harp meydanında silahsız ve yaralı bıraktın. Köklerimi kuruttun ey yâr; söyle, dallarım nasıl savaşsın?

Daha önceden kullanılmıştı gözlerin ama ben onlara hep ilkmiş gibi baktım. Aşk korkarak büyütülemezdi. Seni sevmekten korkmadım. Aşka rağmen aşka bağlanmaktır âşık olmak. Sen benim ilk aşkımdın. İlk aşk hiç bitmeyecek, bitince hiç başlamayacak zannedilir. Sen bana başlamanın ve bitirmenin ciğerini öğrettin. Karaktersiz bir gidişti seninkisi. Hiç insan kalır gibi gider mi? Bir daha karşına çıkmayacak bir insana 'görüşürüz' diyerek ayrılmaktı seninkisi. Bana ateş eden gözlerin şimdi kim bilir kimin yaralarını sarıyor...

Beklemek çok yordu beni. İnan beklemek daha yorucu kavuşamamaktan. Hep yarın dönecek umudu taşımaktan bıkıyor insan. Böyle bir umuttan daha az yıpratıcıdır umutsuz kalmak. Yarın dönecekmiş gibi gidersen olacağı buydu işte. Keşke ihtimal bırakmadan gitseydin. Unutma bir kelebek için yarın çok geçtir.

Acı konuştum biliyorum. Ama ne yapayım; kalbinde taş taşıyanın sözü hafif olmaz. İstediğin bir dans için istemediğin bir müziğe katlanırsın bazen. İlerde keşke demedim için aşkına inanmıştım; keşke inanmasaydım.

*Aşkı tarif et deseler şunu söylerdim: Yanlış bir yola girdiğimi biliyorum ama hâlâ o yolda yürümeye devam ediyorum. Sen yolu bitirmişsin ben daha yeni yeni hızlanıyorum, coşuyorum. Aşka bir kere geç kaldım, bak hâlâ koşuyorum..."*

Derya, çok etkilenmişti okuduklarından. Kafasında bir sürü soru vardı şimdi. Kimi sevmişti bu kadar? Bir insan böyle severken nasıl terk edilebilirdi? İntihar teşebbüsü tamamen bu aşk yüzünden miydi yoksa başka sebepler de var mıydı?

"Çok güzel yazmışsın Burak. Rabbim yüreğine zeval getirmesin. İnsan okudukça merak ediyor."

"Çok teşekkür ederim efendim. Hayatımın en büyük iki tesellisi var; biri okumak, diğeri yazmak."

"Yazmayı bırakmamalısın bence. Senden iyi bir yazar olacağını düşünüyorum. Belki ilerde kitapların olur. Sevilen bir yazar olursun. Belli mi olur?"

"Yazarlık mı hâşâ! O mertebeye ulaşmak kim, ben kim?... Kendi çapımda yazıyorum. Kendi derdimi kendime anlatıyorum. Başka gözlerin değmesini istemem satırlarıma."

"Ama benim gözlerim değdi. Değmesini istemeseydin değmezdi."

"Değmesini istemeseydim değmezdi."

Susup, sessizce birbirlerine baktılar. O aradaki sessizlikten binlerce söz geçti. Sessiz sözlerle anladılar birbirlerini. Mehmet Hoca ayaklandı ilkin.

"Bize müsaade evladım."

Hepsi birden ayağa kalkmıştı. Burak, onları kapıya kadar geçirdi. Hatta onlarla birlikte dışarı çıkıp, arabaya kadar da eşlik etti. Mehmet Hoca arabaya binerken, nazik bir hareketle Derya'nın kapısını açtı Burak. Derya teşekkür ederek binerken, "Ne kadar kibar ve zarif" diye düşündü.

Bunca kaba insan yaşarken yeryüzünde, neden Burak gibiler ölüme yakın dururdu hep?

Araç hareket etmeden önce, "Sanırım telefon kullanmıyorsun. Nasıl iletişim sağlayabileceğiz?" diye sordu Derya.

"Siz bana bir telefon numarası yazıp verebilirseniz, ben sizi ararım" dedi Burak.

Tam bu sırada kartını uzattı Mehmet Hoca.

"Bu benim numaram, arkada da Derya'nın numarası yazılı. Senden haber bekliyoruz."

Araba ağır ağır uzaklaşırken o sokaktan, Burak elinde kartvizitle arkalarından bakıyordu.

\*\*\*

Eve gidene kadar yolda Mehmet Hoca'yla Burak hakkında konuştular.

"Ne kadar içine kapanık bir çocuk değil mi hocam? Belki de içine kapanmamıştır, yaşadığı şeyler onu içine hapsetmiştir?"

"Bence içine kapanık olmaktan ziyade dışına kapanık bir çocuk... İçdünyasında manevi derinlikler saklı ve orada kocaman bir dünya ver. Yani içinde mutlu ama dışına kapalı gibime geliyor. Senin gibi ben de merak ediyorum tabii..."

"Yemeğe davet etmen çok iyi bir fikirdi. Onu gerçekten tanımak istiyorum. Bu yüzyılda hâlâ böyle insanların var olması şaşırtıcı geliyor hocam."

"Eh herkes Ömer değil! İyi insanlar da var bu dünyada; sırf doğduğu için yaşayanlar da... Bu yüzden koruyacağız bu çocuğu. Sevdiğini koruyacaksın. Herkes tarafından sevileni daha çok koruyacaksın. Çikolatayı da herkes sever ama sinekler daha çok sever. Bu yüzden böyle pırlanta gibi insanları kollamak lazım...

Kim bilir isteyip de yapamadığı neleri vardır. İnsanı asıl yaşlandıran yaşadığı hayat değil, yaşayamadıklarıdır denizkızım. Vakit erkenken davranacaksın. Önce gençliğin gücüyle hareket eder insan, sonra yaşlılığın tecrübesiyle. İkisi aynı anda olmaz. Eşyanın tabiatına aykırı... Kendini bir düşün. Bir amacın ve hedefin var. Bazı zorluklar seni tökezletse de gençliğin var. Kalkar devam edersin yoluna.

Bu yüzden Burak'a hayatın tanımadığı şansı belki biz verebiliriz. Neleri kaybettiğini, neler uğruna nelerden vazgeçtiğini iyi bilmeliyiz. Bir insanın geçmişi yaptıklarıyla değil yapamadıklarıyla anlatılırsa anlaşılır. Önün kapkaranlık olduktan sonra arkanda ışık olsa ne olur? O yüzden yol açmamız değil, yol olmamız gerek ona."

"Doğru söylüyorsun hocam. Ben onun daha çok aşk acısı çektiğini düşünüyorum. Yoksulluk falan hikâye ona. O, bunları genç yaşta aşmış, erkenden büyümüş. Ama ne yazık ki kalbi küçük kalmış, saf kalmış ve ezmişler onu gibime geliyor. Yazdıklarından onu anlıyorum."

"Yazdıklarını sen okudun. Bu konuda benim bir fikrim olamaz dolayısıyla. Çok mu terk edilmiş?"

"Bence çok terk edilecek kadar fazla kişi olmamıştır hayatında. Eğer tahmin ettiğim gibiyse son aşkından büyük darbe yemiş."

"Ah gençlik. Terk edilmeyi ölmek sanan gençlik..."

"Terk edilmek değil de terk edilmenin utancı daha çok acıtmış canını. Gururlu bir âşıkmış sanırım."

"O da benim gibi kibar sevmiş. Biz aşkı çocukluğumuzda öğrenmiştik."

"Nasıl yani hocam?"

"Çocuktum. İlkokuldaydım. Ve benim için aşk, montumu sevdiğim kızın montunun üstüne asmaktı. Biz bu kadar masumduk severken. Aşkı bu duygularla büyüttük biz."

Bunları anlatırken dolan gözlerini yoldan hiç ayırmıyordu Mehmet Hoca. Aracı kullandığından değil, o an başka türlüsünü yapamadığından... Radyoda "Mazi kalbimde bir yaradır" şarkısı çalıyordu...

\*\*\*

Üç gün sonra aramıştı Burak. Günlerden cumartesiydi. Pazar günü gelebileceğini söylemişti Mehmet Hoca'ya. Hoca hemen Derya'ya haber verdi. "Yarın geliyor Burak" dedi.

Ertesi gün Kadıköy'de bir restoranda buluştu üçü. Burak çok heyecanlı ve utangaç görünüyordu. Derya'ya ve

Mehmet Hoca'ya birer kitap hediye getirmişti. Yemek siparişlerini verdikten sonra konuşmaya başladılar. Söze ilk olarak Mehmet Hoca girdi.

"Eee anlat bakalım Burak evladım. Tanıyalım seni biraz."

"Bilmem ki ne anlatayım?"

"Ben sorayım o zaman. Kaç yaşındasın, nerelisin?"

"Yirmi altı yaşındayım efendim. Aslen Sakaryalıyım."

Bunu duyar duymaz aklına Ömer geldi Derya'nın. Aynı yaştalardı. Mehmet Hoca, delikanlının yaşını duyunca şaşırmıştı.

"Hiç göstermiyorsun yirmi altı. En fazla yirmi yaşında görünüyorsun."

"Öyle diyorlar efendim."

"Yahu bırak şu efendim lafını. Kibar çocuksun anlıyorum ama ben de padişah değilim vesselam."

"Nasıl isterseniz efendim."

Burak'ın son cevabı Derya'yı güldürmüştü. Sonra üçü birden gülmeye başladı ve ilk samimiyet böylece kurulmuş oldu. Bu arada yemekler de gelmişti. Sofra adabını iyi biliyordu Burak. Çatalın ve bıçağın hangi elle tutulacağını, salata tabağının sol tarafta, su bardağının sağ tarafta durması gerektiğini, yaşça büyük olan yemeğe başlamadıkça, diğerlerinin başlamaması gerektiğini... Ağzını şapırdatmadan, çok kibar ve temiz yiyordu yemeğini. Sofraya en küçük bir ekmek kırıntısı bile dökmüyordu.

Derya bir yandan yemeğini yerken, diğer yandan da Burak'ı gözucuyla inceliyordu. Tarumar olmuş bir gecekondudan çıkan prens gibiydi bu çocuk. Tam o sırada bir soru geldi aklına, "Neden cep telefonu kullanmıyorsun?" diye sordu birden.

Burak, masadaki peçeteyle ağzını silerek cevap verdi. "Arayacak kimsem yok. Beni de kimse aramaz zaten." Derya'nın içini yakmıştı bu cevap. "Param olmadığı için alamıyorum" dese bu kadar üzülmezdi.

"Bir ailen ya da arkadaşların yok mu Burak?"

"Ailem Sakarya depreminde öldü. Daha doğrusu akrabalarımın birçoğunu o depremde kaybettim ben. Neredeyse bütün sülale aynı apartmanda oturuyorduk. Bir gece evimize hırsız girdi. Benden on yaş büyük ağabeyim fark etti hırsızı. Birden yataktan fırlayıp evin içinde kovalamaya başladı. Hepimiz uyandık tabii. Biz birinci katta oturuyorduk. Hırsız balkondan atlayıp kaçtı. Ağabeyim de elinde sopayla peşinden... Ben de o zamanlar dokuz on yaşlarındaydım. Ağabeyim hırsızın peşinden gidince ben de onun peşinden koştum. Tam o sırada deprem oldu. Binamız yıkıldı. Annem, babam, ablam ve küçük kardeşim öldü. Apartmanda oturan diğer akrabalarımız da öldü. Hiç sağ kurtulan olmadı.

Mahalledeki bütün evler yıkılmıştı. Biz ağabeyimle dışarıdaydık o sırada. Sarsıntı başlayınca bir ağacın dibine sığınmıştık. Etrafımızdaki bütün evler yıkılıyordu bir bir. Ağabeyim bağırarak bizim eve doğru koşmaya başladı. Ama artık her şey için çok geçti. Normalde bizim evin kapısı sokağa bakar ama depremden sonra evin kapısı arka bahçeye bakıyordu.

Sabaha kadar ellerimizle kazdık. İlk beton bloku kaldırdığımızda önce ablam, eniştem ve daha beş aylık olan yeğenime ulaştık. Onlar en üst katta oturuyorlardı. Ablam yatağında öylece kalakalmıştı. Hiç kıpırdayamamıştı. Yastığa yapışan kanlı saçlarını ellerimle topladım, hâlâ saklarım.

Eniştem başuçlarında duran bebek arabasına uzanırken ölmüştü. Bir eli bebeğin üzerindeydi. Dümdüz olmuştu bedenleri. Sonra diğer akrabalarımızın cesetlerini çıkardık. Aynı mahallede oturan diğer akrabalarımız da ölmüştü. Sadece ağabeyim ve ben kalmıştık.

Eğer o gece eve o hırsız girmeseydi, belki biz de ölmüş olacaktık, gerçi o günden sonra çok da yaşıyor sayılmazdık... Kader böyle bir şey olsa gerek."

Mehmet Hoca ve Derya, gözleri dolarak dinlemişti Burak'ın anlattıklarını. Yedikleri boğazlarına oturmuştu sanki. Gerçi yaşlı teyze depremden bahsetmişti onlara. Yani hazırlıklıydılar böyle trajik bir hikâyeye ama bu kadar detaylı öğrenince sarsıldılar.

Başka soru soramadılar. Kim bilir merak edenlere kaç kez anlatmıştı bunları Burak. Ve her seferinde o acıyı yeniden yaşamıştı.

Kısa bir sessizliğin ardından, "İşte bu yüzden telefonum yok. O günden sonra ne arayacağım birileri oldu hayatımda ne de birileri beni aradı" dedi ve konuyu biraz değiştirmek ve o kederli havayı dağıtmak istercesine anlatmaya devam etti.

"Ayrıca bana özgürlük sağlıyor telefonsuzluk. İnsan hayatına vurulmuş prangalardan birinden kurtulmuş sayıyorum kendimi. Telefonumun markasına göre değer biçilmek istemiyorum. Bu açıdan da avantajlıyım yani... Radyasyondan korunuyorum falan da demiyorum bu arada.

Ben korunsam ne olur etrafımda binlerce insanın telefonunun radyasyonuna maruz kalmıyor muyuz zaten. Hoş üç ay önce ölümü düşünen biri için ne kadar önemlidir bu radyasyon meselesi onu da bilmiyorum ama... Ayrıca yakınıma gelip beni bulmalarını tercih ederim insanların. Telefon uzaktakileri yakınlaştırıyor ama yakınındakini de uzaklaştırıyor bir yerde. Merak edecek insanım da olmadığından önemsemiyorum şimdilik. Sadece işyerimdeki arkadaşlar bazen bana ulaşamıyor ya işte o çok sıkıntı oluyor. Az sayıda da olsa sevenlerimi üzmemek için kullanmıyorum telefon."

"Cep telefonu kullanman sevenlerini neden üzsün? Onlar için daha güzel bir şey değil mi bu; istedikleri an sana ulaşırlar?" diye sordu Derya.

"Yaşarken ulaşırlar evet. Ama ben öldükten sonra? Sevdiğin biri öldüğünde en acı olan şey onun telefon numarasını telefon rehberinden silmektir. O kadar çok acır ki kalbin. Silmesen ummadığın zamanlarda, rehberini karıştırırken ansızın çıkar karşına ismi. Kalbine bir bıçak iner... O bıçağın her seferinde inmemesi için kendin alıp saplarsın kalbine. Yani silersin numarasını elin titreye titreye. Bir kere yaşarsın o acıyı ama bir ömür hatırlarsın o silme anını. Ben sevenlerime bu kötülüğü yapmak istemiyorum. Rehberlerinde silmek zorunda kalacakları, ya da her bakışlarında içlerini acıtacak bir numaram olmayacak."

Derya, derinlere dalmıştı bu açıklamayla. Aslında ne kadar da haklıydı. İçinden "Peki intihar etmek sevenleri üzmek demek değil midir?" diye sormak geçiyordu ama bu soruyu sorabilecek en son kişiydi kendisi...

Yaşlı teyzenin anlattıklarından yola çıkarak ağabeyini merak ediyordu aslında ama bunu sormaya çekindi. Biraz önceki konuya tekrar dönüp, o kasvetli havayı yeniden yaşatmak istemiyordu.

"Yalnız mı yaşıyorsun şimdi?" diye sorabildi ancak.

"Evet, son üç aydır yalnız yaşıyorum" dedi Burak ve ister istemez o sevimsiz konuyu yeniden açmak zorunda kaldı.

"Depremden sonra İstanbul'a geldik ağabeyimle. Oralarda durmak istemedi ağabeyim. Herkes öldüğünden, kurtulduğu için suçlu hissediyordu kendini. Ben de öyle hissediyordum. Ölülerimizi gömdükten sonra cebimizdeki son parayla İstanbul'a geldik. Devletten de yardım istemedik. Öyle paraya önem verenlerden değildik. Biz, paraya elimizde yokken bile aşağılık muamelesi yapabilen insanlardandık.

Hiçbir şeyimiz kalmamıştı. Gidecek bir yerimiz yoktu. O gördüğünüz gecekonduyu kiraladık. Ben bir kuaförde ikram garsonu olarak çalışmaya başladım. Ağabeyim de bir kot kumlama atölyesine girdi. Onun işi çok ağırdı. Günde on iki saat çalışıyordu. Patron masraf olmasın diye maske bile almıyordu işçilerine. Hal böyle olunca ağabeyim silikozis hastası oldu ve üç ay önce vefat etti. Üç aydır tek başımayım."

Yüzler yeniden asıldı, gözler yeniden doldu. Derya, bu soruyu sorduğuna pişman olmuştu. Burak'ın ağabeyi üç ay önce ölmüştü. Yani hemen hemen babasıyla aynı zamanlarda... Kaderleri burada da kesişmişti.

"O benim tek sığınağımdı" diye devam etti Burak.

"Her şeyimdi. Sığınabileceğim tek limandı. İkimiz birbirimize sarılmıştık. O depremden geriye birbirimize kalan tek değerdik. Çalışıp, para biriktirip bir ev alacaktık. Çatısı akmayan bir ev... Ağabeyim artık yer yatağında değil, benim gibi bir somyada yatacaktı. Ama olmadı işte... Silikozis denen bela gelip aldı onu benden. O benim sadece ağabeyim değil, babam, annem, yoldaşım, her şeyim olmuştu. O gittikten sonra yaşamanın bir anlamı kalmamıştı. İnsanın kaburga kemiklerinden birinin kırılması ve her nefes alışında ciğerine batması gibiydi onun gidişi. Ben de onun yanına gitmek istemiştim."

Gözünden yaşlar süzülüyordu delikanlının. Onu o masada en iyi Derya anlayabilirdi. Elini uzattı ve masada sabit duran ellerini avuçladı Burak'ın. "Ağlama Burak" dedi. "Eğer ağlarsan ağabeyin de ağlar. Babam öyle derdi bana hep."

Burak da çekinerek tuttu Derya'nın elini. Birbirlerine güç verdiler. Sımsıkı sarılmak geçti içlerinden... Burak toparladı kendini.

"Aslında ben bunu bir ayrılık olarak görmüyorum. Hepimiz bir gün oraya gideceğiz. Sadece bazıları biraz erken davranıyor o kadar. Bir gün mutlaka onların yanına gideceğiz. Ve asıl hayatımız o zaman başlayacak. 'Bu dünya hayatı bir oyun ve eğlenceden ve geçici bir zevkten başka bir şey değildir; ama ahiret hayatı, yolunu Allah ve kitabıyla bulanlar için çok daha güzeldir' diyor ya Enam Suresi 32. ayet. Buna yaslanıp tutunuyorum hayata şimdi" dedi.

Mehmet Hoca'nın da gözleri dolmuştu. Şahit olduğu bu sahneler, Burak'a yardım etme isteği doğurmuştu içinde. Daha sonra bu konuyu Derya ile konuşacaktı.

"Şimdi kuaförlük yapıyorsun değil mi?" diye sordu Burak'a.

Elini Derya'nın elinden yavaşça ve büyüğünün yanında bunu yaptığından dolayı utanarak çeken Burak "Evet" dedi Mehmet Hoca'ya.

"Çiftehavuzlar'daki Nis Kuaför'de çalışıyorum. Bana sahip çıkan ve seven bir patronum var; Ali Gür... İş arkadaşlarım da bana çok destek oluyor. Ama bu intihar olayını bilmiyor hiçbiri."

Nis Kuaför deyince birden irkildi Derya. Kafasını meşgul eden sorunun cevabını bulmuştu. Nis Kuaför, Derya'nın saçlarını kestirmek ve arada bir fön çektirmek için gittiği kuaför salonuydu. Burak'ı daha önce bir yerlerde gördüğünü düşünüp, nerede olduğu sorusu yanıt bulmuştu işte. Birden atıldı.

"Ben oraya geliyorum arada bir. Şimdi yüzünü nereden hatırladığımı anladım işte."

Burak bunu duyar duymaz yüzüne daha dikkatli baktı Derya'nın...

"Ben hatırlayamadım özür dilerim."

"Zor hatırlayabilirsin. Sık aralıklarla gitmem kuaföre."

"Zaten buna ihtiyacın da yok."

"Bunu bir iltifat olarak kabul ediyorum. Ama gerçekten çok fazla gitmem. İki üç ayda bir ancak. Zaten çok kalabalık bir yer orası. Fark edilmem imkânsız."

"Peki, saçını kim keserdi hatırlıyor musun?"
"Sanırım Mustafa'ydı adı. Çankırılı bir arkadaştı."
"Evet Mustafa. En iyi dostlarımdan biridir. Mesleğinde de çok başarılıdır. Kalın Mustafa derim ben ona ama gerçekte ince ve zarif bir ruha sahiptir."
Bu sohbetle birlikte konuşmalar arınmıştı hüzünden. Biraz daha gündelik hayat konuşulmaya başlanmıştı. Soruları daha çok Derya ve Mehmet Hoca soruyordu. Burak, oldukça detaylı cevaplar veriyor, güzel ve düzgün bir Türkçe ile konuşuyordu. Çok kitap okuduğu her halinden belliydi. Ama hiç soru sormuyordu onlara.

Masadan kalktıklarında üç saatin nasıl geçtiğini anlamamışlardı. Derya ve Burak, görüşmeye devam edecekti. Burak, ayrılırken, Derya'ya saçlarının kesim zamanının geldiğini, uçlarının kırıldığını en azından kırıklarını aldırmak için Nis Kuaför'e gelmesi gerektiğini hatırlattı.

Derya, şu an bunun için ruh halinin uygun olmadığını ama psikolojisini düzeltir düzeltmez kendine bakmaya başlayacağını söyledi. Tekrar görüşmek üzere vedalaşarak ayrıldılar. Derya, Burak'a ulaşmak isterse Nis Kuaför'ü arayacaktı.

Eve dönerken, yolda hep Burak konuşuldu. Durmadan "Ben bu çocuğu çok sevdim" diyordu Mehmet Hoca. Onların yanındayken aklına gelen fikri şimdi söyleyebilirdi Derya'ya...

"Sana bir şey söylemek istiyorum denizkızım."
"Buyurun hocam."
"Bu çocuğa gerçekten yardım etmek istiyorum ben."

"Aynı şeyi ben de düşünüyorum hocam. Ama nasıl yapacağımı bilmiyorum. Yaşadığı ev çok kötü mesela... Bunu nasıl düzeltebiliriz?"

"Zaten konuşmamız gereken şey de bu. Biz bu çocuğa maddi hiçbir yardım yapamayız. Bunu kabul edecek bir karaktere sahip değil. Reddeder parasal yardımı... Başka türlü yanında olmalıyız."

"Nasıl yaparız hocam? Benim aklıma bir şey gelmiyor."

"Ona bir ev değil yuva vermemiz gerekiyor. Onun dört duvara değil, dört yanını kuşatacak sevgi dolu insanlara ihtiyacı var. Evinin kötü olması ya da hiç olmaması dert değil, gerçek fakirlik, insansızlıktır. Onu hayatın acımasızlığından dört duvar koruyamaz. İnsan korur ancak. Bu çocuk çok iyi ve kendi gibi insanlara ihtiyacı var."

"Onun yanında olmalıyız. Biz onunla birbirimize bir hayat armağan ettik. Şimdi onun içini doldurmalıyız."

"Evet denizkızım. Tam da budur olması gereken. Onu yalnız bırakmamalıyız. Baban da olsa böyle yapardı."

"Ben de öyle yapacağım. Ben babamın kızıyım."

Tüm bu yaşananları akşam annesine anlattı Derya. Aldora onu kayıtsızca dinledi. Aklı başka yerdeydi. Tek istediği Özgür'ün cesedinin bir an önce bulunması ve bir mezarının olmasıydı. Derya, bu durumu pek düşünmüyordu çünkü ona göre deniz en güzel mezardı. Ama babaya yakın olamamak...

Kendisi de öldüğünde deniz dibine gömülmek istediğini söylerdi hep. Dört tarafı ve üstü kapalı olan, sadece alt tarafı açık camdan bir oda yapılmalı, Derya'nın cesedinin üzerine kapanacak şekilde örtülmeliydi. Böyle gömülmek isterdi hep Derya...

Annesi durmadan Amerika'daki yetkililerle konuşuyor, bir an önce Özgür'e ulaşmalarını istiyordu. Zaman zaman kızıyor, bağırıyor, zaman zaman da ağlayarak yalvarıyordu telefonun diğer ucundaki görevliye. Bu yüzden kızının anlattıklarını kendini vererek dinlemedi. Her gece yaptığı uzun telefon konuşmalarından birini daha yapmak için diğer odaya gitti.

Derya, her yanı babasının fotoğraflarıyla dolu olan odasına geçti. Bilgisayarını açıp, sualtında babasıyla çekilmiş olan videolarını izledi. Onu çok özlüyordu. Babasının en çok istediği şeyi yapamamış, ona bir rekor armağan edememişti. Çünkü çok zamansız çekip gitmişti o... Artık yüzmüyordu Derya. Denizsiz yaşayamazken, şimdi görmek bile istemiyordu. Dalmayacaktı artık, çünkü çıkmak için bir sebep bulamıyordu.

\*\*\*

Burak'la yenen yemeğin üzerinden bir hafta geçmişti. Derya, o günden sonra kendini biraz daha iyi hissediyordu. Telefonla Nis Kuaför'ü arayıp randevu aldı ve sekretere saçlarını Burak'ın yapmasını istediğini söyledi.

Randevu saatinde oradaydı. Burak onu büyük bir mutluluk ve heyecanla karşıladı. Hemen koltuğuna oturttu. Kısa bir hal hatır konuşmasından sonra sordu Burak.

"Evet, ne yapalım saçlarına?"

"Senin de dediğin gibi uçları çok kırıldı. Bir iki parmak keselim. Ama çok kısa olmasın."

"Saçların kaç santim kesileceğine kırıklar karar verir ama ben bu kurala uymayacağım. Sen ne kadar istiyorsan o kadar keseceğim."

"Teşekkür ederim Burak."

Burak, Derya'yı saç yıkama yerine alırken, işi çırak ya da yardımcılara bırakmadı. Bizzat kendisi yıkadı. Daha sonra tekrar koltuğuna alıp, ona penuar giydirdi. Ayağa kaldırıp, özenle taradı saçlarını. Yumuşacıktı dokunuşları. Tıpkı kendisi gibi, incitmeyen, kırmayan...

Derya, saçları kesilirken aynadan Burak'ı izliyordu. Kıpırdamadan durması gerektiği için konuşmuyordu bile. Burak, on beş dakikada bitirmişti işini. Penuarı Derya'nın üzerinden çıkarırken, "Tüm kırıklarını aldım ve boyunu da çok kısaltmadım" dedi.

"Keşke insan kalbinin kırıkları da bu kadar kolay ve çabuk temizlenebilseydi..."

Bir an durdu ve Derya'nın gözlerine baktı Burak.

"Keşke..." dedi kırılgan bir sesle.

Acıların ortak diliydi konuşulan. Sessizce baktılar birbirlerine. Manikürcü Hatice girdi araya.

"Manikür ya da pedikür var mıydı sizin?"

"Hayır" dedi Derya, başını iki yana sallayarak. Burak, Derya'nın saçına fön çekmeye başlamıştı. Her zaman tek çalışır, çıraklara fön tutturmazdı. Dörde ayırdığı saçların ense kısmından başlamıştı işine. İçecek ikramından sorumlu kişi Derya'nın isteğiyle çay getirmişti. Büyük patron Ali Gür de oradaydı. Derya'ya gülümseyerek "Hoş geldiniz" dedi.

Babacan tavırlı, kırlaşmış saçlarıyla yılların tecrübesini omuzlarında taşıyan bir patrondu Ali Gür. Burak'a, "Hanımefendinin saçları güzel olmazsa seni evlatlıktan reddederim ona göre!" dedi ve göz kırptı. Tüm çalışanlarını evladı gibi görürdü Ali Bey.

Burak, "İşte böyle babacandır bizim patronumuz" dedi. Derya gülümseyerek, "Gerçekten de çok iyi bir insana benziyor" diye yanıtladı.

Burak, işyerindeki hikâyesini anlattı Derya'ya. Nis Kuaför'e önce ikram garsonu olarak girmişti. Ondaki yeteneği fark eden Ali Gür, bu görevden onu alarak salona vermiş ve "Sen iyi bir kuaför değil, çok iyi bir kuaför olacaksın!" demişti.

O geçiş evresinde ne kadar zorlandığını anlattı. Sonra sırasıyla yardımcı ve son olarak da kalfa olmuştu.

Derya, Burak'tan hikâyesini dinlerken, kendi hikâyesiyle müthiş bir paralellik arz ettiğine bir kez daha şahit oldu. Benzer kaderlerin birbirini bulması eşine az rastlanır bir durumdu, hatta imkânsızdı neredeyse. Ama şimdi bu hayal gerçeğe dönüşmüştü.

Burak, bir yandan fön çekiyor, diğer yandan anlatmaya devam ediyordu. Ağabeyinin ölüm sürecinde iş arkadaşları Mustafa, Hüseyin, Hatice, Muhlise, Müjdat, Muzo, Ünal, Barbaros, Vedat ve diğerlerinin hep onun yanında olduğundan, bir an olsun kendisini yalnız bırakmadığından bahsetti. Onların desteğiyle biraz biraz hayata tutunabildiğini anlattı. Ancak yine de onu intihara götüren süreçten uzaklaşmasına yetmemişti bu...

Derya, onu ilgi ile dinliyordu. Ama kafasında bir soru vardı. Madem bu kadar insan ona destek veriyordu, o halde neden intihar etmeyi düşündü? Bunu ona açıkça sormaya çekindi. Ama aklının bir köşesinde takılı kaldı bu soru. Ortada başka bir acı daha vardı sanki...

Burak, karşı tarafa hiç soru sormadan anlatmaya devam ediyordu. Derya arada bir ona yeni sorular soruyordu. Merak ettiği bir diğer konuysa Burak'ın maddi durumuydu. Onun evini gördüğünde içi burkulmuştu. Acaba daha iyi bir yerde oturmak için birikim yapıyor muydu? Burak'ın şartları daha iyi bir evde oturması Derya'yı mutlu ederdi. Bunu ona söyleyemedi tabii...

"Gördüğüm kadarıyla iyi bir salonda çalışıyorsun ve mesleğinde de çok iyisin. İleriye yönelik planların neler Burak?" diye sordu.

Belki bu şekilde sorarsa bir ipucu alabilirdi, öyle düşünüyordu.

"Aslında çok ilerisini düşünmedim. Başarımı hediye etmek istediğim insan bu hayattan gidince, önümü göremez oldum. Birlikte yaşamayı planladığımız, hayalimizdeki evin düşünü kurarken, şimdi bir kulübede bile yaşamak istemiyorum. Sokaklarda bile yatsam olur. Fark etmez artık..."

"Bence tam tersini düşünmelisin."

"Nasıl yani?"

"Ağabeyinin hatırasını, hayalini kurduğunuz evi alarak yaşatabilirsin. O, gittiği yerden mutlaka seni görür ve ruhu huzurla dolar."

Ne kadar da tanıdık geliyordu bu söyledikleri. Kendine söylenen teselli edici ve yol gösterici cümleleri bir gün bir başkası için kullanabileceği aklının ucundan bile geçmezdi Derya'nın...

"Belki biraz daha fazla çalışman gerekebilir Burak. Hatta izin günlerinde ek iş yapmak zorunda bile kalabilirsin. Ama sonuçta doğru bir şeye hizmet etmiş olacaksın. İnan ağabeyin yaşasaydı seni öyle görmek isterdi."

"Haklısın Derya. Ama ben boş zamanlarımda başka bir iş yapıp para kazanmaya çalışmak yerine, beni daha fazla huzur ve mutlulukla kaplayacak başka bir şey yapıyorum."

"Öyle mi neymiş o?"

"İzin günlerimde Darülaceze'ye ya da yetimhanelere gidip, oradaki yaşlıların, kimsesiz çocukların saçlarını kesiyorum. Bu benim için paradan daha önemli."

Burak'ın değeri Derya'nın gözünde bir kat daha artmıştı. Sonuçta kendisi de bir yetimdi ve kendi gibi olan insanlara elinden gelebilecek en büyük yardımı yapıyordu. Onlara para veremezdi ama bir yetimin saçlarını kesip onu mutlu etmek, paradan daha önemliydi.

"Helal olsun sana!" dedi.

"Senin bir ayda kazandığın parayı bir saatte kazanan zenginler beş kuruşlarını vermezken, sen onlara sanatınla yardım ediyorsun, eksiklerini tamamlıyorsun Burak."

"Estağfurullah. Benim yerimde kim olsa aynı şeyi yapardı. Herkesin kendine göre bir yaşam standardı var. Zenginler için de bu böyle."

"Onları mı koruyorsun yani?"

"Korumak demeyelim de yani herkesin kendine göre derdi var. Ben fakirim onlar zengin. Ben de düşman az, onlarda dost..."

Derya, Burak'ın aynadan yansıyan yüzüne derin düşüncelerle bakıyor, ona dair her şeyi çok daha fazla merak ediyordu şimdi. Tekrar az önceki konuya döndü.

"Bir sonraki ziyaretin ne zaman olaçak oralara Burak?"
"Saç kesmek için mi?"
"Evet."
"Ben sadece pazar günleri izinli olduğum için her pazar gidiyorum."
"Bu pazar ben de seninle gelebilir miyim? Benim de yapabileceğim bir şeyler vardır mutlaka."
"Onur duyarım."

Eve dönerken ölümün eşiğinden aldığı adamın aslında çürüyen insanlığa verilmiş iyi bir cevap olduğunu düşünüyordu Derya. Kurtardığı adam, çıkar çatışmalarında onursuzluğu seçen insanlara atılmış bir şamar gibiydi adeta. Onun, "Adam gibi adamlardan" olduğuna emindi artık. O adam ki bilmeden kendisine o kadar çok şey katmıştı ki... O adam onu da kurtarmıştı aslında... İyi ki kurtarmıştı. İçinden "Kendine iyi bakmak zorundasın Burak!" dedi. "Benden daha fazla yakışıyorsun dünyaya..."

Eve gelmişti. Ama pazar günü gelmek bilmezdi şimdi... Burak'ı tanıdıktan sonra hayatında bazı şeylerin yavaş yavaş değiştiğini görüyordu Derya. Önüne koyduğu büyük hedeflerin peşinden koşarken, bizi biz yapan küçük değerleri ıskaladığını mesela... Ya da detaylarda kaybolurken, büyük resmi göremediğini...

Hayata başka bir pencereden bakmaya başlamıştı artık. Umutları heba edilmiş bir geçmişi, umutlu bir geleceğe bakarak unutabilirdi insan...

\*\*\*

Pazar günü erken saatlerde buluştular. Küçükyalı Çocuk Esirgeme Kurumu'na gittiler. Kaderine terk edilmiş, annesiz babasız çocukları, bir gülüşle dünyaları çiçeklenen sabileri sevindirecekti Burak. Bu manzaraya o kadar alışıktı ki; hayatı buradan okumayı öğreneli çok olmuştu.

İşbölümü yaptılar önce... Derya, çocukları saçları kesilmek üzere Burak'a hazırlıyordu. Önce üstlerine saç kesme penuarını giydiriyor, sonra saçlarını ıslatıyordu. Burak'sa sanatındaki tüm ustalığını sergileyerek, onları mutlu etmek için uğraşıyordu. Bir çocuğun saçı kesilirken, bir sonrakini hazırlıyordu Derya. Arada onlarla sohbet ediyor, şakalaşıyor, zaman zaman hikâyelerini dinleyip hüzünleniyordu.

Günün sonunda ikisi de yorulmuştu. Ama yorgunluklarını hissetmiyorlardı bile. Burak, makas ve taraklarını toplarken, Derya yerdeki saçları süpürüyordu.

"Tüm gün çalıştık ama hiç yorgunluk hissetmiyorum" dedi Burak'a...

"Eh ne demişler, sevdiğin bir iş yaparsan ömründe bir gün bile çalışmış olmazsın. Yorulmuş olsam bile ben bu çocuklar için yorularak yaşamayı seviyorum. Onların yüzlerindeki gülümseyişi Hawaii'deki bir tatile değişmem.

Çünkü hiçbir şey beni o gülüşteki mutluluk ve masumiyet kadar ilgilendirmiyor."

İşlerini bitirdikten sonra, Derya, yemek teklifinde bulundu. Cebinde fazla parası olmadığını bildiği için de "Ama bir şartla, ben ısmarlayacağım!" dedi.

Teklifi utanarak da olsa kabul etti Burak. Küçükyalı'dan Bostancı sahiline geçtiler. Oradaki mekânlardan birine oturdular. Bu ikinci yemekleriydi ama bu kez baş başaydılar. Birbirlerine iyi geliyorlardı. Yan yanayken mutluydular ve bunu zamanlarının diğer kısımlarına da taşımak için fırsat kolluyorlardı. Farkında olmadan yapıyorlardı bunu.

"Kitap okumayı çok seviyorsun değil mi Burak?"

"Bazen hayattan kaçmanın en kestirme yolu oluyor kitap okumak. Aynı zamanda kaçtığın hayatı da sana öğretiyor. Kedere bulaşmadan kederle baş etmeyi öğreniyor insan okudukça. Kitaplar olmasaydı eksik yaşıyor olurdum. Onlar beni hiç aldatmıyor. Ve en kötü zamanımda bile hep yanımdalar. Neredeyse bütün paramı onlara yatırıyorum. Bu yüzden asla bir ev sahibi olamam ben. Ama kitaplar bana evden daha önemli şeyler kazandırıyor. Sen de onlara sığınmalısın Derya. Kitaplar 'dertsavar' gibi bir şey. İnsan en kötü günlerini onlarla atlatıyor biliyor musun?"

Burak'a söylemese de eve gider gitmez okumaya başlayacaktı. Bunun için sessizce söz verdi kendisine. Başıyla onayladı onu.

"Ev konusunda haklısın. Çok zor bu şehirde ama ne bileyim yine de daha iyi şartları olan bir yere taşınabilirsin belki."

"Şimdilik o da zor görünüyor. Ben o evde mutluyum. Tek kişilik yuvam orası..."
"O sevimsiz konuyu açmak istemem ama ikimizde de aynı yaranın kanadığını bildiğim için soruyorum. Seni intihara götüren sadece ağabeyinin ölümü müydü yoksa başka bir neden de var mıydı?"
Bu sorudan sonra yüzü utangaç bir hal aldı Burak'ın. Sanki gizliden kanayan bir yarasına parmak basmıştı Derya. Gözleri uzaklara daldı. Sessizleşti. Az önceki yaşam enerjisinin yavaşça bedeninden çekildiği görülüyordu.
Bu durum kendisini de üzmüştü. "Özür dilerim" dedi.
"Sanırım haddim olmayan bir soru sordum. İstersen cevaplamayabilirsin. Ya da unut gitsin."
Cümlesini daha bitirmeden atıldı Burak.
"Yo yo! Anlatmak istiyorum. Sadece kalbim biraz sızladı o kadar. Anlatacağım şey, ağabeyimin acısından daha büyük değil ama belki öyle algılarsın diye korktum bir an. Üzülürüm çünkü o zaman."
Derya elini tuttu Burak'ın ve yüzüne gülümseyerek, "Algılamam. Bunu o türlü algılamayacak tek kişi benim şu anda. İnsanın bir yakınının ölmesinin ne olduğunu iyi bilirim" dedi.
Sonra yavaşça çekti elini.
"Biz dostuz seninle Burak. Anlattıklarımız kadar, anlatmadıklarımız da olmalı birbirimize. Böyle de anlaşır gerçek dostlar."
Burak, derin bir nefes aldı ve anlatmaya başladı. Gözlerinde hüzün vardı. Acıyı anlatır gibiydi...

"Çok sevmiştim onu. Kendimden bile çok. Âşıktım. Ama terk edildim. Hem de ansızın. Ortada hiçbir sebep yokken... Ağabeyimin ölümünden sonra o da çekip gitti. En çok yanımda olması gereken kişiydi ama ilkönce o terk etti. Sonra içimde yaşadı hep. Ne öldü ne döndü."

Dudakları titriyordu. Bir ayrılık bir ölüm... Tıpkı Derya'nın kaderi gibi... Derya, şaşkınlığını belli etmeden devam etti dinlemeye. Burak, Derya'nın gözlerine bakarak tekrar sordu.

"İnsan sebepsiz yere terk eder mi sevdiğini? Sen hiç severken terk edildin mi Derya? Ben edildim. Nasıl oluyor insan biliyor musun?"

Kafasını bildiğini belli eder gibi aşağı yukarı kaldırarak onayladı ama yine de sordu.

"Nasıl oluyor Burak?"

"Yanmadan kül oluyorsun."

Çok acı bir cevaptı bu. Yanmadan kül olmak gibiydi gerçekten de... Bunu yaşamıştı Derya ama adını koyamamıştı bir türlü. İşte cevabı Burak vermişti. Sebepsiz yere, severken terk edilmek yanmadan küle dönmekti.

"İnsanın içi öyle acıyor ki anlatamam Derya. Dünya duruyor o an ama hayat devam ediyor... Etrafına bakıyorsun ve bir ben miyim bu kadar ıssız diyorsun. Utanıyorsun kendinden. Utanılacak bir şey yapmadığın halde utanç verici bir durumun içine düşmek ne kadar kötüdür biliyor musun?"

"Biliyorum Burak, biliyorum. Ben de utanılacak hiçbir şey yapmadığım halde utanç verici bir durumun içine düştüm. Benimki de tıpkı seninki gibi benzer bir hikâye.

Bir sen değilsin bu kadar ıssız. Aramızdaki tek fark, sen sevdiğini ağabeyinin ölümünden sonra kaybetmişsin, ben babamın ölümünden hemen önce. Sen terk edilmişsin, ben aldatılmışım. İkisi de birbirinden daha kötü. Seni bırakıp gitmişler ama aldatılmamışsın en azından. Ama ben aldatıldım. Yani ikisini de yaşadım. Çünkü aldatılan biri çoktan terk edilmiştir."

"Birincisi, babana Allah'tan rahmet diliyorum. İkincisi, kaderimizin bu kadar benziyor olması ve bu acıların bizi aynı mendirekte buluşturması ilahi bir işaret gibime geliyor. Seni tanımıyorum, hakkında çok az şey biliyorum ama sanki yıllardır benimle gibisin. İnsan içini göremez ya dışarıdan, öyle olmuş sanırım. Görememişim bende olanı."

"Evet, beni tanımıyorsun. Ben de seni tanımıyorum ama farklı zamanlarda aynı yolu yürümüşüz ve aynı dikenler batmış ayağımıza. Neyse şimdi boş verelim beni. Sen anlatıyordun?"

"Hayır, lütfen sen anlat. Benim hikâyem o kadar işte. Sevdiklerim gitti ve ben de gitmek istedim bu dünyadan ama bir kız beni geri getirdi. Üstelik beni nasıl, hangi güçle kurtardığını hâlâ bilmiyorum."

Gülümsedi Derya. Burak'ın, bu kadar zarif bir kızın kendisinden çok daha iri cüsseli birini nasıl kurtardığını merak ettiğini biliyordu.

"Ben profesyonel bir yüzücü ve dalgıcım Burak."

Burak buna çok şaşırmıştı. Aslında şaşırdığı şey onun iyi bir yüzücü olması değildi. Hemen soruverdi.

"İyi bir dalgıçsın ama denize atlayarak intihar etmeyi düşünüyordun öyle mi?"

"Orasını geçelim. Neden öyle bir intiharı seçtiğimi sonra anlatırım. Ya da sen anlarsın bir zaman sonra. O olaydan önce dünya şampiyonasına hazırlanıyordum. Ama itiraf edeyim ilk defa birini kurtardım. Babam için söz verdiğim rekora gidemesem de bu dünyadan gitmeye karar vermiş olan birini hayata döndürdüm. Babam yaşıyor olsaydı bununla daha çok gururlanırdı bence. Gerçi sen de bana bir hayat armağan ettin ama...

Of! Bak görüyor musun konu döndü dolaştı yine bana geldi. Oysaki sen anlatıyordun. Ben senin hikâyeni dinlemek istiyorum. Neydi kızın adı? Nasıl tanıştınız anlatsana."

"Burcu. Burcu'ydu adı. Yirmi iki yaşındaydı onu tanıdığımda. Müşterimdi. İlkönceleri anlayamamıştım. Haftada üç kez saçına fön çektirmeye gelir, arada bir de saçlarının kırıklarını aldırmaya gelirdi.

Neyse. Okumayı sevdiğimi bildiği için her gelişinde bana kitap hediye ediyordu. Sonra bir gün açıldı bana ve âşık olduğunu söyledi. O ana kadar ona karşı insan sevgisi dışında özel şeyler hissetmeyen, onu diğerleri gibi sadece müşteri olarak gören ben, daha doğrusu öyle olduğunu sanan ben; birdenbire vuruldum ona...

Sanki bunu söylemesini bekliyormuş kalbim ona akmak için... O günden sonra söz geçiremedim yüreğime. Her gece onu düşünür, her an onu bekler oldum. Ayaklarım yere basmıyordu artık. Hayatımın her anını onun hayaliyle dolduruyordum. Yemeden içmeden bile kesilmiştim. Ona şiirler yazarken yakalıyordum kendimi. Nasıl gizli bir aşk taşıyormuşum içimde bugün bile anlamış değilim."

"İnsan bazen anlamadan sevebiliyor ya da sevdiğini anlayamayabiliyor... Sonra ne oldu peki?"

"Nasıl olduğunu anlayamadan çıkmaya başladık. Her şey çok güzel gidiyordu. Hiçbir sorunumuz yoktu. O beni olduğum gibi kabul ediyordu. Ben de onu öyle. İyi geliyorduk birbirimize. Ta ki ağabeyim ölene dek... Sonra her şey değişti birden. Cenazeye bile gelmedi. Oysa ne çok sevmiştim onu. 'Aşksızlıktan öleceksin' diyerek hayatıma girip beni aşksızlıktan öldürdü. O, kaderin acı bir şakasıydı. Biliyorum ki onu benim gibi seven çıkmayacak. Keşke çıksa. Mutlu olsa. İnan buna çok sevinirim Derya. Fakat biliyorum ki hiçbir erkek benim onu sevdiğim gibi sevmeyecek! Biri ona 'Yeryüzünde hiç kimse seni benden daha çok sevemez' dediğinde umarım aklına gelirim."

Bu sözden sonra onay bekliyormuşçasına baktı Derya'nın mavi gözlerine. Derya ise uzaklara dalmıştı Burak'ı dinlerken. Onu o kuyudan çıkaran şey ise aralarındaki kısa sessizlik oldu.

"Bazı insanların bu dünyaya 'ya tutarsa' diye gönderildiklerine inanmaya başladım Burak. Aldatanların ve terk edenlerin yüzünü gözünün önüne getir şimdi; nasıl da insan gibiler değil mi? İşte biz buna aldanıyoruz. İnsanların yüzlerindeki masumiyeti kalplerinde de taşıdığını düşünüyoruz. Bazı suretler yanıltıcı olabiliyor. Tıpkı bazı güzel yüreklerin yüze yansıyamadığı, hep gizli kaldığı gibi.

Hep tecrübe işte bunlar. Biz biraz erken yol aldık Burak. Katlanmayı öğrendikçe büyüyor insan. Bazıları sevmeden sevilmek istiyor. Kendini sevmeyenler bile âşık olunmak istiyor bu nasıl iş anlamadım? Diyelim ki sevildin. Karşılığını nasıl vereceksin? İnsan kendisinde olmayanı başkasına nasıl verebilir ki?"

"Duygulardan mantıklı kararlar beklememeli insan. Ki aşk mantık sustuğunda konuşmaya başlar. Belki bir gün manyak gibi değil de akıllı uslu sevmeyi öğretir bize bu tecrübeler. İşte o zaman öğreniriz, 'Hadi atlayalım' dediğinde, 'Niye düşüyoruz?' diye sormaman gerektiğini..."

Konu uzadıkça uzuyordu. İkisi de saatin nasıl geçtiğini anlamadı. Birbirlerinde keşfettikleri şey şuydu: İkisi de yirmili yaşlarındaydı ama kırklı yaşları devirmiş insanların olgunluğu ile konuşuyorlardı. İkisi de tecrübe devinimden geçmişti ama tek handikapları intihara yenilmiş olmalarıydı. Bunu bir eksik, bir hata olarak görüyor ve o eksiklerini, yaralarını, açıklarını çabucak sarıp hemen olgunlaşmaya, kapatmaya çalışarak örtmeye çabalıyorlardı. İkisi de aşk ve ölüm yaralısıydı. Biri aldatılmış, diğeri terk edilmişti. Ve hepsinden önemlisi ikisi de bunların hiçbirini hak etmeyen iyi insanlardı.

Yemeklerini bitirdiklerinde masaya meyve gelmişti. Zaman ilerliyordu. Derya'nın annesi üç defa aramıştı kızını. Derya her seferinde merak etmemesini söylemişti. Birazdan kalkacaklardı. İki farklı yöne gidecekti ikisi de... Derya, Burak'a Burcu'nun onu terk edip gitmesinden sonra hiç karşılaşıp karşılaşmadığını sordu.

"Karşılaştık tabii ki. Daha doğrusu ben yoluna çıktım bir akşam. Cep telefonu kullanmadığım için ne zaman, nerde olduğumu bilmezdi. Bir akşam evinin yolunda pusuya yattım ve birden çıktım karşısına."

"Ne yaptı seni görünce? Tokat attın mı ona?" Derya, bunu sorarken bilhassa altını çizdi tokat meselesinin. Ömer'e attığı tokat hâlâ zihninde çakılı duruyordu. Hak edenlere atılmalıydı. "Hayır! Asla bir kadına el kaldırmam. Panikledi beni görünce. Ona neden böyle bir şey yaptığını sordum. Cevap veremedi. Ama kızmadım ona, kızamadım. Merhametim kaybedişlerimin ortağıydı biliyordum ama yine de onun devreye girmesine engel olamıyordum. Aslında kötü bir insan değildi. Ona 'Biliyor musun' dedim. 'İçinde bir tane iyilik meleği var. Arada bir onu hatırla...' Sustu. Sadece sustu. Yapabileceği tek şey buydu."

"Hiçbir şey söylemedi mi?"

"Söylemedi. Belki de söyleyemedi. Ama her şey okunuyordu gözlerinden. Titriyordu elleri. Korkuyordu besbelli. 'Korkma' dedim ona. 'Sen sararan ilk yaprağı değilsin ömrümün... Bunu da atlatırım.'

Anlamsız gözlerle baktı yüzüme. Afalladı bir an. Sonra ona son kez sımsıkı sarıldım. Bir yalana sarılmak neymiş o gün anladım. Kısa da olsa yine de güzeldi dedim içimden. Aşkı yaşarken sonunu düşünmez ki insan. Ben neden düşünecektim? Âşıktım ve tadını çıkarıyordum. Nasıl olsa bir gün bitecekti. Yağmur, yere düşene kadar yağmurdur. Daha sonra çamur olur. Yağarken tadını çıkarmalıydım. Yağdı ve dindi. Şimdi bir çamurdu."

"Ve ben de anlıyorum ki aldatılan kalp için aşk, bir cehennemdir. Senin dünyanda inandığın aşkın ne olduğunu bana ispatladığın için teşekkür ederim Burak."

"Sana nasıl bir faydam oldu bilmiyorum ama yine de işe yaramak güzel. Keşke seni biraz daha iyi tanısam, daha çok yardımcı olabilsem... Hakkında çok az şey biliyorum."

"Bugün seni dinledim, seni tanıdım. Bir sonraki buluşmada ben anlatırım, sen beni dinlersin olur mu?"

Bu teklif sevindirmişti Burak'ı. Büyük bir mutlulukla kabul etti. Anlaşmalarına göre bir sonraki buluşmada Derya anlatacak, Burak dinleyecekti. Yemek yedikleri mekândan birlikte çıktılar ve iki ayrı yöne doğru gittiler.

\*\*\*

Bir sonraki pazar günü Avrupa yakasına geçip Okmeydanı'ndaki Darülaceze'ye gittiler. Oradaki yaşlı teyzelerin ve amcaların saçlarını kesti Burak. Derya da bir önceki haftada olduğu gibi yine ona elinden geldiğince yardım etti. O insanları sevindirmenin mutluluğu ile bitirdiler işlerini. Sonra Kadıköy'e geçtiler.

Vapur sefalarına diyecek yoktu. Martılara simit attılar. Çay-simit eşliğinde acılarını konuşarak kısa bir vapur yolculuğu yaptılar. Burak, çayından bir yudum aldıktan sonra, "Bu hafta sen anlatacaktın" dedi. Derya, anlatmaya başladı.

"Yüzücü bir ailenin çocuğu olarak Amerika'da dünyaya gelmişim. Annem Amerikalı, babam Türk... Onlar, orada yaşıyordu. Bense burayı tercih ettim. Amerika'da başlayan okul maceram burada devam etti. Ve tabii ki yaptığım sporu da burada sürdürdüm."

"Annen baban neden orayı tercih etmişti?"
"Daha çok annemin isteğiyle oldu. Kendisi orada, New Orleans'ta bir kolejde yüzme öğretmeni... Türkiye'yi çok sevmesine rağmen ülkesinden vazgeçemedi. Ama babamla ben hep Türkiye'yi istemiştik. Hatta babamın en büyük hayali yeterince para biriktirdikten sonra bir gün Türkiye'ye dönüp olimpik yüzme havuzu olan bir yüzme okulu açmaktı... Çocukluğumdan beri her yaz tatilinde buraya gelirdik. Babamla ben hiç geri dönmek istemezdik. Ben hep mızmızlık yapardım. Babam, o zamanlar bana söz vermişti; üniversiteyi burada okuyacaktım. Bana Moda'dan bir ev aldılar. Babam özellikle burayı tercih etti. O tam bir Kadıköy insanıdır. Amerika'da devam etmekte olduğum lise bitince de buraya yerleştim. Onlar da her yaz yanıma geldiler. Çok mutluyduk. Ta ki babam o kazada ölene kadar."

Burak, Derya'nın mavi gözlerindeki kederi gördü. "Babam" derken sesinin nasıl değiştiğine, gözlerinin nasıl parladığına şahit oldu. Bu kız babasına âşık büyümüştü. Apaçık ortadaydı bu. Sıra babasının ölümünü anlatmaya geldiğinde nasıl da zorlanmış, gözleri dolmuştu. Birazdan ağlayacaktı sanki. Burak elini dostça tutarak, "İstersen anlatmayabilirsin" dedi. Kafasını hayır anlamında salladı Derya.

"Anlatacağım. Anlatmalıyım. Bu gerçekle yaşamayı öğrenmeliyim. İlk kez birine babamın ölümünden bahsediyorum biliyor musun? Zormuş gerçekten..."

Bir an sustu. Denize baktı. Yutkundu ve devam etti.

"Babam Pasifik ve Hint Okyanusu'nda araştırma yapan RV *Sonne*'de görevli bir profesördü. Bundan üç ay önce, senin ağabeyinin öldüğü günlerde yeni bir araştırma için Akdeniz'deyken bir fırtınaya yakalandılar ve gemi battı. Hiç kurtulan olmadı. Geminin batığına dahi ulaşamadılar. Babam şimdi denizin derinliklerinde bir yerlerde yatıyor. Ona verdiğim sözün hiçbir anlamı kalmadı artık. Güya Şahika Ercümen'in 91 metrelik dünya rekorunu kırıp ona armağan edecektim.

O ölünce her şeyin bittiğine inandım. Yaşamımın geri kalan kısmı formaliteden ibaret gibi geliyordu bana. Onun yanına gitmek istedim. Ruhunun denizin derinlerinde beni beklediğini düşündüm. Hâlâ da öyle düşünüyorum...

Ama beni yanına çağırdığını sanmıyorum. Hangi baba kızının ölmesini ister? Şimdi ölümü düşünmüyorum ama beni her gün öldüren bir acıyla yaşıyorum. Onu çok özlüyorum. Onsuz nefes alabiliyor olmam bile beni yerin dibine sokuyor inan."

"Bu da geçecek Derya. Atlatacaksın. Hepsi geride kalacak. Gidenler, peşlerinden gelmemizi istemezler."

Derya, kederli bir gülüşle yüzüne baktı Burak'ın.

"Ve bunu sen söylüyorsun?"

Burak da gülümsedi kederle.

"İkimiz adına konuşuyorum aslında. Yani sana akıl verirken, kendi payımı da alıyorum."

Vapur karaya yanaşıyordu. Kadıköy İskelesi'ne indiler. Evlerine gitmeden önce bir çay içmek istediler. Rasgele bir mekân seçip oturdular.

"Dinlemeye devam ediyorum hikâyeni" dedi Burak.
"Dedim ya o kadar büyük benzerlikleri var ki hikâyelerimizin. Babam ölmeden bir hafta önce aldatıldığımı öğrendim. Yüzüne bir tokat atıp onu terk ettim. Ama hâlâ içimde ona karşı bir acıma hissi var biliyor musun? Oysaki şu anda ondan nefret etmem gerekiyor."
"Nefret de bir duygudur ve aşktan doğar. Ben de unutamadım hâlâ Burcu'yu. Yarın dönse koşa koşa giderim biliyorum. Ama şu anda ona karşı sitemler dökülmesi gerekiyor dilimden. Ama olmuyor işte. Demek çok sevmişiz ikimiz de..."
"Sen onu seviyorsun hâlâ. Bu gözlerinden okunuyor. Ama şuna inan hiçbir şey eskisi gibi olmuyor. Kalp bir kere kırıldı mı o izi hep üzerinde taşıyor. Ben en çok hayatımda yapmayı her şeyden fazla istediğim ve sevdiğim spordan bu kadar uzaklaşmış olmama şaşıyorum. Oysa beni hayata bağlayan tek uğraştı dalmak. Demek onu bile babam için yapıyormuşum. Şimdi o yok ve ben dalmıyorum. Hatta yüzmüyorum bile. Ona armağan edebileceğim bir rekor da kalmadı ortada. Bitti her şey."
"Bence bitmemeli. Bir zamanlar baban için yapmaya çalıştığını, şimdi babanın hatırası için yapmalısın. Tıpkı bana ağabeyim için söylediklerin gibi... Onun hayatta olmaması senin ona armağan edeceğin bir rekora mâni olmamalı. Eğer senin düşündüğün gibi ruhu hâlâ denizdeyse, senin 91 metreyi geçtiğini görür ve eminim kızıyla gurur duyar."
Burak tüm bunları anlatırken bir yandan da Derya'nın yüzündeki değişimleri izliyordu. Bir yanı vazgeçmeye, bir

yanı tutunmaya çalışıyordu besbelli. Onun bu gelgitlerinden umut çıkarıp daha da üstüne gitmek istedi.

"Seneye yine yapılacak mı bu şampiyona?"

"Evet. Her yıl yapılıyor."

"Bence biraz daha toparlandıktan sonra, eskisinden daha çok çalışmalı ve babana söz verdiğin rekoru kırmalısın. Bir dua gibi gelecektir bu ona. Belki de babanın ruhu rekor kıracağın derinlikte seni bekliyordur kim bilir."

Bu sözler adeta kalbine işledi Derya'nın. Gözleri masada duran kahve fincanına daldı. Burak haklıydı. Yarım bıraktığı işi bitirmesi gerekiyordu. Ama bunu yapacak gücü yoktu. Ya da daha çok erkendi. Biraz düşündü ve Burak'ın hiç beklemediği bir teklifte bulundu.

"Bunda bana yardım eder misin?"

Şaşırmış, aynı zamanda da mutlu olmuştu Burak.

"Suyun üstünde seni beklerim. Seni hep beklerim" dedi tebessümle.

Derya, sanki hayata yeniden başlıyormuş gibi hissetti.

Akşam eve geldiğinde tüm konuştuklarını annesine heyecanla anlattı. Kızını dinlerken onun artık normalleşme sürecine girdiğini hissediyordu Aldora. Mutlu bir gülümseme yayıldı yüzüne. Belli ki Burak ona iyi gelmişti. Bir gün onu eve yemeğe davet etmesini söyledi. Çok iyi bir fikirdi bu. Annesi iki yaralının birbirinin yarasına iyi geldiğine şahit olmuştu ve bunun iyileşme evresini de bizzat görmek istiyordu.

***

Ertesi hafta Burak Deryalara gitti. Anne kız onu en misafirperver şekilde ağırladılar. Burak, giyebileceği en düzgün kıyafetini giyip gelmiş ve ev hediyesi olarak da kitap getirmişti. O, kitaptan başka hediye bilmezdi. Ona göre kitap en güzel hediyeydi ve pekâlâ bir ev hediyesi de olabilirdi...

Burak, evin hemen hemen her duvarına asılmış olan fotoğraflara baktı. Ne de güzel gülüyordu babası; hiç ölmemiş gibi...

Aldora ve Derya'nın hazırladığı nefis yemeklerin ardından çaylarını içerken Burak, Derya'nın annesine kızının yeniden çalışmalara başlaması gerektiğini, seneye gerçekleşecek şampiyonaya mutlaka katılmasını beklediğini söylüyordu. Aldora, "Kızım kendini toparlayabilirse başlamalı. Babasının oralardan bize seslenebilme imkânı olsaydı eminim o da bunu isterdi" dedi yarım yamalak Türkçesiyle.

Annesinin zorlandığı yerlerde, Derya onunla İngilizce konuşuyor, Burak'ın söylediklerini de ona çeviriyordu. Derya, yeniden dalmak konusunda ikna olmuş görünüyordu. Kendisi de bunu çok istiyordu aslında. Sadece ona destek olacak kişiler eksikti. Burak'ın gelişiyle o da tamamlanmıştı. Derya çok çalışacak ve başaracaktı.

"Ama bir sorun var" dedi Burak.

Aldora ve Derya merak eden gözlerle ona baktı. Burak, cebinden bir gazete kupürü çıkarıp onlara gösterdi.

"Şahika Ercümen'in yeni bir dünya rekoru kırdığı yazıyordu haberde. "Normalden daha fazla çalışman lazım Derya... Yeni dünya rekoru artık 100 metre" dedi.

Derya biraz şaşırmıştı. Kendini hep 91 metreye hazırlamıştı ama şimdi işler daha da zorlaşıyordu. "Acaba bunun üstesinden gelebilir miyim?" diye düşündü bir an. Sonra Burak'a bakarak, "Verdiğin sözü unutmadın değil mi?" diye sordu.

"Hiç unutur muyum?" dedi Burak. "Hep yanında olacağım, suyun altı hariç..."

Derya'nın evinin balkonu denize bakıyordu. Hava soğuk olmasına rağmen, balkona çıktılar. İki kişilik küçük masaya oturup, çaylarını yudumladılar. Aldora, salonda Amerika'yla bazı telefon görüşmeleri yapıyor ve ara ara Derya'nın ve Burak'ın biten çaylarını tazeliyordu. Derya, Burak'la bir anlaşmaya vardı. Kış bitene kadar kapalı havuzda çalışacak, yaz gelir gelmez açık denizlere gidecekti. Burak çalışmalarında ona destek verecek, elinden geldiğince yanında olacaktı.

Ancak Derya'nın da istekleri vardı Burak'tan. Öncelikle para biriktirip, daha iyi bir eve geçecek, hatta mümkünse bu ev Kadıköy'de olacaktı. Böylece hem işine hem de kendisine daha çok yaklaşacaktı. Çiftehavuzlar ve Moda, Kadıköy'e yakın yerlerdi.

El sıkışıp birbirlerine söz verdiler. Kimse oyunbozanlık yapmayacaktı.

Derya, Burak'ın Burcu meselesinde ne durumda olduğunu da çok merak ediyordu. Gördüğü kadarıyla biraz aşama kaydetmişti. Birden soruverdi.

"Kalp yaran ne âlemde Burak?" Burak, derin bir iç geçirdi ve söze başladı.

"Unutmaya çalışıyorum. Zor bir savaş bu. Ne kaybedeni olacak ne kazananı. Bazen o beni yeniyor bazen ben onu.

Ama yensek de yenilsek de savaş hiç bitmiyor. Ona hesap sormak istiyorum çoğu kez... Alıp karşıma 'Bana ne yaptığının farkında mısın?' diye sormak istiyorum. Yakasına yapışıp 'Seninle olmayı hak etmeyenler senin yanındayken ben neden uzağındayım!' diye haykırmak istiyorum. Saçma bir matematik gibi bir şey yaşadığım. İkiyken bire düşmek olmadı onun gidişi, ikiden bir çıktı ve geriye hiçbir şey kalmadı."

"İlk aşkın mıydı o senin?"

"Karşılık alabildiğim ilk aşkımdı diyebilirim."

"Nasıl yani?"

"Ondan önce de birilerini sevdim ama hep uzaktan. Onlar hiç bilmedi. Bir keresinde cesaretimi toplayıp söyledim birine ama onunla da çok kısa sürdü. 'Biz birbirimize göre değiliz' dedi ve başlamadan bitti. Anlayacağın aşkta hiç şansım olmadı benim. Maddi durumumdan ötürü de pek de fazla sevilme şansım yoktu zaten."

"Öyle deme. Maddi durumundan ötürü sevmeyeceklerse hiç sevmesinler zaten. Sana öylesi lazım değil."

"Doğru diyorsun ama işte bu dünyada herkes parası kadar konuşur. Az paran varsa her şeyden az nasiplenirsin, sevgiden bile..."

"Çok da haksız değilsin ama hâlâ bazı istisnai durumlar var. İlerde ne olacağı da hiç belli olmaz. Neyse sen şimdi ne yapacaksın bu gönül meselesinde onu söyle bana."

"Karşısına çıkıp konuşmak istiyorum."

"Ne söylemek isterdin ona?"

"Ona 'Yanımdayken de çaresizliğimdin, gittin yine çaresiz bıraktın' demek isterdim. 'Çektiğim acıları sadece bir dakikalığına yaşasan hayata küserdin. Ben onlarla her gün yaşıyorum' demek isterdim. 'Bana en yakın uzaklıkken, şimdi neden en uzak yakınlıksın' demek isterdim."

"Kötü olan ne biliyor musun Burak?"

"Ne?"

"Sen onu gerçekten çok sevmişsin."

"Gerçekten sevdim evet."

"Peki sana daha kötü olanını söyleyeyim mi?"

"Söyle."

"Hâlâ çok seviyorsun."

"Nasıl sevmem Derya. Onun getirdiği acılara bile âşık olmuştum ben. Ona doğru adım attıkça omuzlarımdan yere doğru daha da fazla bastırıyordu beni hayat. Ayaklarım olması gerekenden çok daha fazla yoruluyor ve acıyordu... Yine de başımın üstünde yeri vardı o acıların; attığım her adımda beni ona biraz daha yaklaştırdığı için... Görüyorsun kurtulamıyorum bu aşkın lekesinden. Alnına sürülmüş bir lekeyi çıkarmak için ömrünü kazıyor bazen insan. Ömür bitiyor ama o leke silinmiyor... Yalnızca kalbiyle söküp alabileceği bir acı taşıyorum içimde. Gelip almaz mı Derya?"

"Ne gelsin, ne de alsın bence. Bugün yaptığını yarın yapmayacağı ne malum?"

"Haklısın. Geri döneni affedip yeniden başlamak, bir gün tekrar gidecek korkusuyla yaşamaktan başka bir şey değildir aslında. Bunu çok iyi biliyorum. Bir gün gider mi kaygısı, hep yarın ölecekmiş gibi yaşamaktır. Ama sen de sevmişsin be Derya. En azından aşkın kıyısından geçmişsin. Ömer sana 'kal gitme' diye yalvarsaydı sen gidebilir miydin?"

"Giderdim Burak."

"Neden?"

"Çünkü kalman için iyi bir nedenin yoksa bu gitmen için geçerli bir sebeptir. Ömer benim kalma nedenlerimin tamamını kendisiyle birlikte yok etmişti."

Derya, konuşmaya devam ederken Burak biraz önce kurduğu cümleye takılmış kalmıştı. Kafasının içinde dönüp durdu o cümle. "Kalman için iyi bir nedenin yoksa bu gitmen için geçerli bir sebeptir." Ne çok şeyi özetliyordu bu cümle. Demek Burcu için iyi bir neden değildi kendisi. Bunları düşünürken bir an uzaklaşmıştı Derya'dan. Sonra kendine gelip dikkatle dinlemeye devam etti.

"Herkes kendi açısından haklı ama ben sanırım biraz yufka yürekliyim Burak. Affetmeye hep hazırım. Zaten bu yüzden kaybediyorum. İnsanlara hak ettikleri değerden çok daha fazlasını veriyorum. Tam da bu sebepten ötürü beni ilk terk edenler, kendilerini vazgeçilmez olduklarına inandırdıklarım oluyor. İnsanların peşinden koşmadan önce, peşinden koştuklarımın insan olup olmadığını öğrenmeliyim."

Burak'ı kalbinden vuran sözler ediyordu Derya. "Beni ilk terk edenler, kendilerini vazgeçilmez olduklarına inandırdıklarım oluyor" derken nasıl da kendini anlatıyordu ona. İşte Burak'ın derdini anlatmak için uğraşıp bulamadığı sözlerdi bunlar. Ve ne kadar da iyi geliyordu yarasına... Kanata kanata iyileştiriyordu sanki...

"Farkında mısın Burak? Yaşımızdan çok daha yorgunuz. Bunca kalabalığın içinde iki yangın birbirimizi bulduk ve kalbimizi birbirimizde soğutmaya çalışıyoruz.

Bir yandan derdimizi deşerken öte yandan derman olmaya çalışıyoruz. Şimdi bu noktada şunu çok merak ediyorum; yalnızlar birbirini bulduğunda hangisi çoğalır? Yalnızlıklar mı kalabalıklar mı?"

Bir süre bu soruyu düşündü Burak. Kafası o kadar doluydu ki şu anda, cevabı istese de bulamayacaktı. İyisi mi artık gitmekti...

"Bir gün bulursam vereceğim o cevabı. Neyse geç oldu ben müsaade isteyeyim."

"Biraz daha kal ne olur. Sonra gidersin. Kaça kadar minibüs var sizin oraya?"

"Geç saatlere kadar var."

"Hadi biraz daha kal."

Öyle içten "kal" demişti ki... Hayatına giren hiçbir kadın ona bu kadar içten "kal" dememişti bugüne kadar. Yumuşak yüreği kıramadı onu...

"Peki. Senin için kalıyorum biraz daha."

"Benim için değil, bizim için. Burada yaraları sarılan sadece ben değilim unutma."

"Doğru diyorsun. Hangimizin hangimizin yarasına merhem olduğu önemli değil... Önemli olan birbirimizi iyileştiriyor olmamız."

"Yine büyük laf ettin Burak. Sırf bu söz için bile sabahlanır bu balkonda."

Gerçekten de öyle oldu. Güneşin ilk ışıklarına değin konuştular. Birbirlerine iyi gelmeleriydi onlar için önemli olan. Hangisinin yara, hangisinin merhem olduğu değil...

Sabah işe Deryaların evinden gitti Burak. Hiç uyumamıştı ama uykusu aklına hiç gelmemişti de... Akşam yatağına girdiğinde anladı ne kadar yorgun olduğunu. "Hayat yorgunlaştırdıkça olgunlaştırır" dedi kendi kendine uykuya dalarken...

\*\*\*

Ertesi gün annesiyle birlikte Türkiye Sualtı Sporları Federasyonu'nu aradı Derya. Duyduğu şey onu heyecanlandırmıştı. Bu haberi hemen Burak'la paylaşmalıydı. Nis Kuaför'ü aradı. Burak telefona gelene kadar heyecandan ölecekti. Bir an önce paylaşmak istiyordu haberi.

"Burak sana bir haberim var."

"Merak ettim nedir?"

"Türkiye Sualtı Sporları Federasyonu'nu aradım ve önümüzdeki yıl yapılacak olan dalış şampiyonasıyla ilgili bilgi aldım."

"Evet?"

"Sıkı dur şimdi... Şampiyona önümüzdeki yıl eylülün dördünde Akdeniz'de yapılacakmış. Malta'da hem de... Yani babamın uyuduğu sularda..."

"Buruk bir mutluluk yaşıyorum şu anda."

"Ben de öyle. Şimdi sana verdiğim sözün gereğini yerine getirip, çalışmalara yarından itibaren başlayacağım. Senden sonra Mehmet Hoca'mı arayacağım."

"Tamam Derya, hemen harekete geçmelisin bence de... Baban için bunu başarmalısın."

Telefonu kapattıktan sonra böyle bir haberi doğrudan kendisiyle paylaşmasına ne kadar mutlu olduğunu düşündü Burak. Derya, gerçekten de ona çok değer veriyor ve güveniyordu. Bu değer ve güvene layık olmalıydı. Tekrar işinin başına dönerken, yüzünde mutlu bir tebessüm vardı.

Derya, Burak'tan hemen sonra hocasını arayıp müjdeyi verdi. Yarından itibaren kapalı havuzda antrenmanlara başlayacaklardı. Mehmet Hoca da buna çok sevindi. Derya'ya dalmanın çok iyi geleceğini en iyi o biliyordu.

## İkinci Bölüm

Koca bir kış geçti. Aynı zamanda bir normalleşme süreciydi bu. Ölümlere alışıldı. Yeni duygulara yer açıldı. Eskiler gelip eski yerini aldı. Hayat rutin seyrine girdi.

Ne mi oldu bu arada? Kızının antrenmanlara yeniden başladığı günlerde Aldora, artık onu tek başına bırakabileceğini gördü. Babasının ölümünü kanıksamıştı. Hatta o ölümün gölgesinde kalan ihaneti bile unutmuştu. Sanki hayatına Ömer diye biri hiç girmemişti.

Derya, şimdi babasına verdiği sözü yerine getirmek için var gücüyle çalışıyordu. Annesi böyle zamanlarda onu yalnız bırakması gerektiğini öğreneli uzun yıllar olmuştu.

Aldora, kızı için buraya gelmişti. Onu yalnız bırakmamak, her an yanında olmak istiyordu ama diğer yandan da Özgür'ü arama çalışmalarını uzaktan takip etmeye çalışırken, orada olamadığı için suçluluk duyuyordu. Şimdi kızının kendisine ihtiyacı kalmadığına göre gönül rahatlığıyla Amerika'ya gidebilir, çalışmaları oradan takip edebilir, hatta arama harekâtına bizzat katılabilirdi. Böyle düşündü ve Derya'yı Mehmet Hoca'ya emanet ederek Amerika'daki hayatına geri döndü. Artık gönül rahatlığıyla kocasını arama çalışmalarına katılabilirdi.

Annesi gittikten sonra çalışmalarına daha da hız veren Derya, eski performansının biraz gerisindeydi. Bir an önce o açığı kapatmak ve eski haline dönmek için çok çaba sarf ediyordu. Üstelik rekor şimdi 100 metreydi. Mehmet Hoca, Derya'nın bu işi başarabileceğine adı gibi emindi.

Burak, artık daha az kitap alıyor, daha düzgün bir eve taşınmak için para biriktiriyordu. Her hafta sonu gittiği kurumlara ayda bir kez uğruyor, artan zamanında da fazla mesai yaparak, özel müşterilerinin evlerine saç yapmaya gidiyordu. Hal böyle olunca, Derya ile daha az görüşebiliyorlardı. Derya ise hem antrenman yapıyor hem de Burak'ın öğüdünü tutarak eskisinden çok daha fazla kitap okuyor, hayatı daha iyi algılıyordu. Okuyup bitirdiği kitapları ise hemen Burak'a veriyordu.

İkisi de birbirini değiştirmişti aslında. Derya kendini biraz Burak'a doğru çekerken, Burak kendini Derya'ya doğru itmişti.

Burak'ın mesai saatleri içinde Derya havuzdaydı. Akşamsa Burak evine gidiyordu ve telefonu olmadığı için Derya ile konuşamıyordu. Fakat çok geçmeden bu duruma bir son verdi Derya. 2016 yılına girerken, yılbaşı hediyesi olarak Burak'a bir cep telefonu aldı. Burak çok şaşırmıştı. Yılbaşı akşamı ona hediyesini verirken, "İletişimimiz için gerekli" demişti. Haklıydı. Onunla konuşamamak, sesini duyamamak Burak'ı yalnızlaştırıyordu.

Ama Burak'ın da Derya'ya bir hediyesi vardı. Hem de oldukça enteresan bir hediyeydi bu... Derya, büyük bir mutluluk ve heyecanla aldı hediyeyi. Paketi aceleyle açarken bunun bir kitap olduğunu tahmin edebiliyordu. Burak'ın hayat duruşuna uygundu bu. Tam tahmin ettiği gibiydi. Hediye paketinin içinden bir kitap çıkmıştı. AŞKLA KAL. İsmi çok hoşuna gitmişti kitabın. Fakat kapakta yazarın ismini görmedi. Burak'a teşekkür ederken içine göz atmak için sayfaları araladı. Ama yüzündeki gülümsemenin yerini büyük bir şaşkınlık aldı o vakit. Çünkü kitabın sayfaları boştu. Anlamsızca yüzüne baktı Burak'ın ve "Ama bu boş" dedi.

Burak, gülümsedi ve "Dikkat edersen yazarın ismi de yok zaten" dedi.

Derya, bunu ilk bakışta fark etmişti zaten. İşin içinde bir iş olduğunu Burak'ın yüzündeki sırıtıştan anlıyordu.

Sırt çantasından bir kitap daha çıkardı ve Derya'ya gösterdi. Aynı kitaptı. AŞKLA KAL. Onun da sayfaları boştu.

"Bak" dedi Derya'ya. "Bunları ikimiz için yaptırdım. Herkesin yazmak için bir defteri vardır ama kimsenin yazmak için bir kitabı olmaz. Bunlar defter değil, içi sonralara ertelenmiş kitap... Elindeki kitabın adı belli ama yazarı sen olacaksın. O boş sayfaları sen dolduracaksın. Ben de benimkini dolduracağım. Zaman zaman yazdıklarımızı birbirimize okuyacağız. Bittiğinde ikimizin de aynı ismi taşıyan bir kitabı olacak. Kitabın yalnızca ismini koydum ben. Hikâyeler birbirinden farklı olacak. Sadece ilk giriş cümlelerimizi yazacağız ama kendimizinkine değil, sen benimkine yazacaksın ben seninkine. Gerisine kendimiz devam edeceğiz."

Şaşırmıştı Derya. Çok da hoşuna gitmişti. Böylesi bir hediye beklemiyordu. Hediyeler verilir ve sonra unutulurdu ama böyle bir hediye asla kendini unutturmayacak cinstendi. En azından yazıp bitirene kadar... Ömer de eskiden ona sürprizler yapardı ama parasının gücüyle... Burak'ın hediyesi bambaşkaydı. Küçük bir parayla büyük bir hediye... "Tamam" dedi Derya sevinçle.

Burak, ona bir kalemle birlikte elindeki kitabı uzattı. Derya, biraz düşündükten sonra, *"Yeni tanıdığım birine bile 'dostum' diyecek kadar yalnızım"* diye yazıp, Burak'a geri verdi.

Sonra da yazması için kendi kitabını ona uzattı. Burak, Derya'nın yazdığı cümleyi düşündü ve *"Bir istasyonda tek başına beklemek değil, son treni kaçırmış olmaktır asıl yalnızlık"* diye yazdı. Yalnızlık temasıyla başlayacaktı hikâyeleri...

***

Yeni telefonuna kısa sürede alışmıştı Burak. Mesaj atıyor, Whatsapp kullanıyor, hatta görüntülü konuşuyordu Derya ile. En heyecanlandığı an ise Derya'ya bir şey yazdığında Whatsapp'ın "Yazıyor" ifadesiydi. Karşısındaki kişinin o an yazdığını bilmek, ne yazdığını öğrenme heyecanını ikiye katlıyordu. Teknolojinin kalbe küçük bir oyunuydu bu.

Cep telefonu kullanımına bu kadar kolay ikna olmasının bir diğer nedeniyse, internet özgürlüğü ile dilediği kütüphaneye girip, istediği kitaba ulaşabilmesi ve matbu kitaptan çok daha ucuza mal olan e-kitap satın alabilmesiydi. Gerçi elektronik kitap hiçbir zaman matbu kitabın yerini tutamayacaktı ama asla korsan kitap almayan Burak için büyük bir maddi rahatlamaydı bu.

Tüm bunlar için Derya ona bir internet paketi yüklemiş, kredi kartı bilgilerini vermiş ve ancak bu şekilde onu ikna edebilmişti. Bu sayede daha rahat para biriktirebilmiş ve bahara doğru, nisan ayında Kadıköy'de küçük de olsa bir ev tutabilmişti. Buna en fazla sevinen Derya olmuştu. Kendisi sıcak evinde rahat ederken, Burak'ın o soğuk ve her yeri akan evde yaşaması onu rahatsız ediyordu.

Burak'ın evini birlikte taşımışlar, altı üstü birkaç parça olan eşyayı birlikte yerleştirmişlerdi. Bir kamyonet yetmişti taşınmaya. Ki o kamyonetin yarısını kitaplar doldurmuştu. Burak'ın yeni evi Bahariye'nin ara sokaklarından birindeydi. Cevizli ve Kadıköy arasında çok fark vardı. Burak burada daha mutlu olacaktı.

Tuttuğu ev bir oda bir salondu. Yüksek girişti. Rutubet yoktu. Maaşının yarısından fazlasını kiraya verecekti ama en azından daha iyi şartlarda yaşayacaktı artık. Sevimli bir evdi burası. Derya'nın evine yürüme mesafesi on dakikaydı. İşe, bir otobüsle veya Bostancı'ya giden dolmuşlarla en geç yirmi dakikada gidebiliyordu. Birçok eşyası eksikti ama zamanla alabilecekti hepsini.

Mehmet Hoca, ev hediyesi olarak bir buzdolabı almıştı Burak'a... Servis eve getirdiğinde Derya ve Mehmet Hoca da oradaydı. Yanakları kızarmış, bir mahcubiyet yaşamıştı Burak. Nasıl teşekkür edeceğini bilememişti. Ellerini öpmüştü hocanın. Çok küçük olan mutfağa sığmadığı için salona koymuşlardı buzdolabını.

Derya, "Madem artık buzdolabın var, yemekleri de kendin yapacaksın demektir bu. Öyle dışarıdan yiyip sağlıksız beslenmek yok artık" demişti.

Burak'sa, "İyi de ben ne anlarım yemek yapmaktan? Hayatımda hiç yapmadım ki... Bir tek yumurta kırmasını biliyorum. Rahmetli ağabeyimle yaşarken hiç buzdolabımız olmamıştı. Olsaydı da zaten ne o yemek yapabilirdi ne de ben..." diyerek hayıflanmıştı.

Derya da hemen pratik bir çözüm bulmuştu. Burak, yemek yapmayı öğrenene kadar, Haftada bir iki gün eve gelip yemek yapacaktı. Burak için iyi bir anlaşmaydı bu.

Bir müddet sonra "Amerikan mutfak gibi oldu ev; buzdolabıyla aynı yerde uyuyoruz" diye espri yapacak noktaya bile gelecekti.

Derya'nın Burak'a yemek yapmayı öğretmesi komediye dönüşüyordu bazen. Yere saçılan makarnalar, dibi tutan pilavlar... Hepsi Burak'ın mutfak konusundaki beceriksizliğinin eseriydi. Derya, ona aşçı kıyafeti giydirip olayı eğlenceli bir hale sokuyordu çoğu zaman. Neyse ki zamanla öğrendi Burak yemek yapmayı. İlk iş olarak da kendine bir sefertası alıp, yaptığı yemekleri işyerine götürdü. Böylece öğlen yemek masrafı da neredeyse sıfırlanmış oldu.

\*\*\*

Burak artık her ayın ilk hafta sonu hariç geriye kalan tüm hafta sonlarında Derya'nın yanında oluyor, antrenmanlarında ona manevi bir destek sunuyordu. Burak'ın yanında olması moral-motivasyon açısından çok da iyi geliyordu. Bu arada Burak saçlarının kesilmesi için kendisini bekleyenleri de unutmuyordu... Her ayın ilk hafta sonu onlar içindi...

Zaman zaman Burak'ın evinde kitap okuma seansları yapıyorlardı. Bu Burak'ın fikriydi. İkisi de aynı anda farklı kitaplar okuyorlardı. Sonra okudukları yere kadar birbirlerine anlatıyorlar, aynı anda iki kitap okuyormuş gibi oluyorlardı. Dışarıda vakit geçirip para harcayacaklarına bu yolu seçip kendilerini geliştiriyorlardı. Bazen saatlerce sürüyordu bu okuma seansları. "Keşke şu yaptığımızı bütün anne babalar evde yapsa, çocuklar evde televizyon seyreden değil de kitap okuyan anne baba görseler. Bak o zaman nasıl kitap okuyan çocuklar yetişecek" diyordu Derya.

Derya'nın yeni hayatı onu acılarından uzak tutuyordu bir nebze. Antrenman ve kitap okuma seansları ona iyi geliyordu. Burak bu anlamda müthiş bir itici güç olmuştu. Zaman zaman "Acaba kendimizi toplumdan çok mu soyutluyoruz?" diye sorgulamaya girdiklerinde, Burak hemen kendinden örnek veriyor ve "İnsanlar kitap okuduğu için toplumdan soyutlanmaz; toplum kitap okumadığı için okuyanları tuhaf karşılar" diyordu. "Ama biz yine de okumaktan vazgeçmeyelim. Okuyalım ki beynimizi çöplük olmaktan kurtaralım, kendimizi bizi yönetenlere kullandırmayalım."

Çok mantıklı bir açıklamaydı bu... Burak ne zaman bu konu hakkında konuşsa Derya'nın aklına babasının şu sözleri gelirdi: "Beyni boş insanlarla dolu bir ülke, beyni biraz dolu olanlar tarafından yönetilir ve olan beyni dolulara olur. Bu yüzden insanların okuyup, beyni boş sayısını azaltması lazım; çünkü bir yerde on tane sığ zekâlı iki tane akıllı varsa, orada sığ zekâlıların seçimleri geçerli olur! Demokrasi, işleyişi gereği budur."

Bu, akıllılarla cahillerin cesaret mücadelesiydi ve bir akıllının cesaretiyle bir cahilin cesareti eşit görülemezdi...

Antrenman sonralarında birlikte yemeğe gitmek onların en sevdiği ritüele dönüşmüştü. Sohbetlerinde daha çok soru soran ve karşı tarafın geçmişini irdeleyen kişi Derya oluyordu. Burak'tan çocukluğunu, geçmişini dinlemek istiyordu. Burak'sa bazen anlatıyor, bazen atlatıyordu. Bir keresinde bir hikâye anlatır gibi bahsetmişti on yedi yaşında âşık olduğu kızdan. Derya, büyük bir ilgiyle dinlemişti.

"Bazen hayatım dediğiniz kişi hayatımızın hatası olur... Daha on yedi yaşındaydım. Başkalarına göre çocuk, kendime göre delikanlıydım. Bugün gibi hatırlıyorum. Kocaman harflerle 'ÜRKEKÇE DEĞİL ERKEKÇE SEVERİZ BİZ!' diye yazmıştım evlerinin tam karşısındaki duvara. Sonra hırsla karşı kaldırıma fırlatmıştım tebeşiri. Öfkenin doruklarına yasladığım bakışlarımı, odasının camına dikmiştim. Birazdan o cama çıkacak ve ne yaptığımı görecekti. Korkakça seven biri olmadığımı ispatlayacaktım ona. O an ne ağabeyi ne de babası gelmişti aklıma. Tecrübesizlik işte... Yumruklarım sıkılı beklemiştim o soğuk kasım gecesinde.

Kalbim darmadağınıktı yine. Her şey eskisi gibiydi ama bildiğimiz gibi değildi. Görecekti pencereden baksaydı. Ama bakmadı. Bir daha o pencereye hiç çıkmadı. Onu son kez, o yazıyı yazmadan birkaç saat önce görmüştüm. Gidenim olmaya karar vermişti. Üstelik beni korkakça seven biri olmakla suçluyordu. Belki de onu bu kadar sevmekle ayağıma çağırmıştım ayrılığı. İnsan bazen hüznü yakıştırır ya kendine. O benim yıllar önce kendime çağırdığım hüznümdü. Çekeceğim vardı... Neydim onun için hiç bilemedim, kimdim, kimse miydim? Dert miydim, heves miydim? 'Beklediğime değecek biri misin, yoksa bekleyenlerime yazık mı edeceksin?' diye sordu. O an anladım onda ne olduğumu. Ben onda, 'değecek' beklemeleri riske sokacak bir değmezdim, umut israfıydım. O ise hayatımın ilk hatasıydı. Ama sonu değildi...

On yedi yaşındaydım daha. Hayatı uzun zannediyordum. Ve bilmiyordum bir gün gurur sandığım duyguya yenik düşeceğimi... Evet! Korkarak sevmiştim onu doğru. Korkakça değil ama... Ürkekçe değil. Gideceğinden korkarak... Sevmeyeceğinden korkarak... Öleceğimden ve onu mutlu edemeyeceğimden korkarak sevdim. Korkuyorsan, hâlâ kaybedecek bir şeylerin var demektir. Kaybettim! Dedim ya, bazen hayatım dediğiniz kişi hayatımızın hatası olabiliyor."

"Peki sonra ne oldu Burak?"

"Tecrübe oldu. Güldüm geçtim... Gençtim!"

"Hiç mi isyan etmedin yaşadıklarına?"

"Etmez olur muyum? Tabii ki ettim. Hatta hayattan soğudum. Basit hayatın basit insanlarından nefret ediyordum.

Nasıl bir şakaydı hayat! Hep aynı yüzler ve aynı yalanlar. Etrafım, yaşaması gerekirken ölenler ve ölmesi gerekirken yaşayanlarla dolmuştu sanki. Sevmeyi bilmemeleri bir yana sevilmeyi bile beceremeyen insan artıklarıyla aynı havayı soluyordum. Ben soluyordum; onlar çiçek gibi açıyordu... 'Gidenler haklı, sevenler suçlu! Nasıl bir adalet bu?' diye soruyordum kendi kendime. Ama cevap bende değildi. Hatta böyle bir sorunun cevap zincirindeki en son halka bendim."

"Bütün bunlar çok şey katmıştır ama sana."

"Evet öyle. Hâlâ da katıyor. Dünyanın haline baksana! Kimi öğretilmiş bir hayatı yaşıyor, kimi ne yaşadığını anlamadan yaşıyor. Kimse kimseye hak ettiği değeri vermiyor. Kimse kimseden dürüstlük de beklemiyor. Kendini mutlu etsin yeter...

Yılış yılış, yalaka gülücüklere karşılık, sahte ve geçici mutluluklar satın alınıyor. Sonra işi biten herkes gidiyor birbirinden. Kimin kimden gittiği, kimin kimden gönderildiği, kimin kimde ne ölçüde kaldığı belli değil. Bir yanda beş para etmezlere ağlayanlar görürken, diğer yanda beş para etmezlere tapanlar görüyorum. Anladığım ama konuşamadığım bir dili var bu hayatın."

Onu çok iyi anlıyordu Derya. Sessizce dinlemesi de bu yüzdendi zaten. Onu anlıyor ve ona inanıyordu. Belki bu onu daha da yalnızlaştıracaktı. Çünkü Burak'la hayatı paylaşıyor, onun gibi olmayanlardan uzak duruyordu. Bunu çok sonra fark edecekti ama...

\*\*\*

Takvimler Mayıs'ın 12'sini gösteriyordu. Bu süre içinde hep kapalı havuzda çalışmıştı Derya. Eski performansını yakalamaya az kalmıştı. Asıl çalışma deniz mevsimi geldiğinde başlayacaktı. Burak hep onun yanındaydı. O da kendini iyice toparlamış, durumunu düzeltmişti. Ama hâlâ Burcu'yu unutabilmiş değildi. Bazı geceler onun için gizli gizli ağlıyordu. Terk edilmeyi hâlâ hazmedemiyordu. İçinde hep bir umut vardı, bir gün döneceğine dair...

Hatta bir keresinde Derya ile yemek yedikleri bir kebapçıda hararetli bir şekilde tartışmışlardı bu konuyu. Burak Burcu'nun bir gün geri döneceğine o kadar inanmıştı ki Derya'yı ikna etmeye çalışıyordu neredeyse.

Yemeğe oturduklarında konuyu sakince tartışıyorlardı. Siparişlerini verdiler. Derya döner, Burak'sa kebap söylemişti. Yemekler gelene kadar tartışma hararetlenmiş ve Burcu'nun geri dönüp dönmemesinde kilitlenmişti. Burak durmaksızın Burcu'nun döneceğini söylüyor, Derya ise bir daha geri gelmeyeceğine Burak'ı inandırmaya çalışıyordu. Dönerdi dönmezdi tartışması yaşanırken garson bir elinde kebap, bir elinde dönerle tepelerine dikilmiş dikkatlerinin kendisine çevrilmesini bekliyordu. Çünkü kimin ne sipariş verdiğini unutmuştu. Tam o anda garson elindeki döneri işaret ederek kimin yiyeceğini sormak amaçlı "Döner?" dediği anda Derya "Dönmez abi ver!" diyerek aldı tabağı.

Gerginlik yerini gülüşmelere bırakmıştı. Garson da bu gülüşme seremonisine dahil olmuştu. Sonra kendini toparlayıp masadan uzaklaştı. Derya, bu konuyla ilgili Burak'la konuşmak istemiyordu aslında. Ne anlatırsa anlatsın, ne söylerse söylesin kâr etmiyordu. Burak'ın aklında hep Burcu vardı. Bir şeylerin değişmeyeceğini anlamıştı Derya ve bu konuyla ilgili olarak onunla bir daha konuşmama kararı almıştı o gün. "Âşıksan herkesi affedebiliyorsun" dedi sadece. "Herkesi" derken ince bir ima vardı sözlerinde. Gerçekten de Burcu konusunu bir daha hiç konuşmadılar. Ama Derya, Burak'ın acı çektiğini biliyor ve içten içe üzülüyordu. Kendi hayatını yaşanmaz hale getirmeyi nasıl da bu kadar kolay başarabiliyordu insan...

Derya'nın annesi aradan geçen bunca zaman zarfında yaptığı girişimlerin hiçbirinden sonuç alamamıştı. Cesetlere hâlâ ulaşılamıyordu. Geminin battığı yer tam olarak tespit edilmeye çalışılıyordu. Derya, konuyla ilgili olarak sık sık annesini arıyor ve bilgi alıyordu. Günler böylece birbirini kovaladı.

Haziran ayı geldiğinde ise Derya, açık denizlerde dalmaya başladı. Mehmet Hoca profesyonel bir ekip kurmuş, sponsor bulmuş, dalış teknesi kiralamış ve Derya ile yeni rekor denemelerine başlamıştı.

Hafta sonları dalış ekibine Burak da dahil oluyor, teknede her türlü işe koşturuyordu. Derya'nın dalış kıyafetlerini giymesine yardımcı oluyor, tüplerini taşıyor, dalış sonrası ona kahve hazırlıyor, her türlü konforu sağlamak için elinden geleni yapıyordu. Her dalış sonrası yenilenen rekorla seviniyor, başarıya adım adım yaklaşmasının mutluluğunu yaşıyordu.

Derya'nın formunda olmadığı günlerde onun strese girmesini engelleyecek yegâne unsur oluyordu Burak.

O varsa her şey yolunda gidiyor, çalışmalar daha keyifli bir hal alıyordu. Kısa bir zaman sonra ekibin vazgeçilmez bir parçası olmuştu Burak. Herkes onu çok seviyordu. Mehmet Hoca Burak için "O benim manevi oğlum" diyordu herkese. Hiç çocuğu olmadığı içindi belki de... Bazen ekip olarak yemeğe çıkıyorlardı. Hepsi çok eğleniyordu.

Güzel bir rekor ve yorucu bir günün sonunda elemanlar malzemeleri toplarken, Burak da onlara yardım ediyordu. Güneş, denize akşamüstü romantizmini armağan etmişti bile. Günbatımını tekneden izlemek kadar güzel bir duygu yoktu Derya için. Teknenin kıç tarafında dalgın bir şekilde ufku izlerken gördü onu Burak. İki kahve alıp yanına oturdu.

"Çok iyi gidiyorsun Derya. Bugün de yeni bir rekor kırdın. Eylüle kalmadan çok daha büyük rekorlar kıracaksın."

"Teşekkür ederim Burak. İyi ki yanımdasın. Büyük moral oluyor senin burada olman. Keşke babam da burada olsaydı ve seni tanıyabilseydi. İnan çok severdi."

"Ben de onu çok severdim herhalde. Ve teşekkür ederdim."

"Neden?"

"Senin gibi birinin babası o. Teşekkür etmek bile az kalır."

"Öyle deme. Ben de herkes gibiyim işte."

Sonra bir sessizlik oldu aralarında. İkisi de denize gömülmekte olan güneşin son ışıklarına bakıyordu. Derya'nın mavi gözlerine baktı Burak... Omuzlarına düşen sarı saçlarını seyretti. O kadar güzeldi ki insan bakmakla bitiremiyordu bu güzelliği. Sonra tekrar ufka bakarak sordu ona.

"Dalınca daha mutlu olduğunu fark ediyorum. Sanki yaralarını sarıp sarmalıyor dalmak. Ruhunu iyileştiriyor. Dalmak senin için başka ne ifade ediyor peki?"

"O kadar çok şey ifade ediyor ki anlatamam. Uçmak gibidir dalmak. Milyarlarca ton suyun içinde hareket etmek... Suyun kıpırtısını hissetmek... Bunu yaşamalısın Burak. Bunu yaşamadan beni anlayamazsın..."

"Denize en son atlayışım hiç keyifli değildi ama..."

Bunu söylerken gülümsüyordu Burak. O kötü olayın üzerinden o kadar çok duygu ve an geçmişti ki artık tiye bile alıp inceden dalga geçebiliyordu kendiyle. Derya da gülümsedi.

"Bir gün benimle dalmak ister misin? Kendini hazır hissedince yani?"

"Çok isterim. Zaten sadece seninle dalabilirim artık. Güvenebileceğim tek kişi sensin bu hayatta."

"Sağ ol Burak. Buna sevindim. Ama yine de böyle düşünmeni istemiyorum. İyi ve güvenilebilecek insanlar hâlâ var bu dünyada. Çok seveceksin derinleri. Belki de çıkmak istemeyeceksin. 'Ne olurdu sanki hep burada yaşayabilseydik' diyeceksin. Aşağıda riyakârlık yok Burak. İnan yukarısı çok daha tehlikeli."

"Biliyorum Derya. Aşağıda ne hissettiğini biliyorum. Suyun üstüne çıktığında gözlerinden okuyorum."

"Evet! Suyun yüzüne her çıkışımda deniz beni yeniden doğurur sanki. Dünyanın içinde dünyadan ayrı gibi duran bir yer orası. Dalmak özgürlüktür Burak. Dalmayan insan deli olmalı. Bedenimin ağırlığını unuturum dalarken. Sanki başka bir gezegende uçuyormuş gibi hissederim kendimi. Taşları var oranın irili ufaklı, bazen devasa... Ve o taşların dili var. Beynimdeki gereksiz tüm sesleri silen uğultulu bir atmosfer... Tüpümden çıkan hava kabarcıklarına bakıp 'Yukarda da bu kadar çok nefes alıyor muyum acaba?' diye düşünürüm bazen. Derin mavide kaybolmak, yitip gitmek isterim hep."

O kadar güzel anlatıyordu ki... Anlatırken gözlerini denizden ayırmıyordu. O anları sanki yeniden yaşıyordu... Yeryüzünde denize ondan daha âşık başka biri yok gibiydi.

Sessizce onu dinliyordu Burak. Akşam güneşi yavaş yavaş kaybolurken ufukta, tekne karaya doğru ağır ağır ilerliyordu.

"Çocukken suyun içinde nefes alabildiğim rüyalar görürdüm hep" dedi Burak.

"Ben de çok görürdüm öyle rüyalar. Deniz dibi çok şey öğretiyor insana. Orada nefes alınamayacağını mesela; ama gülümsenebileceğini... Biliyor musun, deniz altında gülümsemeyi babam öğretti bana. Çok şey öğrendim ondan. Bana hep şöyle derdi: 'Bak kızım, suyun içinde devrilmemek için dik durmak zorundasındır. Su, bunu ister. Yeterince dik duramazsan devrilirsin. Suda yan yatmaya başlayınca insanın kendisini toparlaması zor olur. Ölümün içinde yüzüyorsun aslında. Su boğar. Hayatta da böyledir bu. Dik durmak zorundasın.' Babam hayata karşı dik durmayı bu şekilde öğretmişti bana. Onun öğrettiği her şey benim hayatımın tümü... Kendimi baş aşağı suyun derinliklerine bırakırken babamın o sözleri gelir hep aklıma. Kafam vücudumdan ağır olur sanki. Ama düşüncelerim hafifler o an."

"Hiç korkmaz mısın derinliklerden?"

"Korkmam. Ona nasıl davranacağını bilirsen, o da sana nasıl davranacağını bilir. Suyuna gideceksin suyun. İnatlaşmayacaksın onunla. Kendini dipteki güzelliğin kollarına bırakacaksın. Balıkları izleyeceksin gülümseyerek. Gökyüzünün kuşlarına benzetirim o minik balıkları. Uçan mavi kuşlar... Kumu biraz bulandırınca etrafıma üşüşen balıklar."

Derya'nın anlattıklarından çok etkilenmişti Burak. Aklından en kısa zamanda dalmak geçti bir an... Sonra kararan sulara baktı. Güneş ortadan kaybolmuştu. Şimdi karanlık bir dehliz gibiydi deniz. Birden ürperdi karanlık sulara bakınca. "Hiç gece daldın mı?" diye sordu Derya'ya...

"Dalmaz olur muyum? Daldım tabii ki... Hatta son gece dalışım dünyanın en masum çocuğunu kurtarmak içindi" dedi gülümseyerek.

Burak, sarıldı ona. "İyi ki kurtardın o masum çocuğu" dedi.

"O çocuk, sana o kadar minnettar ki şimdi..."

Başını Burak'ın omzuna koyarak devam etti Derya.

"Gece denizin dibinde yürümek, uzayda yürümek gibidir. Asla tek başına yapılmaması gerekir gece dalışları."

"Yoksa yaptın mı?"

"Hayır yapmadım. O kadarına cesaretim yok. Yani birini kurtarmak gerekmedikçe gece denize atlaman tehlikelidir."

Biraz daha sarıldı ona Burak.

"Kışın da muhteşemdir denize girmek. Üstünde yağan karın ve yağmurun sana ulaşamaması çok güzeldir. Suyun

içinde üşümek, çıkınca battaniyeye sarılmak... Hepsini yaşadım Burak. Sen de yaşamalısın. Sen de dalmalısın..."
"Dalmak değil ki mesele. Hani diyor ya şair 'Denize düşen değil, çıkamayan boğulur' diye... Ya çıkamazsam?"
"Ben yanında olduktan sonra çıkamayacağın deniz yok senin" dedi ve yanağına bir buse kondurdu. Akşam karanlığında belli olmasa da yanakları kızarmıştı Burak'ın... Tekne Kalamış Limanı'ndaki iskeleye yanaştı. Hep birlikte indiler. Akşam yemeği için plan yapıldı çabucak.
"Yemek için bize gidiyoruz" dedi Mehmet Hoca Derya'ya...
Sonra Burak'a dönerek, "Sen de geliyorsun evlat!" dedi. Cümledeki emir kipi Burak'ın itiraz şansını yok etmişti.

\*\*\*

Ziverbey semtindeki Müjdat Gezen Sanat Merkezi'nin tam karşısındaydı Mehmet Hoca'nın evi. Eşi Nesibe Hanım'la birlikte mazbut bir yaşam sürüyorlardı. Küçücük ve sıcacık bir evdi. Nesibe Hanım, akşam için özel bir şey hazırlayamamıştı.
"Mehmet Bey önceden haber verseydi daha güzel yemekler yapardım çocuklar" dedi.
Her ikisi de bunun önemli olmadığını söyledi. Birlikte keyifli bir akşam yemeği yediler. Derya, masanın kurulmasında, kaldırılmasında ve bulaşıkların yıkanmasında Nesibe Hanım'a yardım etti. Tüm bunların sonrasında mükemmel bir kahve keyfi vardı. Hep birlikte kahveler içildi.

Evdeki televizyon açık olduğu halde kimse izlemiyordu. Konuşulacak gündelik konular bittikten sonra Derya'ya dönüp, "Ee?" dedi Mehmet Hoca. "Hâlâ *Derinlik Sarhoşluğu*'nu izliyor musun denizkızım?"

Derya, unuttuğu bir şeyi yeniden hatırlamışçasına irkildi. Son olaylardan sonra hiç izlememişti o filmi. Kafasından onlarca şey geçti o an. Acaba yeniden izlemesi ona iyi gelir miydi yoksa Jacques Mayol, ona babasını hatırlatıp ağlatır mıydı? Kendini bulduğu film onu kendinden uzaklaştırır mıydı? Kafası allak bullak olmuştu. Bir cevap veremedi. Tam o sırada atıldı Burak.

"Luc Besson'un efsane filminden mi bahsediyorsunuz?"

Derya şaşırmıştı. Burak'ın yaşında olan birinin eğer sinemaya özel bir tutkusu yoksa o filmi bilmesine imkân da yoktu. Eğer dalgıçlıkla uğraşsaydı her dalgıç gibi mutlaka bilirdi ama mesleği bambaşka olan birinin o filmi bilmesi çok şaşırtmıştı Derya'yı.

"Evet" dedi Mehmet Hoca "Luc Besson'un efsane filmi *Derinlik Sarhoşluğu*'ndan bahsediyoruz. Derya o filmi çok sever. Her zaman da izler."

Derya, Burak'a dönerek, "Sen nerden biliyorsun o filmi?" diye sordu.

Burak, Derya'nın yüzündeki şaşkınlığa anlam vermeye çalışarak, "E biliyorum. Başrol oyuncuları da Jean-Marc Barr ve Jean Reno'dur" dedi.

Şaşkınlığı giderek artıyordu Derya'nın.

"Her karesini bilirim o filmin. Defalarca izledim. En sevdiklerim arasındadır."

Derya kahve fincanını önündeki zigon sehpaya koyarak, "Keşke bunu bana daha önce söyleseydin" dedi.

"Neden Derya?"

"Ya o filmi herkes bilmez. Hatta yaşıtlarımız hiç bilmez. Annem ve babamın tanışma filmdir o. Bizim için çok önemli bir yeri vardır. Ben o filmdeki Jacques'a hayranımdır. Rahmetli babama benzetirim onu. Babamla o kadar çok izlemiştik ki..."

Son cümlesinden sonra yüzü düştü Derya'nın. Bir daha babasıyla o filmi izleyemeyeceği gerçeğini bilmek ağır geldi ona. Burak, durumu fark etti ve "Seninle beraber izlemek isterim o filmi" dedi.

Derya parlayan gözleriyle bakıp, "Onur duyarım" diye karşılık verdi.

Saat geç olmuştu. "Biz müsaade isteyelim. Yorucu bir gündü" diyerek kalkmak için izin istediler Mehmet Hoca'dan.

Nesibe Hanım ve Mehmet Hoca kapıya kadar uğurladı onları. Apartmanın kapısından çıkınca Kadıköy'e kadar yürüme teklifinde bulundu Burak. Derya memnuniyetle kabul etti. Yol boyu Mehmet Hoca'dan ve eşinden konuştular.

"Ne kadar harika bir çiftler değil mi?" diye sordu Burak.

Derya ise yüzünde mutlu bir ifadeyle anlatmaya başladı onların hikâyesini.

"Babamın hayatında çok önemli bir yeri vardı Mehmet Hoca'mın. Yılların dostluğu... İnsanın hayatta güvenebileceği birileri mutlaka olmalı... Dost diyebileceği, gecenin bir yarısında telefon edip çağırabileceği, sırrını paylaşabileceği biri... Hepimiz böyle bir dostumuz olsun isteriz ama kimse de tutup 'Peki ben böyle bir dost olabilir miyim?' diye sormaz kendine. Babam ve Mehmet Hoca bu soruyu kendisine sorabilmiş ve karşılığını kendilerinde bulabilmiş, nadir karşılaşan iki insandı.

Aralarında bir kan bağı bulunmamasına rağmen kardeş gibiydiler. Babam daha yirmi yaşındayken tanışmışlar. Mehmet Hoca o zamanlar otuzlu yaşlarındaymış. Henüz bekârmış. Babamın gittiği yüzme kulübünde çocuklara yüzme dersi verirmiş. 'Bir gün çocuğum olursa ona yüzmeyi beraber öğretelim' dermiş babam hep. Öyle de olmuş zaten. İlk yüzme derslerimi onlardan almışım. Çok şanslıydım yani. İkinci babam gibidir Mehmet Hoca.

Babam Amerika'ya gitmek için evini satınca, haliyle barınacak bir yerimiz kalmamıştı. O yüzden tatillerde Türkiye'ye geldiğimizde ilk birkaç gün Mehmet Hoca'nın bekâr evinde kalırdık. Sonra da Çınarcık'a yaz tatiline giderdik hep beraber. Babam her yıl aynı evi kiralardı. O zamanlar çok güzeldi Çınarcık'ın denizi. Annem, babam, Mehmet Hoca ve ben kocaman bir aile gibiydik.

Sonra Nesibe Teyze de katıldı aramıza. Onunla Çınarcık'ta tanışmıştı Mehmet Hocam. Ben o zamanlar küçük bir kızdım. Akşamları birdenbire ortadan kaybolmasına anlam veremezdim Mehmet Hoca'nın. Gece geç vakitlere kadar sahildeki çay bahçesinde otururmuş meğer. Kimseye haber vermezdi giderken. Babamla onu takip ettik bir akşam. Ve Nesibe Teyze'yle gizli buluşmalarına tanık olduk. Bizi karşılarında görünce paniklemişlerdi.

Bir sonraki yaz evlendiler. O günden beri biraz önce yemek yediğimiz evde otururlar işte. Hiç çocukları olmadı. Hayatta en çok istedikleri şey yani... Her ikisi de bunun acısını derinlerinde hisseder. Beni kendi kızları yerine koydular hep. Her zaman sahip çıktılar. Eğer onlar burada olmasaydı babam asla tek başıma kalmama izin vermezdi. Ben babamın ona emanetiyim."

"Sana ne kadar sahip çıktığını görüyorum. Gerçekten de seni çocukları gibi görüyorlar, üzerine titriyorlar. Ne kadar da şanslısın. Yerinde olmak isterdim."

"Nesibe Teyze'yle yaşadıkları aşk da dillere destandır biliyor musun?"

"Öyle mi? Merak ettim."

"Bir gün de sana o onların hikâyesini anlatayım."

"Çok isterim."

Sohbet ede ede sahile kadar indiler. Kadıköy sahilinden yavaş yavaş el ayak çekilmeye başlamıştı. Burak, önce Derya'nın evine kadar ona eşlik edip, sonra geri dönecekti. Derya'nın oturduğu apartmanın önüne geldiklerinde Derya ona "Var mısın bu gece beraber *Derinlik Sarhoşluğu*'nu izlemeye?" dedi.

Kulağa çok hoş geliyordu bu teklif. Birlikte yukarı çıktılar. DVD filmi oynatıcıya koyarken Ömer geldi aklına. Bu filmi ona o almıştı. Bir an duraksadı. Burak ne olduğunu sordu.

"Ben hep onunla başlayıp, onsuz bitirmiştim bu filmi. Sadece bir kere... Aman neyse boş ver" dedi.

Babasının ölümünden bu yana ilk defa Ömer'i bu denli belirgin hatırlamıştı. Ama yine de yüzü gülüyordu. Çünkü şu anda salondaki koltukta o filme ondan daha fazla değer veren biri vardı...

Işıkları kapatıp, filmi izlemeye başladılar. Derya'nın kafası, Burak'ın sol omzundaydı. Filmin sonunda Burak Derya'ya baktı. Uzun ve yorgun geçen bir günün ardından, hayatında ilk defa bu filmi izlerken uyumuş ve Burak buna şahitlik etmişti. O kadar masumdu ki uyandırmaya kıyamadı. Kucaklayıp yatak odasına götürdü. Yatağa yerleştirip üstünü örttükten sonra yanağına bir öpücük kondurup salona geçti ve koltuğa uzanıp uyudu.

***

Sabah erkenden uyandı Burak. Derya içeride hâlâ uyuyordu. Ona bir sürpriz yapmak istedi. Kısa sürede harika bir kahvaltı sofrası hazırladı ve uyandırdı Derya'yı. Derya şaşkındı. Filmi izlerken uyuyakalmış olmasına inanamıyor, inanamamaktan ziyade kabullenemiyordu.

"Rezil oldum sana" dedi uykulu gözleriyle Burak'a bakarken.

"Olur mu öyle şey?" dedi Burak. "Ben senin yabancın mıyım? Dünkü antrenmanda çok yoruldun. Sonra hocaya yemeğe gittik. Yemek sonrası Ziverbey'den Moda'ya kadar yürüdük, sonra uzun bir film seyretmek için oturduk. Bu yorgunlukla uyuyakalman çok normal... Fazla bile dayandın."

Derya, uyku sersemliğini hâlâ atamamıştı üzerinden. Burak'ın kurduğu kahvaltı sofrasına daldı gözü.

"Hadi kalk artık tembel teneke. Bugün de ağır bir antrenman seni bekliyor. Güne zinde başlaman için sana mükellef bir kahvaltı sofrası hazırladım."

Derya Burak cümlesini bitirmeden ayağa kalkmıştı bile.

"Elimi yüzümü yıkayıp hemen geliyorum" dedi.

Keyifli bir kahvaltının ardından noktayı koymadan önceki son çaylarını içiyorlardı. Bolca sohbet etmişler fakat birbirlerine AŞKLA KAL ile ilgili hiçbir şey sormamışlardı. Sanki bu konu hakkında söz etmekten özellikle kaçınıyor gibiydiler. Fakat ikisi de yazıp yazmadıklarını merak ediyordu. Merakına ilk yenilen Derya oldu ve sordu.

"Söyle bakalım Burak. Nasıl gidiyor AŞKLA KAL?"

Burak, sanki bu soruya hazırlıklı gibiydi. Çayından son yudumu alırken, "Ben hemen hemen her gece bir şeyler karalıyorum. Ya sen?" dedi.

Derya biraz mahcubiyet yaşayarak, "Üzgünüm" diye karşılık verdi.

"Sanırım bu konuda senin kadar başarılı olamayacağım. Çok az yazabildim."

Burak, tebessümle karşıladı bu cevabı.

"Olsun önemli olan niyet etmek. Acelemiz yok. Sen dert etme. Bundan daha öncelikli işlerin var senin. Yazı her zaman bekler."

"Ne kadar anlayışlı..." diye geçirdi içinden Derya. Yeryüzünde böyle erkekler kalmış mıydı gerçekten?

"Ne yazdığını merak ediyorum" dedi Derya.

Burak ona gülümsedi. Masadan kalktı ve koltuğun hemen yanında duran sırt çantasının içinden çıkardı kitabı. Derya çok merak ediyordu. Burak uzatır uzatmaz elinden çekip aldı ve hemen ilk sayfayı açarak yazılanları okumaya başladı. Kendi yazdığı giriş cümlesini yüksek sesle okudu önce:

*"Yeni tanıdığım birine bile 'dostum' diyecek kadar yalnızım."*

Sonra Burak'a baktı ve "Bundan sonrası nasıl devam ediyor çok merak ediyorum" dedi.
Burak sakindi. "O halde buluşabilir gözlerin satırlarımla" diye karşılık verdi.
Hemen okumaya başladı Derya:

*"Sensiz başlamış bir hikâyenin neresinde hayatıma katılacaksın bilmiyorum, şimdi beni dinlemeni istiyorum Freyja. İyi dinle anlatacaklarımı.*
*Bazı gidenler unutmuyor ama unutanlar hep gitmek zorunda kalıyor. Gitmek zorunda bırakıldığım bir hikâyeden geliyorum. Adımlarım geldiğim şehrin kaldırımlarına fazlaydı. Terk ettiğim ilk şehirdi o... Kalbine giden ilk otobüse binmiştim. Ama indiğim yer istenildiğim yer değildi. Örselendim. Kalbim kırgındı. Sonra vara yoğa kırılır oldu. Çok yoruldum. Aldattı beni göğsüm. Kurşun geçirmez sanıyordum; kalbimden vuruldum.*
*Bazen bir suskunluk öldürüyor insanı; en keskin sözler bile kâr etmezken... Neden hiçbir şey söylemeden gitti ki Freyja? Hayır, gitmek neyi götürür ki bir yanı*

bende kaldıktan sonra? Sadece bir söz bekledim ondan. Payıma düşen avuntum olacak bir söz.

'Bana âşık olmak zordur, terk etmek daha da zordur' derdi ama kendi gitti işte. Seve seve değil, söke söke gitti. Öve öve değil, döve döve gitti. 'Gördüğüm her şeyde o olacak şimdi' demeyeceğim. Gördüğüm her şey o zaten. Nasıl atlatacağım bunu? Bu gerçeğe nasıl inandıracağım kalbimi? Kendini kendiyle nasıl kandırır insan?

Aşk bana iki şey öğretti Freyja, birincisi her zaman ikinci bir şansın olacağını, ikincisi o ikinci şansın sana hiçbir zaman verilmeyeceğini.

İnsanın sürüldüğünü sandığı topraklara kendi ayaklarıyla gelmesiymiş yalnızlık. Seçmişim ben bunu. Ya da yalnızlık tarafından seçilmişim bilmiyorum. Tanrı'nın unuttuğu biri gibiyim sanki. Haddimden fazlayım. Yalnızlığım aşk süsü verilmiş bir acıya kanmaktan ve o acıya gülümseyerek koşmaktan... Kaybedişlerimi parçalara ayırsam da her bir parçada yeni bir kaybeden oluyorum. Gülünce sevilen ağlayınca terk edilen uzak akraba çocukları gibiyim. Kimi sevsem gitti. Bir ayrılığı sevemedim o da bitmedi gitti.

Herkesin bir hikâyesi vardır ve bunu Allah yazar. Sana kalan yazılanı oynamaktır. Nefesim var (şimdilik) ve yalnızlığın içinde huzuru arıyorum. Bulamasam ne olur ki? Nasılsa kimse göremeyecek. Yalnızlık katıksızdır. Nerden mi biliyorum? Etrafında seninle sadece dertlerini paylaşan büyük kalabalıklar varsa çok yalnızsın demektir. İşte bundan biliyorum. Bazen bir kişinin yokluğu binlerce kişinin varlığını siler Freyja.

Sana anlatmak istediğim o kadar çok şey var ki Freyja. Hangisinden başlayacağımı bilemiyorum. En iyisi o vefasızdan başlamak sanırım. Aslında her şey terk edilmekle başladı. Ama her şey onunla bitmedi. İki aşk fakirinin oturup bir aşkı paylaşması gibiydi bizim hikâyemiz. Az biraz geç kalındı belki. Hayır, hayır! Ben ona geç kalmadım; o çok erken yola çıktı. Bunca sahte insanın içinde tek 'dürüst' olduğu için bu kadar göze batıyordu. Ama benim kalbime batmıştı. Bir kıymık gibi, bir kıyım gibi… Bir yalan gibi… Meğer benim için sakladığından kimse için kullanmamış o yalanları…

Hatalarını yüzüne vurmadan içimde biriktiriyordum Freyja. Bir gün sebepsiz yere giderse, acımı hafifletmek için onları kullanacaktım. Bunca zaman, kandığım için değil, neden yalan söylediğini anlamak için dinledim yalanlarını. Bir yalanını örtebilmek için kaç doğrumu yalana çevirdim bir bilsen… O, korktuğu için yalan söyledi, ben onu kaybetmemek için inandım. Korktuğundan yalan söylüyordu, sevdiğimden inanıyordum. Oysaki ben susmasına bile gönüllüydüm. Suskunluğun olduğu yerde yalan mı kalır? Çok değil, kaybetmekten korkacağı kadar bir yerim olsa bile razıydım. Düşlerinin tamamı olmak istemiyordum, küçük bir role bile hazırdım.

Bugün tenimi okşayanların yarın ruhumu kanatacağını nereden bilebilirdim Freyja? Karanlıkta herkes kördür.

'Oysa her şey ne kadar da güzel başlamıştı' diye bitecek bir başlangıç istememiştim ben. Bir elvedanın başlangıcıymış o, çok geç anladım. Ama sana ne diyorum Freyja! Her şey gerçekten de çok güzel başlamıştı. Tavan arasında saklıydı aşka dair sandıklarım... Unutulur sandıklarım... Unutamadıklarım... 'Aşkım senden çok küçük ancak sen seversen büyür' diyerek gelmişti bana. Yağmur damlacıklarımla ona can suyu olmamı istemişti. Bense ona 'Bakalım bir sele dönüştüğünde de sevebilecek misin o yağmur tanelerini?' diye sormuştum. Susmuştu. Bir film fragmanı gibiydi gözleri. Sadece en güzel sahneleri gösteriyordu. Bakışlarından toplayamadığım cesareti sessizliği de vermedi.

O, bana iyi davranmadığında da mutluydum ben. Aşk buydu bende... Aşk için yaratılmış ama aşka inanmayan bir kalbi vardı. Benimse bunu görmezden gelecek kadar çok seven bir yüreğim. Ne acı bir tecrübeydi benim için. Düşünsene Freyja, kanatlarım yok ama bir uçuruma âşığım...

Ben zaten bir yaraydım; bir türlü iyileşmeyen, kanamak için hep onu bekleyen... Şiirlerimdeki en güzel harfleri giydirmiştim ona, bunca sözün içinde kaybolmasın diye... 'Nerede kalmıştık?' diyebileceğimiz bir uzunlukta bile olmadı aşkımız. Oysa daha önce de yanılmıştım. Bir dolu tecrübeyle gelmiştim bugüne ama geleceğin onunla dolu olacağını düşününce, geçmişi bir çırpıda unutuveriyor insan. Artık neyi sorsalar bilmeyeceğim Freyja... Belki de huzurlu bir yaşlılık geçirmek için bu kadar hata yapıyorumdur.

Ah anlamıyorum! Bendeki bu fırtına nasıl olur da onun bir yaprağını bile kıpırdatmaz! Ama kalbime dokundu sonunda, kırarak da olsa... Şimdi kendimi nasıl toparlayabileceğimi bilemiyorum. Beni kör etmedi ama gözlerime kendisinden başka kimseyi göremediğim bir dünyayı hapsetti. Şimdi bu dünyadan nasıl kurtulacağım Freyja?

Biliyor musun, eğer rüyalara girebilme yeteneğim olsaydı bir tek onun rüyasına girmeye cesaret edemezdim. Ya kovulursam değil, ya alışırsam korkusuydu bu. Nasıl eskiye döneceğim şimdi Freyja? Eskisi gibi olmayı istemek şimdideki mutsuzluktan gelir değil mi? Neyse... Sen bana aldırmıyor gibi yap. Bak ben ölmüyor gibi yapabiliyorum.

Tırnaklarımın etlerinden çekilmesi gibi gitti Freyja. İlk değildi. Daha önce de benim olmayanı benim zannettiğim olmuştu. Şimdi bana 'Çamurlu bir su birikintisine hak ettiğinden fazla değer verirsen kendini memba zanneder' diyeceksin biliyorum. Sen de haklısın ama ben de sevdalıyım. Kanat dediğin de sonuçta kuşa tutsak.

Anlamıştım zaten. Onunlayken bile onsuzluk ondan daha yakın duruyordu bana. Varlığı yaraydı, yokluğu dert! El alışkanlığından mıydı çıkarken kalbimin ışıklarını söndürmesi? Işığa âşık olan bir karanlığım şimdi. Kendimi aşk şarabı sanırken, kor dudaklarının değdiği bir kadehte sirkeye dönüşmüşüm. Oysa ondan önce dalımda ne de güzel bir üzümdüm.

O, aşkı yalnızca terk edebilecek kadar öğrenmiş. Aklının ucundan bile geçmeyeceğim biliyorum; belki arka kapısından ansızın girerim diye bekliyorum. Ve hâlâ içimde Freyja... İnsanın affedemediği biriyle yaşaması ne demektir bilir misin? Bütün kapılarını yüzüme kapatmışken eşikte oturmuş bekliyorsam bu aptallığımdan değil, kilitli olmaması umudu taşıdığımdandır bil.

Böyledir işte yalnızlık... Bir odada tek başınasın ama hep kayboluyorsun.
Bari kendisini hak etmeyen birine gitmese de gittiğine değdi desem... Dönmeyişinden bildim, demek terk edilmeye değermişim. Şimdi ne mi yapıyorum? Bundan sonra karşıma yanlışlıkla bile çıkmayacak birine arkamdan geliyor mu acaba diye dönüp dönüp bakıyorum. İçime kapanıyorum Freyja; acılar dinince çıkacağım.
Madem onu bana vermedin, bari onsuz yaşamayı öğret ey hayat!"

Satırlardan çok etkilenmişti Derya. Yüzünde buruk bir tebessüm, içinde bir kalp ağrısı hissetti.
"Keşke ben de senin kadar güzel yazabilsem" dedi kırık bir ses tonuyla.
"Güzel yazmak önemli değil, samimi yazmak önemli" diye karşılık verdi Burak.
Sonra uzanıp elinden aldı kitabı.
"Daha yazılacak çok şey var" dedi ve sırt çantasına geri koydu.
Derya merak ettiği bir şey için soru sormaya hazırlanıyordu bu sırada...
"Bir şey sorabilir miyim sana?"
"Sor tabii ki."
"Freyja kim?"
"Freyja mitolojik bir karakterdir."
"İlk defa duyuyorum adını."
"Çok bilinmez aslında. Kuzey Avrupa mitolojisinde, deniz tanrısı Njord'un kızıdır. Mavi gözlü, sarı saçlı

genç bir kadın olarak tasvir edilir. Bu özelliklere sahip tek mitolojik karakterdir. Genelde sarışın mavi gözlü olmaz o tür karakterler.

İskandinav mitolojisinde tanrıların yaşadığı yer olan Asgard'da Folkvang isminde bir kalesi vardır Freyja'nın. Savaşta ölen kahramanların yarısını Folkvang'a götürmek için toplar. İngilizcesi Friday olan Cuma, aslında Rejya's Day'den gelir. Adı eski Norveççede 'Leydi' anlamına gelmekle beraber; aşkın, güzelliğin, seksin ve çekiciliğin, aynı zamanda savaş, ölüm, sihir, kehanet ve varlığın da tanrıçası olduğu varsayılır.

Büyüler onun dünyasının bir parçasıdır. Onun büyülerine Seidh denir. Seidh yapıldığında Freyja değişir, daha da güzelleşir ve iki gri kedinin çektiği arabası ile gökyüzünde, egemenliğindeki ülkede gezintiye çıkar.

O, çok güzel bir tanrıçadır. Bereketi temsil eder. Üremeyi, çoğalmayı teşvik eder. Erkekler onu düşleyerek nesli çoğaltır, kadınlar ona benzemek için can atarlar. Freyja, kedilerinin çektiği arabasıyla ülkesinde seyahat ederken şahin görünümlü pelerinini giyer. O kadar güçlüdür ki, hiç kimseye ve hiçbir şeye boyun eğmez. Kendisine bağlı olanları pelerininin kanatları altına alır. Onun için çalışanlar nasıl savaşmak gerektiğini öğrenir ve zor bir konuyu kolaylıkla çözebilmenin sırlarına sahip olur. Freyja, aynı zamanda mutluluğun sırrını da öğretir. Mutluluk, bereketle, bereket ise aşkla ilgilidir.

Freyja'nın kutsal çiçeği gül, kutsal metali altın, kutsal taşı ise amberdir. O, sadece aşkın değil, aşk şarkılarının da kraliçesidir. Bazen bu şarkılar o kadar hüzünlü ya da

o kadar açık saçıktır ki, bazı dönemlerde yasaklanmıştır. Biliyorum biraz kitaptan okur gibi oldu ama ne yapayım, hayallerimin tanrıçası en iyi ezberimdir benim."
Bir an kendini Freyja'nın yerine koydu Derya. Onun kadar güçlü olmayı ne kadar da çok isterdi. Çocukluğundan beri zaferlerle dolu bir hayatı olmasını dilemişti hep. O, sanki başarı ve mücadele için yaratılmıştı. İçinde büyük zaferler kazanma azmi vardı her zaman. Belki de bir kahraman olmak istiyordu. Bu yüzden hep olmadık hayaller kurardı. İçinde kurduğu ütopyada hayali zaferler elde eder ve bunun bir gün gerçekten olmasını dilerdi. Zamanının çoğunu bu hayalleri kurarak geçirirdi. Ve zaman olmadık hayaller kurulunca akması gerekenden daha hızlı akıyor, beklentiler sabrı zorluyordu. Hayallere uygun bir geleceği kurmak için gelecek zamanı tüketiyordu insan. Bunları düşünürken gözleri dalmıştı. İstemsiz bir şekilde dudaklarından bir cümle döküldü.
"Geleceği, hayallerimizdeki geleceği inşa etmekte kullanıyoruz. Sonra bir bakıyoruz ki gelecek gelmiş de geçiyor."
Burak pek anlayamamıştı. "Ne demek istedin anlayamadım?" diye sordu kibarca.
"Boş ver" dedi Derya. "Sen bana bakma."
Derya'nın tek düşündüğü hikâyenin giriş cümlesiydi aslında:

"*Sensiz başlamış bir hikâyenin neresinde hayatıma katılacaksın bilmiyorum...*"

Üstüne gitmedi Burak. Hiç tarzı değildi ısrarcılık. Biri bir şeyi söylemek istemiyorsa üstelemenin âlemi yoktu.

Elbet gerekli olduğu yerde söylenirdi söylenmesi gerekenler. Ama yazdıklarını okumak istiyordu Derya'nın.
"Yazdıklarını beğenmiyor olabilirsin ama ben yine de okumak istiyorum Derya."
"Gerçekten istiyor musun?"
"Hayat kadar."
"Peki o halde günah benden gitti." Odasına doğru yöneldi. Kitabı getirirken, "Bak hiç öyle senin yazdığın gibi şeyler bekleme. Kendimce yazdım ben" dedi.
Burak, "Kendinceni merak ediyorum ben de zaten" diyerek kitaba uzandı.
Salondaki koltuğa oturdu ve yüksek sesle okumaya başladı. Gerçekten de Burak'ınki gibi değildi yazdıkları:

*"Bir istasyonda tek başına beklemek değil, son treni kaçırmış olmaktır asıl yalnızlık. O istasyonda hayat bizi yemiş, sıçmış, boka dönmüşüz haberimiz yok! Berbat bir yalnızlığımız var bu yüzden. Bedenimiz daha ölmemiş ama ruhumuz çürüyor. Neden? Çünkü içimizde yitik bir umut taşıyoruz hep. Budur işte insanın eksilmesi. Bedenin durur, ruhun çürür. Bazen ömrüne yeteceğini sandıkların kalbindeki küçük yaradan sızan incecik bir sızıya sığar. 'Bu muymuş ulan!' dersin gözümde bu kadar büyüttüğüm! Kalbinde atan bir ölü vardır artık. O hep sesini dinlediğin kalbinin içine eder. Kalbi tarafından kandırılan bir eziğe dönersin. Bu yüzden kalbinin sesine inanma... O hep atıyor!*

*Aşkın insanı 'belki'lerle hayata tutundurma gücü vardır. Buna inanırsın... İnanır, bir çıkar yol ararsın* ama sonunda çıkmaz sokaklara dalarsın. Anlayamazsın, anlamak istemezsin. Aklın aklı ermez kalbin aklına... Saçmalarsın o çıkmaz sokakta. Senin kurtuluş için girdiğin yol seninle alay eder. Artık sen çıkmaz bir sokağa değil de çıkmaz sokak sana girmiştir sanki.

İnsan olmaktan yorulur bazen insan. Hayat yorar, aşk yorar, yalnızlık yorar, kalabalık yorar, gelen yorar, giden yorar... Sana sunulan hiçbir şeye alışma bu yüzden. Terk edenler yorar... Kokladığın hiçbir çiçeğe alışma. Kokuları uçup gidince kalakalıyorsun elinde bir sapla. Altında bir halt arama. Acı çekmeye çalışma! Hayat bu işte... İşine gelirse...

Hayal kırıklıkların yoksa beni anlayamazsın. Yine de bunu görmezden gelebilirim. Ama hayal kurmayı bilmiyorsan yanımda bile durma. Bazen hayallere tutunarak baş edebiliyor insan gerçeklerle... Gözlerini kapat ve duygularıma bak. Duygulara gözler kapalı bakılır. Ne görüyorsun? Beni mi, bendeki kayıpları mı? Sakın 'güzelliğini görüyorum' deme. Bana bakanlar bundan başka bir şey demediler. Sen başka ol, farklı ol, onların dediğini deme. Güzel olduğumu zaten biliyorum, bu yüzden işim daha zor; güzellik cahil bırakır bilmez misin? O yüzden kanmadım güzelliğime. O yüzden güzelliğimi kullanıp aklımı tatile çıkarmadım. Ben aynaya bakarken güzelliğimi değil, o güzelliğin içini doldurması gereken akıl, mana, karakter ve inancı görmeye çalıştım. Ceket dendiğinde içi gelmez akla. Oysa içidir bir ceketin insanı ısıtan yanı bunu unutma! Dışa bakarken içi gör, en azından içi düşün.

Yaşadıklarım bir hatıra şimdi desem, başta kendim inanmam. Evet, ben de yanıldım. Sevdim ve boyumdan büyük hayaller kurdum. Hayal kur ama hayallerini ve beklentilerini yüksek tutma. Düşünce canın acıyor çünkü. Çok yüksekti hayallerim, bu yüzden bu kadar uzun sürdü düşüşüm. Bir istasyon yalnızlığı kalıyor insana. Ve her yalnız kendi bacağından asılıyor hayata. Düşle gerçek arasındaki ince çizgide yürü bu yüzden... Bilmeden gelinip istemeden gidilen bir zaman boşluğu olma kimse için. Aşk oyununda başarısız olunca hayattan kovuyorlar insanı. 'Aradığınız aşk kullanılmamaktır' diyor hayatın dış sesi. Kalakalma o zaman. Önce boğazındaki düğümü çöz, nefes almayı nasıl olsa hatırlarsın.

Saflık en masum ve en haksız yenilgidir. Saf olma ama olmuşsan da bundan utanma. Tecrübe edeceklerine say. Çünkü hatalı bir soru gibidir hayat; bıkmadan doğru cevaplar bulmaya çalıştığımız... Bulamadığımızda yanılmakla suçlandığımız. Ama sana atfedilen her yanılgıda sen de suçu başkalarında arama! Kendini kurtarırken kimleri kaybediyorsun bir bilsen...

Baktığını görememek değil, gördüğüne bakmamak oluyor sonra yaşayacakların. Bir yalan çemberinin içinde boğuluyorsun gitgide. Umutla çıkılan bir yolun daha ilk dönemecinde yitiriyorsun kaybolmamak için sakladıklarını, dönüş yolu için ayırdıklarını. Bir türlü bitmiyor bitmeler. Umudun tükense, yere serilsen, hayallerin giriyor devreye, hayallerin yıkılsa umutların... Orada seni senden başka kurtarabilecek kimse yok biliyor musun? Kalabalık bir yalnızlık var hep; kendi çıkarı için seni bozuk para gibi harcayacak... En kötü kader bu olsa gerek; olmak istediğin yerin içine olmak istemediğin yeri koyuyorlar.

Aptal insanlarla cezalandırılan insanlardanız ne acı... Pisliklerini kendine kalkan yapmış ruhu bozuk insanlar temizlenmek istemez. Kirden arınınca ardından ne çıkacağı bellidir çünkü... Yaşadıklarına aldırma ve ölü muamelesi yap onlara. Zaten hayattayken de ölüdür onlar, düşünmeden yaşayabildiklerine göre...

Belki yerin dibine geçmiyorsun ama gökyüzü başına çöküyor insanın. Kapatıyorsun gözlerini en yıldığın yerde 'Görmediklerim daha güzel bu dünyada' diyorsun kendi kendine. Geleceği tahammülle beklerken sabrını bugünler tüketiyor. Kursağında kalan bir hevesin adını yutkunuyorsun dirhem dirhem. Daha sen hayata yeni 1-0 yenik başlamışken bir bakıyorsun maç bitiyor. Anlayamıyorsun hayatı ve anlayamadığın bu hayat sana anlayamadıklarına şaşırmamayı öğretiyor.

Çoğumuz başkalarının istediği bir hayatı yaşıyoruz farkında olmadan. Kutsal yalnızlığımızla baş başayken bunu fark edemiyoruz. Çocukluğun bir balon küçük geliyor hayata. 'Hayatımı geçmişe sar usta...' diyorsun. 'Orda kaldı mutluluklarım.' Olmuyor. Kimse gelip senin hayatını başa sarmıyor. Kaybettiklerimize bakıp, daha da kaybetmemek adına yürüyoruz. Küfrü bile hak etmeyecek insanlara şiirler yazıyoruz. Doğru insanı yanlış durakta bekliyoruz. Dilerim çok beklemeyiz ve gerçek aşkı yanılmadan bulabiliriz. Bazen hiç dediklerimiz hayatımız olabiliyor. Bazen de hayatımız dediklerimiz bir hiçe dönüşebiliyor. Dikkatli ol; her insan biraz alçaklık taşır içinde. Çok kazanmak isteme, dost kazanmak iste. Ha unutmadan; kimlerden vazgeçtiğin, kimleri seçeceğini belirler.

Öfkeye kapılıp acımasız olma! Sesini gereğinden fazla yükselten insan vicdanının sesini duyamaz. Kendi ışığı vardır her insanın... Başkasınınkinin altında aydınlanmak kendine ihanetidir. Kendi ışığını bulmalı ve ona yürümeli, kendi olmalı ve açgözlü davranmamalı kişi. En güzel günlerimizi daha güzel günleri ararken kaybediyoruz.

'İnsanlar genellikle elde etmek istedikleri kişiler ile değil, elde edebildikleri kişiler ile birliktelik kurarlar. Dolayısı ile taşlar en başından zaten yıkılmaya çok müsait olur' derler. Bu sözün doğruluğuna inanmalısın. İnanmalı ve aşktan korktuğu için yalnızlığı seçen, sonra yalnızlıktan sıkıldığı için aşkı arayan insanlardan olmamalısın.

Peki, bunca akıl dağıtırken benim payıma ne düşer sence? Aldanmışlık! Ömrümde bir kere yanıldım, ömrümün tamamı hataya dönüştü. Haddinden fazla sevdim evet. Çok da güvendim. Ve en kötüsü âşık oldum. İntihar etme hakkımı kullandım yani... Kalbiyle kalbim arasında kısacık bir hikâyeye döndüm. Elde edemediği 'armağan' edilmişti ona. Bu yüzden gelişim kadardı kıymetim. Hani önce hayalleri terk eder ya insanı... O daha hızlı çıktı. Kalbinde benden önce oluşan derin çatlağı benimle doldurmuştu. Etimde sızlayan bir yara gibiydi gidişi. Çok acı çektim. Sevenler acıyı bilir. Ebediyen sevmek vardı aklımda, unutulmak düştü payıma. Meğerse can suyumu bir bataklıktan almışım...

Herkes adını söylüyor ama hiçbirinin ağzından benden çıktığı gibi çıkmıyordu. Sevdiğini abartmak aşkın doğasında vardır. Ben de düştüm bu hataya. Kendimi bulmak için çıktığım yolda kendimi kaybettim. Ona bakarken onu gözden kaybetmek nedir iyi bilirim. Geldi habersizce, kaldı sessizce, gitti haince. Aldata aldata giden oldu. Aldana aldana bekleyen oldum. Oysa neler ummuştum. Umduklarını ummadıkları anda kaybeden insanlardan oldum. Korkunç bir izdiham var içimde. Kafam lunapark gibi...

Karaktersizliği onu sevmeme engel olamamışsa hak etmişimdir bu cezayı. Her şeye inanacak kadar âşıktım. İsraf etti beni. Öğrendim işte meğer ilk sarılmayla başlarmış ayrılık. Bir yılan gibi geçip gitti içimden.

Aşk ne beni sana gösterdiğinde, ne de seni bana gösterdiğinde aşktır. Aşk, kendimizi kendimize gösterebiliyorsa aşktır. Ve aşkın gözü neden kördür biliyor musun? Geçmişte yaşadıklarından ders almadığı için... Sen sen ol aldığın kadar değer ver!

Çok konuştum biliyorum ama sözü aşk olanın dili kilit tutmaz. Gemileri batırdı diye denize küsecek de değilim. Unutma ki o gemileri yüzdüren de o denizdi. İçimde biraz aşkım kalsa da halim kalmadı. Çok yordu beni hayat. Bedenimi ruhumun koruyucu yastığı olarak kullanıyorum şimdi. Böylesi daha az yaralıyor. Beni cesareti azalmış biri olarak da görebilirsin haklısın da... Öyleyim... Ama en azından dürüstüm kendime ve herkese karşı... Bu dürüstlük nereye kadar gider onu da bilmiyorum. Belki ben de bir gün herkes gibi olurum.

*Ölene kadar dürüst olacağımı söyleyecek cesaretim olmasa da cesaretsiz olduğumu söyleyecek kadar dürüstüm.*

*Yaşayan bir yalandı o, bu yüzden öldüğüne kimse inanmayacak. Bazı insanlar ancak geri zekâlı olabilecek kadar zekâya sahip işte! İçim yanmadı sanma! Orası hep cehennemdi zaten. Yanıyor olmama yanmıyorum. Ya sönüp gitseydim? Görmezden gelmek için bile önce bakmak gerekir. O, bunu başaramadı ve yok oldu. Belki ben bir şiir kaybettim ama o şairinden oldu..."*

Burak çok şaşırmıştı. Kendine gelmeye çalışıyordu. Okudukları onu sarsmıştı. Yüzündeki karmaşayla Derya'ya döndü.

"Sarsıldım."

"Neden?"

"Hiç beklemiyordum böyle bir şey."

"Nasıl yani? Sana senin kadar iyi yazamadığımı söylemiştim zaten."

"Deli misin sen? Benim yazdıklarımdan çok daha iyi olmuş. Hatta benimkileri sollamış desem yeridir."

"Dalga geçme ya..."

"Hayır, dalga falan geçmiyorum. Gerçekten çok iyi olmuş. Sen kendinin farkında değilsin."

"Sana inanıyorum. Teşekkür ederim. Beni yüreklendirdin."

"Aslında ben baban için bir şeyler yazabileceğini düşünmüştüm ama sen daha çok hayata dair duygularından, isyanlarından ve aşkta aldığın yaradan bahsetmişsin."

"Buna şaşırmamalısın bence."

"Neden?"

"Çünkü babamı anlatamayacak kadar çok seviyorum ve onu yazamayacak kadar büyük acım."

"Bu hiç aklıma gelmemişti. Demek sana aşk acısı çektiren birini yazmak senin için daha kolay."

"Elbette daha kolay... Nihayetinde aşk acısı o; bir kayıp değil... Sadece biraz eksilme. Ama yokluk değil... Bilemezsin... Bir babayı kaybetmek bir inancı kaybetmek demektir."

Onu çok iyi anlıyordu Burak. Yeryüzünde baba acısı kadar büyük bir acı olmadığına inandığı için yazamıyordu babasın(a)ı. O halde kendisi ağabeyinin acısından daha mı üstün tutmuş oluyordu aşk acısını? Belki de derinlerinde sakladığı o acıyı daha da derinlere itmek içindi; aşk acısının ölüm acısından daha üstün olduğundan değil...

Bir müddet yazdıkları üzerinde konuştular ve karşılaştırmalar yaptılar. Burak, Freyja üzerinden duygularını yazıyordu. Kabullenmekte zorlandığı terk edilme duygusuna yeniliyor, hâlâ seviyor ve hâlâ geri döneceği umudunu taşıyordu. Yazdıklarında gizli isyanlar da vardı ama daha çok kendine acıma duygusu ön plana çıkıyordu. Derya ise direkt boşluğa konuşuyordu ama daha köşeliydi sözleri. Burak'taki duygusallık ve yıkılmışlık onun yazılarında barınmıyordu. Sertti yazdıkları. Aşka eleştirel yaklaşıyordu biraz da...

Dışarıdan Derya'ya bakan biri o satırların böylesine zarif bir kızdan çıkacağına inanmakta güçlük çekebilirdi. Fakat dünyanın hiçbir yerinde yazanların yüzü yazdıklarıyla örtüşmezdi. Kelimelere yüklenen anlamlardan ve yazılanlardan alınan duyguyla okurların kafasında bir yazar imajı oluşur ama o imajla yazarın gerçek sureti hiçbir zaman birbiriyle uyuşmazdı.

Okurlar bu yüzden sevdikleri kitapların yazarlarıyla tanıştıklarında ilkönce hayal kırıklığına uğrar, gerçeği daha sonra kabullenirdi. Gerçekler hayallerden intikamını almış olurdu böylece. Bu yüzden Derya'nın yazdıklarını okuyan biri eğer bu tür önyargılara sahip değilse şaşırmazdı ancak...

Derya, yazacaklarına ara vermeyeceğini, hem yarışmaya hazırlanıp, hem de yazmanın ona terapi etkisi yaptığını, rahatlattığını söyledi. Böylece baba acısı biraz daha hafifliyordu. O gün ayrıldıklarında bir sonraki buluşmalarına yeni yazacaklarıyla gelip birbirlerine okutmak üzere söz vererek ayrıldılar.

\*\*\*

Burak eve döndüğünde sebebini bilmediği bir iç huzuru yaşıyordu. Derya'nın yazdıkları ona yol göstermiş, kılavuz olmuştu. Her bir satırı aklındaydı. Şimdi oturup yazmak daha anlamlı olacaktı. Koltuğa uzandığında bunları düşünüyordu. Sonra birden kalktı ve AŞKLA KAL'ı çıkarıp yazmaya başladı:

*"Bazı insanların aşkı hak etmediğini düşünüyorum Freyja. Uğruna göze aldıkların onun gözünde değilse harcanıp giden sen oluyorsun. Bir ilişkide fedakârlık*

yapan taraf hep sen olunca, bu fedakârlıklar zamanla göreve dönüşüyor, karşı tarafın nezdinde pek de değer taşımamaya başlıyor. Sen bunu fark ettiğinde ise 'Ben ne yapıyorum, ne için bu kadar çırpınıyorum?' deyip kendini geri çekiyorsun. Çünkü yaptıkların karşı tarafın kalın duvarlarına çarpıp yok oluyor. Karşı taraf seni, fedakârlıklarını asgari düzeye indirdiğinde ya da sen de ondan fedakârlık beklemeye başladığında fark ediyor ancak. İşte asıl sorun da o zaman başlıyor. Yapacaklarının karşılığını alamadığın gibi önceden yaptığın tek taraflı fedakârlıklar da bir kalemde silinip gidiyor. Üstüne üstlük tüm bunların üstüne hiç suçun yokken suçlu ilan ediliyorsun. Yani kısacası Freyja uğruna saçlarını döksen, 'Zaten keldi' diyecekler... O yüzden başkasına başlayabilmek için kendini bitirmemeli insan.

Bir insanın duygu dünyasına inip, orada kendine bir yer edinebilmek çok zor Freyja. Birinin kalbine ulaşmak için önce etinden geçmek zorundasın. O kalbe inebilmek için yapacaklarınsa sonun olabiliyor. Senin kalbinden akanlar onun kalbine dolamadan yitip gidiyor. Her şey yanlış anlaşılabiliyor. Yine de ilk başlarda karşı tarafa kıyamadığı için suçu kendinde arıyor insan. 'Onu kaybedecek ne hata yaptım?' diye soruyor kendine. Bir cevap bulsan kendini avutmuş olacak ve bu avuntuya çok kısa zamanda sen de inanmaya başlayacaksın. Ancak ve ancak bulamadığın cevaplar seni asıl soruya götürebilir. Asıl soru ise şudur: 'O beni kaybedecek ne hatalar yaptı?'

İşte bu sorunun cevabıdır insanı gerçeğe götüren Freyja. Aşkın yanlış numaralı gözlüğü çıkar birden gözünden.

Kendini miyop sanıyorken, uzakları daha iyi görebildiğini keşfetmektir bu... Kullanıldığını anlarsın. Başkalarının açtığı yaraları seni kullanarak iyileştirmiştir... Bir başkası tarafından, kovulmuşsundur kendi hayatından.

Ah Freyja! Kendi hayatımdan beni çıkaracağını bilseydim hayatıma girmesine izin verir miydim?

İnsan yandığıyla kalıyor işte. Kimse kimsenin derdinden anlamıyor. Kimse kimsenin içindeki ateşe aldırmıyor, 'Biraz daha yaklaşsa da sigaramı yaksam' diyor. Aslında ne kadar yalnız olduğunu anlıyorsun bu dünyada. Yüzünde yalancı gülümsemelerle devam ediyorsun yanmaya sessiz sessiz.

Kimse bilmez Freyja; insanın içinde yanan ateş, onun cehennemidir. Nereye gitsen ateş getirirsin. Sadece seni yakan bir ateş... Kendini söndürmek için uğraşsan da nafile. Dostlar, arkadaşlar, akrabalar, hepsi girer devreye fakat teselli için söylenen her söz karşılıksız kalır. Birileri gider, birileri onların yerini alır ama yalnızlığı içinde taşıyanın girdiği her kalabalık tenhalıktır.

'Beni duyuyor musun Freyja?'

'Duyuyorum sahibim. Hem de çok iyi duyuyorum. Seni duymak için kalbimi kullanıyorum.'

'Kalbini mi kullanıyorsun?'

'Birini kalbinle duymuyorsan, onu anlamakta güçlük çekebilirsin. Seni iyi anlamak için kalbimle dinliyorum. Görüyorum ki çok yalnızsın. Senin için hayat sadece nefes almakla geçiyor şimdi.'

'Peki, ne yapmalıyım Freyja, hayata hangi sorudan başlamalıyım?'

'Hayat bildiğimiz soruların her seferinde değişen cevaplarıdır sahibim. Bulamadığın karşılıklar, almadığın cevaplar sana hep bir şey öğretir aslında. Bilinmezliğin bile bir öğretisi vardır; görmesini bilene... İnsan tecrübelerle yürür, hatalarla tökezler. Daha az güvenmeye, daha az sevmeye ve daha az inanmaya tecrübe diyorlar. Ama bu tecrübe değildir sahibim. Olsa olsa kazandığın tecrübeyi doğru kullanamamaktır. Daha az güvenmek, güven sorunu yaratır. Gerektiği kadar güvenmelisin. Daha az sevmek yalnızlığı getirir. Hak ettiği kadar sevmelisin. Daha az inanmak inancını zedeler. Neye ne kadar inanman gerek, onu bilmelisin. İnsanlar terk edilerek terk etmeyi, aldanarak aldatmayı öğreniyorlar. Oysa terk edilen sadakati, aldatılan dürüstlüğü test etmelidir. Bir derviş olgunluğu ile yaklaşmalıdır olumsuz biterlere. Hayatın getirdiği sevinç ve mutlulukları nasıl kabul ediyorsak, onun sunacağı kederleri de aynı olgunlukla kabul etmeliyiz. Bu dünya bir imtihan dünyası sahibim. Kaderimize yazılan her keder, dayanma, sabretme ve inanma gücümüzü sınar. İnancın yıkıldığı yerde hiçbir sancak dikili duramaz. Yıkılmış, aldanmış, incinmiş, kırılmış olabilirsin. Umutların tükenmiş de olabilir. Bu kaderindir. Kader seni sürekli dener. Cevabını bilmediğini sandığın bir soru gibi gelir. Oysa Rabb'in senin sorgulamaya hazır olduğun her şeyin cevabını çoktan vermiştir. Ve onun senin durumuna düşmüş insanlara verdiği en iyi cevap gece-gündüz ilişkisidir. Geceyi ve gündüzü düşün şimdi. Ve şunu: Her yeni gün, bitmiş bir gecenin ardından başlar.'

'Ah Freyja. Sen konuşunca huzur buluyorum. Bana doğru yolu gösteriyorsun. Ne güzel bir cevapsın sen. İç huzurumsun. Vicdanımsın. Beni sakın terk etme. Ölme!'
'Ölmekten yaşayanlar korkar sahibim.'
'İyi ki varsın Freyja. Beni hep dinleyeceğini, yargılamayacağını, suçlamayacağını biliyorum. Zaman zaman duygularıma yenilebilirim. Zaman zaman gerileme yaşayabilirim. Ayrılığın yan etkisi bunlar. Sen bana aldırma olur mu? Düzeleceğim. Unutacağım onu. Kazanacağım bu savaşı. Yeter ki sen yanımda ol Freyja.' "

Geç saatlere kadar yazdı. İçindeki huzur varlığını hâlâ sürdürüyordu. O huzurla uyudu o gece.

Ertesi gün bitmeyeceğini düşündüğü bir enerjiyle başladı işe. Saçlarını yaptırmak için gelen tüm kadınlarla neşeli sohbetler etti. Bir ara, "Hayırdır Burak? Bugünkü enerjin nedir böyle?" diye sordu Mustafa.

"Umudum var" dedi Burak. "Umudun varsa hayattasın."

Mustafa "anlıyorum" manasında başını salladı. "Bize de versene ondan" dedi kinayeli bir gülüşle.

"Her yeni gün, bitmiş bir gecenin ardından başlar" diye karşılık verdi Burak. "Önce bir dibe vur, ondan sonra yüzeye çıkarsın."

***

Temmuz ayının son günüydü. Büyük gün giderek yaklaşıyordu. İstanbul'u kasıp kavuran sıcaklar nefes aldırmıyordu. Bu yıl her zamankinden daha sıcaktı İstanbul.

Burak yıllık izninin sadece bir haftasını kullanmıştı. Kalan kısmını şampiyona zamanına saklıyordu. Derya'nın giderek ağırlaşan antrenmanlarında daha fazla yanında olup, ona destek vermek için teknedeydi. Ekip çok yoğun çalışıyordu. Bazen günde 8-9 saati buluyordu bu çalışmalar. Mehmet Hoca Derya'nın gayretinden memnundu. Zira 100 metreyi geçmesine çok az kalmıştı. 98-99 metrelerdeydi.

Burak için bugün önemliydi. Daha önceden söz verdiği gibi Derya ile dalacaktı. Ekip için de bir keyif dalışı olacaktı bu. Bulduğu her fırsatta teknedeydi Burak. Dalış için önemli olan kuralların birçoğunu öğrenmişti. Buna rağmen son hatırlatmalar için Burak'a kısa bir briefing verdi Derya. Deniz altında kullandıkları işaret dilini hatırlatıyordu.

"Bak canım bu işaret 'okey' demek. Sorun yok anlamına geliyor."

"Biliyorum Derya."

"Bu hareket de 'problem var' anlamında kullanılır."

"Biliyorum Derya"

"Bu işaret 'yukarı', bu işaret de 'aşağı' demek oluyor."

"Onu da biliyorum Derya."

"E o zaman ben sana niye öğretiyorum ki?"

"Derya'cığım, haftalardır bu teknedeyim. Sen dipteyken ben yukarda ekiple hep konuşuyorum. Onlara dalışla ilgili sorular soruyorum. Tamam, bir Scuba'cı olacak değilim ama yine de temelde bilmem gerekenleri öğrendim. Kulak içi basıncı nasıl yapacağımı da biliyorum. Hatta sığ su bayılmasının bile ne olduğunu anlattılar bana."

"E sen olmuşsun o zaman."
"Hayır tek bir şey eksik."
"Ne?"
"Cesaret."

Şuh bir kahkaha attı Derya ve "İşte bana muhtaç olduğun alan" dedi keyiflenerek.

"Bugün hiç havamda olmadığımı anladım şu an. Vaz mı geçsek?"

"Yüzmeye niyeti olmayanın dalga bahanesi olur. Hadi düş önüme! İtiraz yok."

Burak heyecanını hâlâ üzerinden atamamıştı. Balıkadam kıyafetlerini giyerlerken ikisi de neşeliydi ama Burak gerginliğini espirileriyle kapamaya çalışıyordu aslında.

"Yine şen şakrak ettin buraları" dedi Derya.

Burak hiç düşünmeden, "Şen şakrak değil buralar, sen şakrak" dedi ve sonra düşünmeye başladı. Ama laf ağızdan çıkmıştı bir kere... Geri dönüşü yoktu. Bu sefer olmamıştı.

"Tamam. Farkındayım. Olmadı. Heyecanıma ver Derya."

"Önce ateş edip, sonra nişan aldın kabul et."

"Kabul. Bundan sonra üzerimde balıkadam kıyafeti olup, içimde cesaret olmadığı zamanlarda espri yapmayacağım söz!"

"Seni bir cennete götüreceğim bugün."

"Ne oldu, ölüyor muyuz?"

Tekne Heybeliada kıyılarına yanaştığında dalış için gerekli her şey hazırdı. İlk olarak sığ bir yerden başlayacaktı dalış. Mehmet Hoca, Derya, Burak ve ekibin neredeyse tamamı dalışa katılacaktı. Oksijen tüpleri takıldı, dalış gözlükleri buğulanmasın diye tükürüklendi ve mapslar ağza takılmadan önce Derya "Kendini bana bırak. Korkma yanındayım" dedi. Burak rahatlamıştı. Bu söz ona güven verdi.

Bir elleriyle ağızlarındaki mapslarını tutup, diğer ellerini göbeklerinin üzerine koyarak, ileri doğru, boşluğa bir adım atar gibi kendilerini sulara bıraktılar. Önce biraz battıktan sonra tekrar su üstüne çıktılar. Derya, Burak'ın tam karşısındaydı. Onun gözlüğünü düzeltti ve balıkadam giysisinin içindeki havayı azaltarak birlikte batmalarını sağladı.

Burak, çok heyecanlıydı. Neyse ki yanında Derya vardı. Böyle düşününce korkusunu yenebiliyordu. Burak'ın ilk dalışı olduğu için sualtında yarım saat kalacaklardı. Derya, onun elinden tutup sualtında ilerlemesini sağlıyor, arada bir onu bırakarak suda özgürce yüzmesine izin veriyordu. Burak, yukarıda öğrendiklerini şaşmadan yerine getiriyor, her metrede kulak basıncını ayarlıyordu. Gözlüğünün içine su doldukça bir parmağı ile gözlük camına bastırıyor, kafasını geriye doğru eğerek, burnundan geri püskürttüğü hava ile gözlüğün içine dolan suyu tahliye ediyordu.

Derya'nın ve dalış ekibinin öğrettiği her şeyi harfiyen uyguluyordu. Yanlarında Mehmet Hoca'nın ve dalış ekibinin olması Burak'a daha da fazla güven veriyordu. Herkes birbirine yukarda gösterilen "okey" işaretinden yapıyor ve sualtındaki dalışlarına devam ediyorlardı. Derya, Burak'ın balıkadam kıyafetindeki yeleğin havasını zaman zaman azaltarak onun biraz daha derine inebilmesini sağlıyordu.

Deniz dibi gerçekten muhteşemdi. Aşağıda tam bir görsel şölen yaşanıyordu. Etraflarından hızlıca geçen irili ufaklı balıklar, çeşitli deniz canlıları, dip kalıntıları ve kayalık alanlar görülmeye değer manzaralardı.

Dalışın ilk on dakikası bu şekilde geçmişti. Burak, çabuk adapte olmuş, diğerlerinin yardımı olmadan tüm yönergelere uyar hale gelmişti. Derya, onu takip etmesini belirten bir hareket yapınca, onun arkasına takıldı Burak.

Kendini bir denizkızını takip eder gibi hissetti. Altın sarısı saçların sualtındaki ahenkli dansı onu büyülüyordu. Derya onu biraz daha derinlere götürüyordu şimdi. Sanki birazdan Atlantis'e ulaşacaklardı... Öyle hissediyordu.

Ekip ve Mehmet Hoca onların gerisinde kalmış, bu keyfi beraber yaşamalarına olanak tanımıştı. Bir ara yan yana geldiler ve Derya kayalara bakmasını işaret etti. Önce küçük kayalar gördü Burak. İlerledikçe kayaların boyutları da büyüyordu. Giderek devasa boyutlara ulaştılar. Bir tanesinin büyüklüğü nerdeyse bir apartman kadardı.

Derya, bir düzlüğe doğru devam etti. Yan yatırılmış gökdelenler gibi duran, neredeyse iki futbol sahası büyüklüğünde bir kayanın üzerinde uçarcasına yüzüyorlardı. Derya, Burak'ı birazdan görecekleri muhteşem manzaraya hazırlıyordu.

Az ötede, altlarındaki devasa kayanın yerin altına doğru uzanan yarığını göreceklerdi. Devasa kayaya yakın yüzüyorlardı. Derya, o bölgeyi bilen biri olarak Burak'ın iki metre kadar önünden gidiyordu. Altlarındaki düzlük onları kayanın çatlayarak yarıldığı alana kadar götürüyordu.

Derya, çatlağın tam kenarına gelip durdu. Önce kafasını çatlağa doğru uzatıp aşağı baktı, sonra Burak'ın yaklaşıp, aşağı bakmasını işaret etti.

Burak, yavaşça yaklaştı derin yarığa. Gördüğü manzaraya inanılmazdı. Dalış öncesi Derya'nın bahsettiği cennet burası olmalıydı. Üzerinde yüzdükleri devasa kaya bir yerde yarılmış, kaya ikiye ayrılmıştı. O yarığı oluşturan derin duvarlar dibe doğru iniyordu. Yarığın genişliği aşağı yukarı iki buçuk üç metre, derinliği beş altı metre kadardı. Burak yarığın başladığı yerden dibe doğru baktığında sanki bir uçurumun kenarından aşağı bakıyormuş gibi hissetti.

Yarığın dip noktasını görebiliyordu. Orada bembeyaz kumlar vardı. Yarığın içinde umarsızca yüzen balıkları gördü sonra. Gözünü bu muhteşem manzaradan alamıyordu. Derya ile birlikte bir iki dakika bu güzelliği seyrettiler.

Derya, Burak'a aşağı ineceğiz gibisinden bir hareket yaparak, kendisini takip etmesini işaret etti. El ele tutuşup baş aşağı yarığın içine doğru bıraktılar kendilerini. Yavaş yavaş süzüldüler dibe... Bir uçurumdan aşağı uçarak inmek gibiydi bu. Kuş gibi süzülüyorlardı beraberce. O anın bitmesini kimse istemezdi.

Dibe vardıklarında yere doğru bir kavis çizerek dik duruma geldiler. Göğüsleri oradaki beyaz kuma sürtündü hafifçe. Derya, Burak'a kendisini izlemesini işaret etti. Burak'tan üç adım kadar uzaklaşarak dibe sırtüstü uzandı ve Burak'ın da gelip yanına uzanmasını işaret etti. Burak aynı şekilde gelip yanına uzandı. Derya ona yukarıyı gösterdi.

Az önce yukarıdan aşağıya doğru bakarlarken, şimdi aşağıdan yukarının güzelliğini seyrediyorlardı.

Yukarı doğru genişleyen kalın duvarlı yarık, içine gökyüzünden süzülen güneş ışınlarını alıyordu. O ışınlar, bir lazer gösterisinde rastlanacak türden katmanlar halinde kırpışa kırpışa dibe ulaşarak yüzlerine vuruyordu.

Yarığın dibinden yukarı doğru yatay bir merdiven gibiydi bu görüntü. Derya, iki parmağıyla bu merdivenden çıkar gibi yapıyordu elini. Derya mutluydu ve gülümsüyordu...

Yaklaşık on dakika kadar yattılar. Yukarı çıkma zamanları yaklaşıyordu. Yarığın üstünde onlara bakan kafalar görmeye başladılar. Ekip onlara yukardan el salladı. Hepsi gelmişti. Beraberce yukarı yüzüp, tekneye çıktılar.

Burak hâlâ şaşkındı. Kıyafetlerini üzerinden çıkarana kadar, yaşadığı muhteşem anları anlattı. Derya, onu gülümseyerek dinliyordu. Bir süre sonra yüzünde bir hüzün belirdi. Burak'a önemli bir şey söylemek ister gibiydi.

"Ne zamandır istediğim bir şeydi bu. Orası benim cennetim. Çocukluğumda babamla dalar, orada dakikalarca yatar, hayaller kurardık. Babamın gizli yeridir orası. Neyse ki deniz dibine AVM yapılamıyor. Bugünün güzelliği yarın da orada kalacak. Hep olacak. Torunlarımızın torunlarının torunları bile oraya inip yatarak oradan gökyüzünü seyredip hayal kuracak. Ve bu ritüel belki de yüzyıllar boyu sürecek.

Ben çocuklarımın o cenneti görmesini istiyorum Burak. Tıpkı babamın bana bıraktığı bir armağan gibi ben de orayı çocuklarıma hediye etmek istiyorum. Sen de öyle yap tamam mı?"

"Elimden gelse çocuklarımı orada büyütürdüm Derya. Dilerim bir gün oraya hep birlikte dalar çocuklarımız."

***

Gün, her zamanki gibi güzel geçmişti. Akşam yemeğinde tüm ekip bir aradaydı. Mehmet Hoca Kalamış Cundalı Ayvalık Balıkçısı'nda on kişilik yer ayırtmıştı. Ekip neşe içindeydi. Tüm gözler Derya'nın üzerindeydi. Burak'ın aklı hâlâ cennetteydi.

"Hâlâ cenneti düşünüyorsun değil mi?" diye sorunca Derya, gülümseyerek "Evet" dedi Burak. "Aklım hâlâ orada... Nasıl muhteşem bir yerdir orası. Bıraksan saatlerce orada öyle yatabilirdim biliyor musun?"

Derya mutlu bir gülümsemeyle anlatmaya başladı.

"İnsanın kendini özel ve mutlu hissedebileceği, kalabalıklardan usandığında sığınabileceği bir cenneti olmalı. Babam beni oraya ilk götürdüğünde anlayamamıştım. Sadece cennet gibi bir yerdi orası benim için. Ama sonra..."

Gözleri daldı Derya'nın. Duraksadı. Biraz hüzünlenmişti şimdi. Burak, söyleyeceklerinin devamını bekliyordu. Yüzünde hüzünlü bir karmaşa hâkimdi Derya'nın. Biraz duraksayıp devam etti.

"Sonradan anladım ki insan bazen bir güzelliğin içinde saklı olan gizli özneyi göremez. Bir cenneti cennet yapan şey sadece onun cennet oluşu değil, sana onu armağan edenin sendeki değerinin de yansımasıdır aynı zamanda... Bir hediye 'vereni' üzerinden değer kazanır ya da kaybeder. Sevmediğimiz birinden aldığımız hediyeye daha az önem veririz. Bazen de hiç! Ama bize cennet hediye eden birinin bizdeki karşılığı cennet kadar büyükse, bize hediye edilen cennet bir cennet daha olur. Hepimiz duygu fahişesiyiz ama kimimiz etinden verir, kimimiz kalbinden."

"Gülerken çok kişiyle gülüyorsun da ağlarken hep tek başına bırakılıyorsun. Hayatın kuralı bu... Bu yalnızlık sana ve bana geçici cennetlerimizde mutlu olabilme gücümüzü göstermiş. Anlaşılmamak gibi yalnızlık...

Herkesle aynı dili konuşursun ama kimse seni anlamaz. Düşünsene, insanlara verebileceğin çok şey var ama alabilen yok! Bazen susman gerekir bu yüzden. O zaman da neden sustuğunu sorarlar. Cevap vermeyeceksin onlara. Açıklama yapmaya çalışmayacaksın. Suskunluğunu konuşarak anlatmaya çalışırsan seni anlamazlar. Susmalısın. Ben kelimelere saklanıyorum, yazıyorum; sen denize... İkisinin de benzer yanı var biliyor musun?"

"Neymiş denizin ve kelimelerin benzer yanı?"

"İkisinin de derin olanı hem çekici, hem ürkütücüdür. Kimi o derinlikten korkup sığ yaşamak ister, kimi kendini o derinlikte bulur."

"Benim neden denize saklandığım belli. Peki, sen neden yazıyorsun?"

"Unutmak için yazıyorum."

"Neyi unutmak için?"

"Ne için yazdığımı..."

Gülümsedi Derya. Burak'ın duygusal zekâsı olağanüstüydü. Birden kulaklarına çok hoş, romantik bir müzik çalındı. Ortam bir anda değişti. Diğer masalardan dansa kalkan çiftler, pisti yavaş yavaş kalabalıklaştırmaya başlamıştı. Derya,

Burak'a dönüp, "Ben olsam benim gibi güzel bir kızla dans etmek için bu fırsatı kaçırmazdım" dedi ve elini uzattı. Burak, utangaç tavırlarıyla masadan kalkıp uzatılan eli tuttu. Tüm ekip bir anda onları alkışlamaya başladı. Burak'ın bir yanı utanırken, diğer yanı gururlanıyordu.

Dans etmeye başladılar. Mehmet Hoca onları yüzünde mutlu bir tebessümle izliyordu. Ekipten biri "Birbirlerine ne kadar yakışıyorlar değil mi?" diye sordu.

Başını sessizce salladı Mehmet Hoca. "Umarım bir gün birbirlerinin farkına varırlar" dedi.

Burak, böylesi bir anı daha önce hiç yaşamamıştı. Derya ise daha önce yaşadıklarını Burak'la siliyordu. Derya için bu an, geçmişi silerken geçmişin yerini alacak bir andı. Burak içinse tüm geleceğini kaplayacaktı. Kalbi olması gerekenden daha hızlı atıyordu ilk defa... Bedenleri hiç bu kadar yakın olmamıştı birbirine. Göz gözeydiler.

"Mutlu musun?" diye sordu Derya.

"Haddinden fazla."

"Ama yüzünde kocaman bir hüzün duruyor gibi?"

"Bazılarının yüzünden hüznü silemezsin. Onların doğum lekesidir o."

"Yine de inanıyorum o lekenin bir gün silineceğine. Umut etmekten vazgeçmiyorum. 'Umudun kadar yolun başında, umutsuzluğun kadar yolun sonundasındır' derdi babam."

"Ne kadar da haklı... Bilge bir adammış baban. Ondan öğrendiklerin yazdıklarına da sirayet etmiş. Muhteşem cümleler yazmışsın ama kendinin farkında değilsin."

"Ben yazmadım, babam yazdırdı onları. Ne yazdıysam ondan öğrendim. Ben babamın kızıyım unuttun mu?"

"Lütfen yaz. Bırakma. Yazma konusunda ne yapacaksan yanında olmak istiyorum."

"Neden bu yazma konusunda hep yanımda olmak istiyorsun?"

"Yazmaya başladığımda ben de senin gibiydim. Ve hiç kimse yanımda değildi."

Gözleri buğulandı Derya'nın. İkisi de duygusal anlar yaşıyordu. Burak gözlerini alamıyordu Derya'dan ama aynı zamanda kafasının içinde dönüp duran düşünceler ve gelgitler vardı. Ansızın bir görüntü belirdi gözünün önünde. Burcu'yu kollarına almış, Derya ile değil de Burcu ile dans eder gibiydi sanki. Bu görüntünün gözünün önünden gitmesi için gözlerini birkaç kere kırpıştırdı. Soğuk terler döküyordu. Beti benzi atmıştı. Kollarındaki kişinin bedeni Derya, yüzü Burcu'ydu. Ve en pis bakışıyla gözlerini Burak'ın gözlerine çakmıştı. Nasıl bir halüsinasyondu bu! İçinde sahip çıkamadığı, ihanet ettiği anılar vardı sanki. Tam o sırada müzik sona erdi. Aynı anda da elini Derya'nın belinden hızla çekip öylece durdu Burak.

Derya, biraz bozulmuştu.

"Sanırım istemediğin bir şeyi sana zorla yaptırdım" dedi.

Burak'ın yüzü kızarmıştı.

"Hayır Derya. Neden öyle düşündün? Seninle dans etmek çok güzeldi. Belki senin benim kadar mutlu olmadığını düşünmüşümdür."

"Dansın son dakikalarında yüzünde asılı duran bir pişmanlık duygusu vardı da o yüzden öyle dedim."

"Sana öyle gelmiştir."
"Bilemeyeceğim."
Güzel başlayan dans gergin bitmişti. Derya, hızlı adımlarla masaya doğru yürüdü. Garson, sandalyesini çekerek oturmasına yardımcı oldu. Burak da tam karşısındaki yerini alıp yüzüne baktı Derya'nın. Gergin ve sinirli görünüyordu. Neden bu kadar kızdığını merak etti Burak.
"Neyin var Derya?"
"Bir şeyim yok Burak."
"Ama yüzün öyle demiyor."
"Gerçekten mi? Sen dansın sonuna doğru yüzünü görseydin, seninkinin yanında son derece neşeli durduğunu söylerdin."
"Aklıma sevimsiz bir şey geldi o yüzden durgunlaştım. Hem neden ergenler gibi bunun tartışmasını yapıyoruz ki şimdi?"
"Aklına kimin geldiğini biliyorum Burak! Hâlâ onu düşünüyorsun. Seni sebepsiz yere terk edip gitmiş bir sürtüğü düşünüyorsun! Benimle dans ederken, kendini onu aldatıyormuş gibi hissettin. Yüzünde gördüm bunu."
Sustu Burak. Söyleyecek bir şey bulamadı. Haklıydı. Başını öne eğdi. Derya, devam etti.
"Yaptığım şeyi liseli kıskançlığı sanma Burak. Biz sevgili değiliz, bir şey değiliz. Sana neden durup dururken trip atayım? Ben sadece düştüğüm konuma üzüldüm. Seni dansa ben mecbur ettim. Samimi bir istekti bu. Müzik çok güzeldi ve bu gece burada bir tek seninle dans edebilirdim. Sen de kabul etmek zorunda kaldın. Emrivaki yaptığım için özür dilerim."

"Üzdüm seni."

"Hayır, beni üzen bu değildi Burak."

"Neydi peki?"

"Beni üzen, benimle dans ederken Burcu'nun aklına gelmesi de değildi... Beni üzen o aklına geldiğinde onu aldatıyormuş gibi hissetmendi. Bu durumda ben ne oluyorum hiç düşündün mü? Burcu'yu aldattığın kişi... Ben senin sevgilin değilim ki onu aldatmış olasın. Ya da olalım. Ne fark eder? Ona olan ve bitmeyen aşkına tasvip etmesem de saygı duyuyorum ama beni düşürdüğün durum içimi acıttı. Kendimi hoşlandığı adama eski sevgilisini unutturup yerini almak için kur yapan kevaşeler gibi hissettim."

"Sana bunu yaşattığım için kendimi hiç affetmeyeceğim."

"En son seninle Burcu hakkında ne zaman konuştum hatırlamıyorum bile. O sende saplantı haline geldiği için ben sana onunla ilgili hiçbir şey sormuyorum. Beni ilgilendirmiyor. Onu ikimizin dostluğunun dışında tutuyorum hep. Ama lütfen sen de onu bu şekilde aramıza sokma. Beni kibarca reddedebilirdin, hayır diyebilirdin. İnan hiç kırılmazdım, gocunmazdım... Ve gecenin sonu böyle bitmezdi."

"Özür dilerim. Çok özür dilerim."

Burak Derya'yı o duruma düşürdüğü için çok utanmıştı. Derya haklıydı. Bu, ona yapılan büyük bir haksızlıktı. Onu ne konuma düşürdüğünü düşününce kendinden bir kat daha iğrendi, hatta nefret etti. Masadan kalkarken müsaade istedi.

"Eğer seni Mehmet Hoca eve bırakacaksa ben müsaade isteyebilir miyim?" diye sordu. Derya, hiçbir şey söylemedi. Yüzüne bile bakmadı. Kızgındı...

O güzel mekân başına yıkılmıştı sanki. Kaçarcasına çıktı içini daraltan yerden. Derya, arkasından kaygılı gözlerle bakarken, gözden kayboldu Burak.

\*\*\*

Yolda önüne gelen boş bira kutularına tekmeler savurdu. Giderek büyüyordu kendine karşı hissettiği öfke. Hayatını kurtaran ve kurtarmakla da kalmayıp hayatını dolduran kişiyi istemeden de olsa üzmüştü. Kendini affedemiyordu bir türlü. "Yer yarılsaydı da içine girseydim!" diyordu kendi kendine. Adımları onu intihar girişiminde bulunduğu mendireğe doğru sürüklüyordu. Yarım saat sonra geçen yıl kendini denize attığı yerdeydi. Oradaki bir kayaya oturdu.

O geceyi tekrar yaşıyordu sanki. Neredeyse bir yıl olmuştu. İşte tam buradan denize bırakmıştı kendini. O gece yaşadığı bunalımdan daha derin bir bunalım yaşıyordu şu anda. Her an her şeyi yapabilirdi. Denizi seyretti önce uzun uzun.

Burcu'yu unutmalıydı. Onu hayatından çıkarmalıydı. Çünkü o artık sadece kendisine değil, sevdiği insanlara da zarar veriyordu. Bir karar vermek zorundaydı Burak. Bir yol ayrımındaydı. Derya, gerçekten de onunla Burcu hakkında konuşmuyordu. Ne eleştiriyor, ne destekliyordu. Sadece saygı duyuyordu.

Birkaç kez Burak'ın yanlış yaptığını, artık onu unutması gerektiğini söylemişti. Ancak Burak, bu konuda değişecek gibi görünmüyordu. Derya da bu gayretini sonlandırmıştı.

Çünkü onun değişmeyeceğini görmüştü. Derya'nın gündeminde artık Burcu diye biri yoktu. Sadece Burak'ı üzgün gördüğü, onun bu saplantıdan kurtulamadığı gerçeği üzüyordu Derya'yı o kadar... Bunun dışında hiçbir sorun yoktu. Fakat dolaylı yoldan da olsa konu Derya'yı bir şekilde rahatsız etmişti. Haklıydı da... Burak onu istemeden de olsa istemediği bir konuma düşürmüştü. Bu yüzden artık bu işe bir son vermeliydi.

Burcu'yu kafasından atmalıydı evet! Artık bu saplantıdan bir şekilde kurtulmalıydı. Ama nasıl yapacağını bilemiyordu...

"Bir şekilde yapmalıyım" diye diye kafasına avuçlarıyla vuruyordu. Mendirekte tek başınaydı. "Çık buradan çık. Defol beynimden!" diyordu...

Ayağa kalktı, hâlâ denize bakıyordu. Kendince bir karar aldı. Burcu'yu hayatından tamamen çıkarana kadar Derya ile görüşmeyecekti. Ama sonra düşündü. Derya onu çok seviyordu ve rekor için ona ihtiyacı vardı. Bu ona yapılacak bir haksızlık değil miydi?

Kafası allak bullak olmuştu. Derya'ya haksızlık etmemeliydi.

"En iyisi kendimi cezalandırmam" diye düşündü.

Peki ama nasıl? Yeniden mi intihar etmeliydi? Bu fikir ona çok uzaktı artık. Tam bu sırada Derya'nın sesi geldi arkadan.

"Bu sefer kurtarmam haberin olsun."

Geriye döndüğünde onu gördü. Tam arkasındaydı. Birden gözünden yaşlar taşmaya başladı. İstemsiz olarak ağlıyor ve titriyordu. Büyük bir sıkıntının dışavurumuydu bu.

Sinirleri boşalmıştı. Kollarını açtı Derya'ya sarıldı sımsıkı. Kendine hâkim olamıyordu. Hıçkıra hıçkıra ağlıyordu. "Tamam geçti" deyip teselli etmeye çalışıyordu Derya onu. "Hadi gel bu sefer ben seni eve bırakayım" dedi.

Birlikte eve kadar yürüdüler. Yolda yürürlerken, daha önce hiç düşmedikleri kadar derin sessizliklerin içine düştüler birçok defa... Ama her seferinde Derya oldu sessizliği bozan.

"Neden oraya gittiğini merak ettim."

"Bilinçli değildi. Ayaklarım beni götürdü oraya."

"Hiç ihtimal vermiyorum ama yine de sormak istiyorum."

"Neyi?"

"İntihar mı edecektin yine?"

"Hayır. Aklımdan geçmedi değil ama o düşüncenin artık bana çok uzak olduğunu gördüm. Üstelik sen varsın. Sana verdiğim bir söz var. Artık yapmam gereken başka bir şey var. Bu arada seni üzdüğüm için gerçekten çok üzgünüm."

"Dert etme. Ben de biraz fazla alınganlık gösterdim zaten. Benim için değerlisin ve seni çok önemsiyorum. Hal böyle olunca bazen çok hassaslaşıyorum. Bendeki yerin çok özel. Daha önce de söylediğim gibi sevgilim değilsin, ya da bir aşk yaşamıyoruz ama bizimkisi bunun çok ötesinde bir şey. Sevgili olsan inan iki günde biterdi."

"Biliyorum. Sevgililikten ne çektiğimi bir ben bir de Allah bilir. Hâlâ çekiyorum. Ama unutacağım onu."

"Ne dedin?"

"İnanamadın değil mi?"

"İnanamadım. Doğru mu duydu kulaklarım?"

"Evet, doğru duydun. Az önce 'Artık yapmam gereken başka bir şey var' dediğim buydu işte."

"Gerçekten unutabilecek misin? Bitirebilecek misin içini yiyip bitireni?"

"Evet bitireceğim. Mendirekte karar verdim. Onun yüzünden sevdiklerime zarar veriyorum."

"Umarım dediğini yaparsın. Buna en çok ben sevinirim."

"Yapacağım. Kararlıyım."

"Hadi hayırlısı o zaman."

***

Burak'ın evinin önüne gelmişlerdi. Burak, Derya'dan yukarı kadar gelmesini istedi. Ona bir şey gösterecekti. Birlikte çıktılar. Derya, salonda beklerken, Burak içeriden bir not defteri getirdi. Bu defter, Derya'nın Burak'ın eski evine gittiğinde gördüğü ve birazını okuduğu not defteriydi. O defterin yanında Burcu ile çekilmiş fotoğrafları da vardı Burak'ın. Derya'ya gösterdi.

"Bunları bana neden gösteriyorsun?"

"Benim eski evime geldiğin gün bir yazımı okumuş ve etkilenmiştin. Diğer yazılarım da yine bu defterin içinde. Önce bu notların hepsini okumanı istiyorum."

"Peki, okuyayım okumasına da neden böyle bir şey yapıyorsun anlamadım?"

"Sen önce oku, ben sonra neden böyle bir şey yaptığımı sana açıklayayım. Tamam mı?"

"Tamam Burak. Sen nasıl istersen..."

Birlikte masaya oturdular. Burak, not defterinin her bir sayfasını açıp Derya'ya gösteriyordu.

"Bak yazdıklarımın tarihleri de var. Mesela şu yazıyı ayrıldığımız hafta yazmışım."

Okuması için Derya'ya uzattı defteri. Derya'nın gözü ilk gün okuduğu yazıya takıldı. O yazıyı biliyordu. Burak'ın gösterdiği yazı başka bir yazıydı ama... Derin bir nefes alıp okumaya başladı:

"*Biz ayrıldık şimdi.*
*Hiçbir şey söyleyemem ki sen gidince. Öylece arkandan bakar dururum. Sessizliğime kanma. Ağlarım içimden, adını yutkunurum. Ha bir de bana üzülme. Senden önce de yalnızdım ben, seninle de... Güzel sevdin, kötü gittin. Yoksa bu kalp bu kadar kırılır mıydı? Keşke giderken bu kadar kalmasaydın. Bende var olman için bir yaraya ihtiyacım yoktu.*
*Biz ayrıldık şimdi.*
*İçindeki cehenneme bakarken ittin içine. Yanıyorsam senin yüzünden... Oysa gözlerinden girmiştim içeri. Vatanım gibiydi. Neyi arasam kaybetmeyi buluyorum. Kalbimin bilmediğim bir yerinde açıyordun. Sonra açıldığın yerden kırıyordun. Dokunduğun her kalp neden kırılır? Bu bir kader midir? Kırdığın kalbe kader diyemezsin sevgili...*
*Biz ayrıldık şimdi.*
*Bir sihirbaza inanmak gibidir aşk, yaptığı her şeyin bir illüzyon olduğunu bilirsin ama yine de şaşırarak izlersin. Sana hâlâ inanıyorum çünkü bana ait anılar*

bile sende daha güzel duruyor. Bak hâlâ sevdiğin gibi giyiniyorum. Çünkü hâlâ sevdiğin gibiyim. Değişmedim. Sana rağmen ayaktayım. Bitmedim kendimde. Bitiremedim seni bende. Herkes kızıyor bana. Kölesi olmuşsun diyorlar. Oysa esarete cesaret edebilmektir aşk; bilmiyorlar...

Biz ayrıldık şimdi.

Kurulan cümlenin 'ama'larından sonrasını dinleyeceksin. Çünkü her 'ama'lı söz kendisinden öncekini çürütür. Senin sözlerin de öyleydi. Belki seni anlatacak çok kelimem vardı ama bir tekine sığdı. O da AŞK'tı! Bazı sözler rüzgâra yazılmadan söylenmez. Çünkü rüzgârlar gibidir o sözler. Kime dokunduğunu bilmez..."

Gözlerini ayırmadan okudu Derya. Onun çektiği acıyı içinde hissetti. Burak'ın gözlerine bakarak, "Güzel sevmişsin be adam!" dedi.

Burak uzanıp tekrar aldı defteri. Başka bir sayfa gösterdi ona:

"Ben senin hayallerini hayata geçirmeye gelmiştim. Hiçbir şeyden utanmadım ve hiçbir şey utandırmadı beni. Ben aşktan utanmam. 'Arsız' dediler bana. Haklılardı. Ben sevdada 'ar' aramam. Arsızca sevdim seni. Senden başka herkes, herkes... Bir sensin 'herkes' olmayan. Şimdi yanımdasın. Sana yazdığım her şey şiire dönüşüyor bu yüzden. Bir gün gidersen de seni hep iyi anacağım. İnsanın hası, aşkı yaşarken değil anarken belli olur..."

Bu satırları Burak kendisi okumuştu Derya'ya...
"O zamanlar yanımdaydı. Hiç de gidecekmiş gibi durmuyordu. Ama ben sanırım hissetmişim gideceğini ve öyle yazmışım. 'Bir gün gidersen de seni hep iyi anacağım. Adamın hası, aşkı yaşarken değil anarken belli olur...' Haklı çıktım. Gitti. Ve ben arkasından kötü hiçbir şey söylemedim ona. Yazdıklarıma sadık kaldım hep. Çünkü yazdıklarım yaşadıklarımdı. Eğer yazdığım gibi davranmazsam, yaşadıklarıma ihanet edecektim. Sen şahitsin Derya. Bir gün bile onun için ve yaşadığımız aşka dair kötü bir söz çıktı mı ağzımdan?"

"Hayır çıkmadı."

"Bundan sonra da çıkmayacak. Şimdi şunu oku lütfen."

Derya Burak'ın ne yapmaya çalıştığını anlamaya çalışıyordu. Kime neyi kanıtlama gayretiydi bu? Bu okudukları zaten Derya'nın bildiği şeylerdi. Ama yine de sabırla ne istese yapıyordu. Elbet bir bildiği vardı.

"Bak Derya şu sayfayı okur musun? Ne demişim ona..."

Derya uzatıp gösterdiği sayfayı okumaya başladı:

*"İnsanın değil, Allah'ın adaletine güvenirim ben. İnsan aldatır, kandırır. Adaleti olmaz insanın. Bu yüzden Allah'ın adaletine inanırım ben. Bizi ondan başka koruyan ve kollayan yoktur. Bu yüzden bir tek ona sığınırım. Peki, insanoğlu hep mi âcizdir? Yok mudur onun da kendine göre kudreti, kuvveti? Vardır elbet. Bunca kahraman boşuna mı doğdu? Benim de bana yeten bir gücüm vardı sen karşıma çıkana kadar. O güç ki beni ben yapandı. Dertlerden, belalardan koruyandı.*

Ne mi oldu o güce? Senin için o güçten vazgeçildi ey yâr. Aşkın gereğini yerine getirdim. Çünkü aşk insanın kendi kudretinden vazgeçip, kendi kadar kudretli olmayan bir güce sığınmasıdır."

"Gerçekten öyle olduğuna mı inanıyorsun?" diye sordu Derya.

Burak, elinden defteri alırken, "Hak eden için evet" dedi.

Defterin başka bir yaprağını açarken de, "Sığındığın o güçten darbe yiyince, kendini o kadar suçlu hissediyorsun ki hak etmediğin pişmanlıkların oluyor" dedi. "Öyle çok acı çektiriyor ki aşk sana; yeryüzündeki bütün suçları kendin işledin sanıyorsun. Sonra zaman giriyor araya. Ona sığınıyorsun. Seni yıkan da zamanın sana bir armağanı oluyor, seni tamir edecek olan da zaman oluyor. Bizi aşk yenecek, zaman kurtaracak Derya. Çünkü o zamanın içinde zamansız gelenler de var. Senin gibi..."

Gülümsedi Derya. Gözlerinde bir ışık belirdi. Kaybeden birinin güveni olmak güzeldi. Burak'ın gösterdiği sayfayı okumaya başladı:

"Bazen durduğun yer olur mutluluk, bazen gittiğin yol. Neyin ne olduğunu zaman gösterecek. Sabra sığınmalıyım. İtinayla yıkılan itibarımı yeniden kurmalıyım. Bana sevgi kırıntılarını ayırmasının sebebi büyük parçaları hak etmeyenlere verecek olmasındandı belki de. Bunu göremiyordum durduğum yerde. Terk etmenin zehirli bıçağı ensemde duruyormuş bilmiyordum... Yıllar geçse de kapanmayacak o yara. Yıllar geçtikçe daha da derinleşecek. Gençken alınan yaranın acısı yaşlanınca çıkıyor.

Sen 'Bir elmanın iki yarısıyız' dedikçe ben 'Bir elmanın iki ayrı yarısı değil aynı yarısı olmak isterdim' diyordum sana. Sen o zamanlar ne demek istediğimi anlamıyordun. Ben hâlâ o yarım elmaydım ama artık çürümeye başladım... İçime o kurt düştüğünden beri... Halbuki birlikte yazmıştık biz bu hikâyeyi. İstemeden birinin çekim alanına girmek gibi. Girdaba kapılarak ama şikâyet etmeksizin... Şimdi bu hikâyedeki mutsuz neden benim? Senin ellerinden tutan melekler benim kalbimi neden bıçaklıyor?

Istırap dolu bu yolu yürümeyi bildim de değiştirmeyi beceremedim. Kayboldum gecelerin ve hecelerin içinde. Söylersem kirleteceğinden korktuğum sözlerim vardı. Şimdi yarama gülüyorsun ama onu da senin gibi biri açmıştı.

Özlediği için değil, gidecek yeri olmadığı için dönenlerden mi olacaksın bilmiyorum ama ikisine de hazırım. Bu yolda yalnız kalsam da aldırmayacağım, en azından doğru bir yolda yalnız olduğumu biliyorum. Seni bu kadar sevdiğime şaşırdın değil mi? Eh! Bazıları sonsuz sever..."

Defterin bundan sonrası kısa kısa, gün gün yazılmış notlar halinde devam ediyordu. Burak'ı intihara götüren günlerin bir resmi gibiydi o notlar. Her sayfada bir not ve altında tarih yer alıyordu. O notları okudukça nasıl bir acı çektiğini anlıyordu Burak'ın. Son otuz günü bu ıstıraplarla geçmişti. Adım adım yazmıştı kendini intihara götüren duyguları.

"Bundan sonrası o güne gelene kadar gün gün aldığım notlar. Şimdi onları tek tek okumanı istiyorum. Sonra da..."
"Sonra ne?"
"Sen önce oku sonrasını sonraya bırakalım."
Derya, okumaya başladı yazılanları. Tek tek çeviriyordu sayfaları. Her bir sayfada acıyan, acıtan birkaç cümle vardı. Her nottan sonra Derya yorum yapıyordu. Çevirdiği ilk sayfada birinci gün yazıyordu.

1. Gün:
*"O kabullenemediğin geçmişim, Rabb'imin ben doğduğumda bana biçtiği geleceğimdi. Bu yüzden birini geçmişiyle yargılarken iki kere düşün."*
Belli ki Burcu'nun Burak'ta kabullenemediği bir geçmişi vardı. Ayrılık sonrası yaşadığı hezeyanlarda zaman zaman geriye dönüp hesap sormaya çalışıyordu kendince ve sessizce...

2. Gün:
*"Haksızken haklı görünmenin tek yolu öfkelenmektir."*
Mutlaka bir kavganın öfke nöbetleriyle biten sonu için yazılmıştı bu satırlar. Tabii ki karşı taraftı haksız olan. Öfkesi de bu yüzdendi zaten.

3. Gün:
*"Herkesin yalnızlığı kendineyse benimkinden sana ne!"*
Yalnızlığını sahipleniyordu o gün. Ve sorgulanmasına öfkeleniyordu. Kimeydi bu öfke? Ona mı başkalarına mı?

**4. Gün:**
*"Dil söyler kalp yara alır."*
Kim bilir fütursuzca söylenen hangi sözdü onu yaralayan...

**5. Gün:**
*"Acı ve mutluluğun bitmeyen kavgasını taşıyordun yüzünde. Öptüğüm hangi tarafıydı yüzünün?"*
Büyük ihtimalle "acı" tarafından öpmüştü.

**6. Gün:**
*"Buna hiç cesaret edemedim ama hata yapmak isterdim seni severken. Senin tarafından affedilmek ne güzel olurdu kim bilir."*
Bunu mutlu günlerini düşünürken yazmış olmalı. Her mutluluğa düşecek bir gölge buluyor insan.

**7. Gün:**
*"Demek bu denli nefret edecek kadar çok sevdin beni?"*
Nefreti aşka bağlamak istemenin beyhude çırpınışlarıydı bu belki de...

**8. Gün:**
*"Dediğin kadar mükemmelsen, bu gördüğüm kim?"*
Sorgulamanın son aşaması... Acaba bu sözü yüzüne karşı söyleyebilir miydi?

**9. Gün:**
*"Senin için değil, seninle ölmek istiyorum."*
Duyguları arasındaki sert geçişe örnek bir sözdü bu.

Bir gün önce karşı tarafın kendini mükemmel görüşünü sorgularken, bir gün sonra ömrünü yoluna seriyordu.

**10. Gün:**
*"Sen hep deniz kal, eninde sonunda sana ulaşacak nehrimin kolları."*
Onu bir deniz olarak görmeye başladığı ilk gün. İntihar için denizi seçmesinin ilk emaresiydi bu.

**11. Gün:**
*"Duymak istediklerini söylememi bekleyeceğine önce söylediklerimi duy!"*
Kim bilir içinde neler biriktirmiş ama onun duymak istediklerinden, kendi anlatacaklarına sıra gelmemişti. Onun isyanıydı bu.

**12. Gün:**
*"Mutlu etmeyi başaramadığımız insanların mutlu olduklarını gördüğümüzde kendimizle yüzleşmek yerine o insanlara kızıyor, onları mutlu edenlerdense nefret ediyoruz."*
Belli ki onu birilerinin mutlu etmesi Burak'ın kendi yetersizliğini vurmuştu yüzüne. Ağır bir yaraydı bu.

**13. Gün:**
*"Seni yalnızlığıma sığdırabiliyorsam yıkılmamış bir terk edilenim demektir bu."*
Yalnızlığına ve terk edilmişliğine rağmen, ayakta kalışını karşı tarafa ispat etmeye çalışarak, aslında kendi çaresizliğini onarmaya çalışıyor...

**14. Gün:**
*"Bu kadar acı bir son, böylesi büyük bir aşkın kaderindendir. Yazı sıcak olan şehirlerin, yağmurları sağanak olur."*
Böylesi bir sonu kabulleniş ve doğal karşılama psikolojisiyle yazılmış...

**15. Gün:**
*"Sensiz geçen günlerimde parçaladığım saati sorguladım yine. İlkokulda öğrenmiştik, kısa olan ibrenin adının akrep, uzun olan ibrenin adının yelkovan olduğunu. Hangisiyim diye düşündüm kendi kendime. Bir isim bulamadım. Sanırım saatin en çok çalışanıyım. Hani bir adı olmayan saniye ibresi var ya... İsimsiz kahraman! Oyum ben..."*
"Delirmeye az kala, beynin kendini inkârına çeyrek var. İyi bilirim bu duyguyu. Hiç yabancı değil bana" dedi Burak'a bakarak. Sonra okumaya devam etti:

**16. Gün:**
*"Beni ben yapan huylarıma âşık olup, sonra beni beğenmemen de neydi öyle? Senin için, sensiz terk ediyorum buraları. İlk defa arkamdan gitmeyeceğim. İçimle kavgam var."*
Haklıydı. Bir zamanlar tekken, sonra hiçe dönüşmek birden. Ne hüzünlü bir aldanmaydı. Gitmek düşerdi o noktadan sonra adamın payına. Dönüş biletlerini yakarak gitmek... Dünyaya küsüp, içiyle kavga etmek...

17. Gün:
"Hoşça kal dedin, senden sonra hayatın beni hoşça bırakmayacağını bile bile..."
"Senden sonra"larıyla yüzleşmesi insanın...

18. Gün:
"İyileşmek istemiyorum. İyileşirsem onsuz bir dünyayı kabul etmiş olacağım."
Çaresizliğin girdabında, tüm çareleri reddedip çaresizliğe tutunup kalmayı istemekti bu... Gerçeği kabullenmemek adına o girdapta kalmak ve bir mucize beklemekti...

19. Gün:
"Bir gün gelir unutursun derdi. Ama benim bir ömrümü aldı onun bir gün dediği. Bilemezdi..."
Ve kabulleniş başlar. Ayrılığın yavaş yavaş içselleştirilmesi ve uyuşmaya başlayarak başkalaşmak kendine ve dünyaya.

20. Gün:
"Demek kaybedilmeye değecek kadar azmışım sende."
Ona değil, kendine acımadır bu. Gerçek dramdır...

21. Gün:
"Affetmeye hazırım. Hataysa bile hazırım. Aynı hatayı tekrar yapacağım için şimdiden özür dilerim."
Son bir umutla sesleniş, içsel ve zavallı bir çağrı; duvara çarpıp geri geleceği belli olan...

## 22. Gün:

"Tekrar deneyelim. En azından birbirimizin birbirine vereceğinden daha fazlasını istememeyi öğrenmiş olarak devam ederiz yolumuza ne dersin?"

Aslında ondan çok, kendisinin bu kurala uyacağını garanti etmek, söz vermek... Umutsuzca beklemek...

## 23. Gün:

"Oysa ben beni sev diye değiştim. Ama sonunda senden başka herkese kendimi sevdirdim. Senden ne istesem olmazlarınla karşıma çıktın. Oysa ben senin için tüm olmazları hayatımdan çıkarmıştım... İyi rol başarıya götürür. Başardın sevgilim!"

Ve hiçbir umudun kalmadığının kanıtı... Bekleme odasından yavaş yavaş çıkıyor Burak.

## 24. Gün:

"Senden nefret ediyorum diyenler değil, senden nefret bile etmiyorum diyenlerdir gerçekten bitirenler. Senden nefret etmiyorum.

Son cümlede "bile" eksik. Kıyamadığından değil, başka türlü davranamadığından...

## 25. Gün:

"Unutulmuştum işte daha da gerek kalmamış ölmeye."

İlk kez bir ölüm geçiyor cümlede. İntiharın ayak sesleri geliyor. Her ne kadar gerek kalmamış ölmeye dese de... Bir filmde bir silah görünmüşse, mutlaka kullanılır...

26. Gün:
"Bir ben miyim yıllarını yaşamadan bitiren?"
İyice yaklaştı sesler...

27. Gün:
"Cehennemde doğmuş birini cehennemle tehdit edemezsin!"
Diğer taraf için yerini hazırlıyor. İnançlı biri olarak, intihar ettiğinde nereye gideceğini biliyor. Tıpkı benim gibi...

28. Gün:
"Evet senden sonra da bir hayatım olacak ama içinde ben olmayacağım!"
Tanrım ne acı! En tehlikeli razı oluş bu; ölümü içselleştirmek...

29. Gün:
"Dünyamın her şeyi olabilirdin, dünyamı yıkıp gitmeseydin. Boğulsam da ölmeyeceğim tek denizdi gözlerin. Ölünmeden doğulmaz aşkta. Kalmayacağım sende telaşlanma. Kendimi alıp gideceğim. Gereksiz bir cümleydim zaten, şimdi susabilirsin beni."
Eyvahlar olsun denecek yerdir burası işte. Geri dönüşü olmayan bir yola girmek. Umutları kahır olmuş, yapacak hiçbir şey yok. Umutların kahra dönüştüğü bir dünyada insan umut etmedikçe yaşar.

## 30. Gün:

"Yaşamak zannettiğim şey sadece ölmemekmiş. Ölerek yaşamak zorundayım seni. Oysa çocuk halimle ölmek isterdim; daha kirlenmemişken, tertemizken, insanları tanımamışken... Bir veda aracılığı ile bir elvedaya kavuşmaktır ölüm. Âşık ol. Nasıl öldüğünü anlamıyorsun. İnsan israfından başka bir şey değildim zaten. Anladım ki hiçbir ayrılık göründüğü kadar kötü değilmiş; göründüğünden daha kötüymüş. Neyse. 'Hamamböcekleri gibi pisliğin içinde uzun yıllar yaşayacağıma, kelebekler gibi kırlarda bir gün yaşadım' der giderim. Kaybedecek bir şeyim olmadığı için değil, kazanacak hiçbir şeyim kalmadığı için gidiyorum. Boşa çıkacak bir ümidi beslemeye gerek yok! Aşkı seninle yaşadıysam, bu seni sensiz yaşayamam demektir. Hoşça kal sevgilim. Söndüğümde bunun farkına hiçbir zaman varamayacağını bildiğim halde gökyüzünde senin için yanan milyonlarca yıldızdan biri olmaya gidiyorum... Senin gibi bir şiirim olmadı hiç; şairliğim utansın!"

Okumayı bitirdiğinde gözleri dolmuştu Derya'nın. O son satırlardan sonrasını biliyordu zaten. Bir intihar mektubu yazmış ve mendireğe gitmişti.

"İyi ki oradaydım" dedi Burak'a.

Burak yerinden kalktı ve elini tuttu Derya'nın.

"İyi ki oradaydık" dedi.

Sonra not defterini Derya'dan alarak mutfağa gitti. İçeriden yırtılan sayfaların sesleri geliyordu. Derya, müdahale etmek için oraya gitmek istemedi. Bir iki dakika sonra içeriye seslendi.

"Derya bir dakikalığına gelebilir misin?"

Derya, oturduğu yerden kalktı ve mutfağa doğru yürümeye başladı. İçeri girdiğinde mutfak lavabosunun önünde dururken gördü Burak'ı. Elinde az önce Derya'ya göstermiş olduğu fotoğraflar vardı. Fotoğrafları yırtarak lavabonun içine attı. O sırada Derya, not defterinin sayfalarının da yırtılarak lavabonun içine atılmış olduğunu fark etti.

Burak bir yandan konuşuyor, diğer yandan tezgâhın üzerinde duran kolonya şişesine uzanıyordu.

"Her şeyin bir sebebi vardır Derya. Bu dünyaya gelişimiz de elbet bir sebebe dayalı. Hayat bir gül bahçesi değildir ama hepimiz öyle olmasını isteriz. Etrafımızda kötü kokular olmasın isteriz. Parmak uçlarımızla kadife gibi gül yapraklarına dokunmak ve o güzel kokularını içimize çekmek isteriz. Ancak öyle bir dünyada mutlu oluruz çünkü.

Ama güller kanatır bilirsin. Onların dikenleri, sevmek için uzanan masum parmaklara batar. Kızarız, kanarız az biraz. Hayat bizi kanatır. Tecrübe deriz bunun adına. Güllerin narinliği ve dikenlerinin acımasızlığını öğreniriz. Bu tecrübeyle yürürüz sonra. Gülleri sevmeye ve dikenlerinden nefret etmeye devam ederiz.

Edindiğimiz en erken tecrübe budur belki. Bu deneyimin bizi hep koruyacağını sanırız. Ama yanılırız Derya, yanılırız... Yıllar geçtikçe bu tecrübenin eksik bir tecrübe olduğunu anlarız. Zaman bizi bileyler. Sivri köşelerimiz törpülenir, ne güllerin o kadar masum, ne de dikenlerin o kadar zalim olduğunu anlarız. Bizi kanatan ve lanetler savurduğumuz o dikenlerin bizi ne kadar da önyargılı biri yaptığını öğretir bir gün hayat bize. Nedir o önyargı biliyor musun Derya?"

"Nedir Burak?"
"Dedim ya her şeyin bir sebebi var diye. İşte o dikenlerin de bir sebebi var. Diken gülü korumak için vardır Derya. Diken gülü korumak için vardır... Gül, eşini gövdesinde taşır."
Dikkatle dinliyordu Derya. Daha önce hiç bu açıdan düşünmemişti. Ufkunun genişlediğini duyumsadı. Hayata başka bir pencereden bakmanın yolunu açmıştı ona Burak. Kolonya şişesinin kapağını açarken devam etti anlatmaya...
"İnsanların da dikenleri vardır Derya. Görünmez dikenleri... O dikenler bazen bizi korumak adına başkalarını yaralar. Kimimizin babasıdır o dikenler, kimimizin ağabeyi, kimimizin sevdiceği, kimimizin dostu, arkadaşı... Ama hep vardır onlar. Bizim için, bize rağmen vardır. Bazen kızsak da onlara, bazen utansak da yaptıklarından, onlar bizim eksiklerimizin uzantısıdır. Yumuşak karnımızın görünmez zırhıdır onlar.
Sen benim dikenimsin, ben senin... Anladım ki biz birbirimiz için varız. Birbirimizi gövdemizde taşırız. Ve yine anladım ki biz birbirimize sarıldıkça birbirimizi kanatırız."
Burak'ın ne anlatmak istediğini yavaş yavaş anlamaya başlamıştı Derya. Bir yandan onu can kulağıyla dinliyor, diğer yandan kolonya ile ne yapacağını izliyordu.
Burak, elindeki şişeyi lavabonun içindeki notlara ve fotoğraflara boca ederken anlatmaya devam ediyordu.
"Sen benim hem yaramın sebebi hem yaramın merhemisin. Kendimin gelip de beni kurtarmayacağını anladığımdan beri de kesmiştim ümidi kendimden. Ama

sen geldin sonra. Yumuşacık ve kırılgan bir kalple geldin. Şimdi senin gelişin, Burcu'nun gidişi olacak benden. Bir elimi sana uzatırken, diğer elimle onu uğurluyorum. Bundan sonra hayatımda yeni bir sayfa açılacak. Kendime iyi bir geçmiş bırakmak istiyorsam düzgün bir gelecek için çaba harcamalıyım."

Derya şaşkınlık ve mutluluk karışımı bir duyguyla dinliyordu Burak'ı. Anlattıklarından kendine de pay çıkarıyor, alması gerektiği mesajları bulmaya çalışıyordu. Burak, sonunda yapması gerekeni yapmış ve Burcu'yu hayatından çıkarmaya karar vermişti. Doğru söylüyordu: Kendimize iyi bir geçmiş bırakmak istiyorsak düzgün bir gelecek için çaba harcamalıydık. Bir yandan içindekileri Derya'ya anlatmaya devam ederken diğer yandan lavabodakileri yakmaya başlamıştı Burak.

"Hayatın kendisine şaşırmamayı öğrettiği birini hiçbir şey sarsamaz Derya. Hayata ölü gözlerle bakmayı bıraktım bugünden sonra. Çünkü o gözlerle bakınca, hayatın sana sunduğu hiçbir canlılığı fark etmiyorsun. Hayat zor değil aslında biz zayıfız."

Burak, lavaboda yanan notlara ve fotoğraflara bakarken, dalgın gözlerle söyledi bunları. Sanki onlar yanarken, Burak'ın içi sönüyordu. Yüzünden ağır ağır çekip giden mutsuzluğu görür gibiydi Derya. Ona doğru sokuldu ve birlikte seyretmeye başladılar yanan kâğıtları. En üstte duran birbirlerine sarılmış fotoğraf yanarken garip bir hüzün kapladı içlerini. Derya, ellerini bağlamış bir şekilde Burak'ın yanında dururken, başını omzuna yasladı onun.

Burak, kafasını yavaşça ona doğru eğip eğreti bir gülüşle, "Seçmediğimi kaybetmiş olmanın boşluğundayım..."

dedi. "Sadece ön yüzü gülümseyen bir madalyon gibiydi bizim aşkımız. Hak verdiğim ama inanmadığım bu ayrılığa, inandığım ama hak vermediğim bir suskunlukla cevap veriyorum. Geçmişe 'Her şey boşunaymış' gözüyle bakmak istemiyorum ama geçmişten bana iz kalsın da istemiyorum. Şu yananların külü biraz acıtacak canımı o kadar. Bir aşktan geriye kalan küçük bir kül yığını olacak bu hikâyenin sonu. Kimseyi kanatmamak için kendime saplıyorum dikenlerimi... Tekrar eskiye dönemem. Dönersem bir daha ileriye gidemem. Öldük. Yalan bitti. Gerçeğe hoş geldik. Hoşça kal yıkılan inancım. Bir daha tekrarın olmayacak."

Lavabodan yükselen alevlere bakarken acı acı gülümsedi Derya.

Burak, "Şimdi diyeceksin ki madem bu kadar biliyordun niye intihar ettin? Ben insanım Derya. Ne yapsam, ne kadar bilsem eksiğim işte..." dedi.

Derya anlam dolu bakışlarla baktı Burak'a.

"Seni çok iyi anlıyorum Burak. Aşk, bile bile ladestir bazen. Her seferinde kokoreç yer, sonra da 'Yine aynı boku yedim' der durursun" dedi ve ayaklarını sürüye sürüye salona geçti. Son sözleri dokunmuştu Burak'a... Peşinden gitti Derya'nın.

***

Salondaki koltuğa oturmuş, başını ellerinin arasına almıştı Derya. Burak yanına oturdu ve bir süre sessiz kaldı.

"Hiç inanmıyorsun değil mi onu unutabileceğime?"
Derya önce derin bir iç çekti ve sonra konuşmaya başladı.
"Bak Burak. Tıpkı futbolda olduğu gibi hayatı da yöneten bir hakem var. Onu kandırmaya çalışmak, her şeyi gören bir hakem varken penaltı versin diye kendini yere atan bir futbolcunun âciz ve ucuz sahtekârlığı gibidir.

Umarım kendini kandırmıyorsundur. Umarım kimseyi kandırmıyorsundur. Bunu kinaye olsun diye söylemiyorum. İnan onu unutmana en çok sevinenlerden biri ben olacağım. Başaramadığında da en çok üzülen... Kendini buna yeterince hazırladığına inanıyorsan yap. Çıkılmış bir yolun daha ilk dönemecinde kaybolma, yenilme, geri dönme. Yenilmişsen bile vazgeçme. Kendini ezmelerine izin verme. Kendi üstünden tekrar tekrar geçme! İnsan kendisinden kendisiyle öç alır. Kendinle savaşabilmeli ve kendine katlanabilmelisin böyle zamanlarda. İnsan kendine katlanmayı başarabiliyorsa güçlü demektir.

Ben hep senin yanında olacağım. Tıpkı bir takım taraftarı gibi. Yenilsen de senin yanındayım yensen de... Çünkü sen iyi bir insansın... Çünkü seviyorum seni ben. Zordur aşk yarası taşıyanı sevmek... Her an yanlış anlayabilir bu sevgiyi. Yanmış ama küle dönüşememiş bir aşkın can çekişmelerini izliyorum sende. Olsun. Zararı yok. Kalbini denedin, biraz büyük geldi. Bu da geçer. Bu da geçecek. Geçmek zorunda. Yeter ki sen kendini bırakma. Girdiğin yol doğru yolsa, o yolda ayaklarının kanamasına aldırma. Ağaçlar budandıkça güzelleşir unutma. Bir şiir daha yazarsın ne olacak? Bazı gidişler şiiri başlatır bilirsin. Satır satır onu anlatıp, satır satır ondan nefret edersin.

Değişeceksin Burak. Herkes değişir. Değişmekten korkma, eksilmekten kork! Kimi değişimler insanı yükseklerden uçurur, kimi değişimler insanı yerlerde süründürür. Değişmelisin, tırtıl değişmediği sürece sürünmeye mahkûmdur. Ancak ve ancak değişip kelebek olduğunda uçabilir. Artık onu unutmaya karar vermişsin. Bu değişmektir. En azından denemektir. Umarım şu yaktığın notlar ve fotoğraflar kadar gerçek olur onu unutman da..."

Tüm bu sözleri kederli bir yüz ifadesiyle sarf ediyordu Derya. Burak, onu anlamaya çalışıyordu. Gerçekten de kendisine yardım etmek istiyordu. Bundan yana hiç şüphesi yoktu Burak'ın. Ama yine de başaramamasından endişe duyuyordu. Başaracağına inanmak istiyordu. Demek dışarıdan bakınca Burcu'yu unutmak konusunda bu kadar âciz görünüyor, umut vermiyordu... Buna üzüldü Burak.

"Keşke çok daha öncesinde alabilmiş olsaydım bu kararı" dedi.

Derya, Burak'a döndü. Küçük bir çocuğun sevimli yüzünü seyreder gibi baktı ona. İçinde merhamet ve sevgiyle karışık bir duygu vardı.

"Hiçbir şey için geç değildir Burak. Hem nerden bilecektin ki böyle olacağını? Kavun değil ki koklayıp anlayasın. Ülke nüfusu 77 milyon, sıfat 154 milyon... Ne çok ikiyüzlü var hayatımızda görüyorsun. Ama hayatla olan asıl sorunumuz bu değil. Asıl sorun kapattığımız kapıların açtıklarımızdan fazla oluşu. Daha kötüsü ise bize kapatılan kapılar. Kapıların yüzümüze çarpılması belki de kapının yanlış tarafında duruyor olmamızdandır kim bilir? Sen şu anda ne bir kapı önündesin ne bir kapı arkasında."

"Neredeyim peki?"

"Sen şu anda bir eşiktesin. Gerçek olan bu... Farkında olsan da bu olmasan da bu... Bazı gerçekler sen bilmiyorsun diye yalana dönüşecek değil. O eşikten sağ salim atlayıp geçmek istiyorsun. Eşiğin öbür tarafında sana 'Hadi atla, başarabilirsin' diyen, seni seven insanlar var. Biz bu taraftayız Burak. Gelmeni bekliyoruz. Sürekli rüzgârdan şikâyet edeceğine durduğu yeri değiştirmeli insan değil mi?

Evet, ben de yanıldım. Ben de aldandım. Yaşım belki daha çok küçük ama hayat bana bir dolu tecrübe sundu. Erken büyüdüm, büyümek zorunda kaldım. Senin düşüncelerine, hayata karşı duruşuna ve duygularına baktığımda aslında benden daha ilerde olduğunu görebiliyorum. Ama tüm erkeklerin, daha doğrusu içine kapanık, duygusal tüm erkeklerin aşk hisleri çok fazla gelişse de zaafları onları ele geçiriyor. Kişi aşkı bulmak ve ona saygı duymak duygusuyla hareket ediyor ama bilmiyor ki aşk en önce sahibini öldürüyor. Evet Burak, aşk en çok sahibini öldürür!"

"Haklısın Derya. Bazen aşkın sahibi gibi görsek de kendimizi, aslında o aşkın kendi celladımız olduğunu anlayamıyoruz. Sahip sanırken kendimizi cesede dönüşüyoruz..."

"Evet Burak tam da onu anlatmaya çalışıyorum. Ölmemiş ama çok da yaşamayan bir bedenle ortalıklarda gezersin. Ruhun etinden vazgeçer bilmezsin. Hâlâ aşka inanacak bir dal ararsın tutunmak için... Uzandığın tüm dallar seni uçuruma biraz daha yaklaştırır. Bir girdaba doğru sürüklendiğini bilirsin ama bunu değiştirmek için hiçbir şey yapmazsın, yapamazsın. Gücün tükenir, kalbin yorulur. Beyin devreden çıkar, kalbin aklı aşka erer... Zaman seni tükete tükete besler, zaman acına kabuk bağlatır, zaman acından acı çıkartır, zaman kendini sana hem ilaç hem zehir eder. Ve geçmek bilmez. Ayrılık acısı yaşıyorsan, bir gün yirmi dört saatten daha fazla sürer.

Zaman, kaybettiğin hiçbir şeyi geri getirmez. Şansın varsa gidenlerin yerine gelenleri koymanı sağlar. Yeni olan her şeye istemeye istemeye alışırsın. Eski sevgilin bile olsa geri gelen, o da yenidir; çünkü gittiği gibi gelmemiştir. Ya gelir yarana merhem olur, ya da yaraladığı yerden tekrar vurur. Ne yönde değiştiğini kimse bilmez."

"Kimse gittiği gibi dönmez değil mi? Kimse aynı kalmıyor çünkü... Aynı kalabilseydi zaten gitmezdi... Kimseye benzemediği için sevilen biri nasıl da herkese benzemeye başlıyor zamanla değil mi?"

"Herkes herkese benzer aslında. Sadece biz, sevdiklerimizin ötekilerden farklı olduğunu düşünürüz. Ama bunu sevdiğimiz bilmez. Bilseydi kendi hayatından şikâyet etmezdi bir kere... Öyle çok serzenişle gelirler ki bize, onların dertleriyle dertlenir, acılarıyla acılanırız. Kendi sıkıntılarımızı geri plana iter, önceliği onlarınkine veririz. Sevdiğinin yanında olmak, ona yardım etmektir bu. Bir insana yardım etmek, onu tanımaktır. Ama gel gör ki birini tam tanıyorsun, onu da zaman değiştiriyor...

Yine de umudumu yitirmedim. Çünkü elimizdeki tek imkândır umutlu olmak. Bugünü düne eklenecek bir geçmiş olarak değil, yarına uzanacak bir gelecek olarak görmek gerek. İçine atmayacaksın hiçbir şeyi. Paylaşacaksın. Paylaşacaksın ki hafiflesin acıların. İçine attıkların sonra seni hayatın dışına atıyor."

"İçinde besleyip, sevgiyle büyüttüklerin de hayatın dışına atabiliyor seni. Bir gün bir bakıyorsun gelip geçiyorlar yanımızdan. Bir gün bir bakıyorsun vazgeçiyorlar adımızdan. Her gün tazelensen, yaranı sarsan da hayat o gün seni nasıl çürüteceğini iyi biliyor. Kalbini öldürmekten suçlu olan kalbinde yatıyor... Hayat akıp gidiyor, bir saniye öncesi hatıra oluyor. Zaman asla seni hatırlamıyor."

"Yaşayamadıklarının hatırası da olmaz Burak. Geriye bakıp bakıp üzülmeyeceksin. Yaralarına sargılar bulacaksın. Tek derdin onları sarmak olacak. Belki yanında biriyle, belki de yalnız. Ama ne olursa olsun o yaraları iyileştirmek zorundasın. Onlar hep kanayamaz. Kanarsa bitersin, bitersen kanayacak yeni bir yaran bile olmaz. Gülümseyeceksin. Acını yüzünde saklayacaksın. Bunca kanarken, gülümsemek gibi bir ikiyüzlülük sergileyeceksin. Bu yüzden yarana iyi bak. Çünkü bazı yaralar, geçmişe kapı aralar..."

Zamanın kıymetini bilmemiz gerekiyor Burak. Bunu her ikimiz için de söylüyorum. Bugünler bir daha geri gelmeyecek. Yaşadığımız anı ne bir saniye ileri taşıyabiliriz, ne de bir saniye geri... An anda kalır ve yok olur gider. Önemli olan o anı mutlu hatıralarla doldurabilmek ve geriye dönüp baktığımızda yüzümüzde mutlu bir gülümseme oluşturabilmek. Zamanı bu yüzden iyi kullanmalı insan. Yirmi yaşındayken, 'Amaaaan! Doksan yaşıma kadar yaşayıp ne bok yiyeceğim?' dersin; seksen dokuz yaşına geldiğinde doksanı görebilmek için Allah'a dua edersin!"

Burak, Derya'yı dinlerken, kafasında dönüp dolaşan onlarca düşünceyle meşguldü. Evet, haklı olduğu çok yer vardı. Hatta yerden göğe kadar haklıydı. Ama bu konuşmanın sonu nereye varacaktı? Kendisi Burcu'yu hayatından çıkarma kararı almış ve bunu büyük bir inançla hayata geçirmek adına ilk adımı atmıştı. O halde ne anlatmak istiyordu Derya? Sözünü kesmeden dinlemeye devam etti. Koltuğa iyice yaslanmış, kafasını hafifçe geriye eğmiş, tavandaki lambayı seyrederek konuşmaya devam ediyordu Derya.

"Tıpkı lamba gibidir bazı gidenler, gündüz varlıkları anlaşılmaz, ama karanlık çöküp de akşam olunca ellerimiz telaşla onları yakacak düğmeyi arar. Benim lambalarım yıldızlardır biliyor musun? Babam Çınarcık'ta Mehmet Hocalarla tatil yaptığımız zamanlarda bazı geceler verandadaki sallanan koltuğa oturup yıldızları seyrederdi. Ben de babamı görür görmez hemen onun kucağına ilişirdim. Babam bir yandan saçlarımı okşarken, diğer yandan gökteki yıldızların isimlerini öğretirdi bana. 'Sonsuz uzayın sokak lambalarıdır yıldızlar' derdi. Şimdi ne zaman bir yıldız görsem babamın verandadaki o sözleri gelir aklıma.

O günden sonra artık benim için de sonsuz uzayın sokak lambaları oldu yıldızlar. Bazen o gökyüzünden kayıp giden yıldızlar olur. Kiminin yokluğunu bile hissetmeyiz çünkü onlardan gökyüzünde o kadar çok vardır ki... Kiminin orada olmayışı ise tüm yıldızların varlığını siler. Sokağımızdan bir lamba eksilir ve onca lambaya rağmen yolumuz kapkaranlık olur. Hayat böyle bir şey işte... Kiminin varlığıyla aydınlanıyor yolumuz, kiminin yokluğuyla. Allah karşımıza yolumuzu aydınlatacak kullar çıkmasını nasip etsin."

Derya'yı sessizce dinlerken dudakları kıpırdadı Burak'ın. Fısıltıyla "Âmin" dedi. Babasından bahsederken, gözlerinin pırıltısını ve o pırıltının içindeki kederi gördü. O anda babasını geri getirebilmek için canını verirdi. Derya, Burak'ın hissettiklerinden habersiz anlatmaya devam etti.

"Senin şanssızlığın karşına karanlık birinin çıkmasıydı Burak. Ama nereden bilecektin? Sen sadece sevmeyi bilirdin. Ne hesap yapmayı, ne şüphe duymayı, ne de çıkar gütmeyi... Bunların hiçbirini bilmezdin sen. Hepimiz aynı hatayı zaman zaman yapıyoruz. 'O da aynı benim gibi' dediklerimize yaklaşıyor, kimsenin aynı olamayacağı gerçeğini unutarak karşımızdakine sığınıyorduk. Onlarla tamamlandığımızı sanıyorduk. Peki o zaman bunca eksikliğimiz nedendi?

Biz, 'Bu da bulunsun' diyerek saklamadık aşkı; kaybetmekten korkarak sarıldık hep. Sen de öyle benim gibi seven insanlardansın. Ama senin hatan hatada ısrar etmen... Gidişini unutturacak bir geliş bekledin hep. Hatadaki istikrar, onu doğruya çevirmez Burak. Senin onu sevmenin nedensizliği vardı. Ama ona sorsan seni sevmeyi bir sürü sebebe dayandırırdı. Sevmek için bir sebebe ihtiyaç duyuyorsan, aşkı bilmiyorsun demektir. Bilmiyordu...

Ve sen ona diyemedin; madem gidecektin o halde neden beni benden ettin? Beni bir tek sevmekle kandırabilirdin ve sen onu seçtin! Benden kopardığın parçalarla hayatının hangi eksiklerini giderecektin? Neden intihar süsü verilmiş bir cinayet gibi gelip, cinayet süsü verilmiş bir intihar gibi gittin? Neden rüya olarak başlayıp kâbus olarak bittin? Hak mı beni kendine bu kadar yalan etmen; sen bende bu kadar gerçekken... Bir daha kendini sevmek için başkalarını kullanma!"

Burak, Derya'yı dinlerken hüzünlü gözlerle uzaklara daldı. İçinden bir şeylerin sökülüp gittiğini hissediyordu. Derya onun tüm duygularına tercüman olmuştu. Derya şimdi sessizdi. Son cümleleri sarf ederken sesi biraz yükselmiş, titremiş ve gerilmişti. Ama şimdi sessizlik hâkimdi odada. Burak cevap verdi.

"Keşke söyleyebilseydim. Daha neler demezdim ki... Ona, 'Bana yaptıklarından ötürü beni üzen seni bağışlıyorum ama kendini düşürdüğün bu durum için seni hiç affetmeyeceğim' demek isterdim."

"Siteminde bile karşı taraf için üzülmek ve onu düşünmek hâkim farkında mısın?"

"Hayır değilim. İçimden geldiği için öyle söylerdim. Yani bunlar benim gerçek düşüncelerim. Karşı taraf için kurgulanmadı."

"Başka ne söylemek isterdin?"

" 'Canıma batan kırıkların var. Ya sar, ya al!' demek isterdim. O anlardı ne demek istediğimi. İçimden onu temizlemenin bende ne anlama geleceğini iyi bilirdi."

"Keşke bunları ona söyleyebilseydin. Yüzüne bir tokat gibi fırlatabilseydin bu soruları. Ama olmadı. Soramadın. Suskun kalmayı, içine gömülmeyi tercih ettin. Yaşamaktan, konuşmalardan öğrendiklerin daha çok susmayı ezberletti sana. Çünkü sözler suskunluklar kadar ağır değildir bazen. Düştün bir yaprak gibi... Ama bilemedin, ağaç mı seni istemedi sen mi o ağaçtan vazgeçtin...

Yazmayı sevdin böylece. İyi de yazdın. Hâlâ yazıyorsun. Her başarılı yazarın arkasında onu terk eden bir kadın vardır Burak. Belki bir gün sen de o ünlü yazarlardan olacaksın. Ekmeğini aşktan çıkaracaksın.

Öğrendiğin bir şey daha vardı. Yaranı kanatacaksan da kendi bıçağınla kanatacaktın. Başkasıyla öldürmeyecektin kendini. Kendi işini kendin görecektin. İşte sen bu yüzden yazdın. Seni haklamayı başkasına bırakmamak için yazdın. Kendi biletini kendin kestin, kendi ipini kendin çektin. Yazdın ve yazdıkça ayakta kaldın. Derdin içinden dert çıkardın. Kendi çığlığında boğulacak kadar yalnız kaldın. Duvarlardan yapılma boşluklar ördün içine... Bölüşmedin ondan kalanları ondan sonrakilerle bile. Sessizce ilerledi yaşamın geri kalanı. Yalnızlığa bulandın. Ağır geldi insanlar sana...

Ama hep sevdin, hep sevdin. Terk edenini, gelmeyeceğini bile bile bekledin. Onu yeni bir aşkla silmedin. Çünkü yeni bir aşk eskisini silmek değil, kirletmekti senin için. Kalbinde onsuz büyüyen hiçbir duyguya yer vermedin. Kalbin ona susadıkça yandın, yandıkça susadın. Kaderden kadere dolaştın. İçinde hep bir umut vardı. Umudun sezonu kapanmazdı. Hep onu bekledin. Beklemekten usanmadın. Çünkü sana göre senin en büyük kusurun bile onun affedebileceği büyüklükteydi. Onun merhametinin geçemeyeceği hiçbir dar aralık bırakmamıştın hayatında."

Ne kadar da haklıydı. Peki, bunca zaman neden susmuştu Derya? Neden bunları daha önceden söylememişti?... Bir gerginlik anı sonrası, Burcu'yu hayatından silmeye karar verdiği gün neden bunları anlatıyordu?

"Susadım" dedi.
Hemen mutfağa gidip koca bir bardak su getirdi Burak. Konuşmaktan boğazı kurumuştu Derya'nın. Bir dikişte yarıladı suyu. Sonra derin derin gözlerine baktı Burak'ın. Elindeki bardağı ona uzattı.
"Sen de içmek ister misin? Yarısını bitirdim ama..."
Burak, bardakta kalan suya bakıp yavaşça dudaklarına doğru götürürken, "Ben o bardağın dolu tarafını görüyorum" dedi. Tekrar koltuktaki yerine geçti. Şimdi daha yakın oturuyordu ona.
"Ah Burak! Keşke bardağın boş tarafını da görebilseydin biraz. Bardağın boş tarafını görebilmek onu doldurmak için harekete geçmeni sağlar. Ama göremedin. Görmene en büyük engel yine kendindin. Sabahına inanmadığın bir gecenin uykusuna bıraktın hep bedenini. Uyku gibi taşıdın onu gözlerinde.
Güneşli bir havada yağmur yağması gibiydi senin hayatın. Bu duygu çok gariptir. Ne yağmurun ne de güneşin tadını çıkarabilirsin. Birini yaşarken, diğerini kaçırırsın. Tıpkı hayat gibi... Hayallerle gerçeklerin mücadelesidir bu. Hayallerin peşinde koşup elde kalan gerçeklere fit olmakla geçen altmış yetmiş yıla hayat demiyorlar mı zaten?
Bir süre sonra bizim için sıradanlaşacak şeylere bu kadar anlam yüklemek ve abartmak aslında ne kadar anlamsız değil mi? Her şeye gerektiği kadar önem vermeyi insan çok geç öğreniyor. Bir zamanlar gözünden sakındığı fotoğrafları, yazıları kolonyayla lavaboda yakabiliyor."

Derya'nın bu sözüne gülümsedi Burak. Acı bir gülümsemeydi bu. Bir yandan da kafasını sallayarak onayladı.

"Evet, bir dolu hatıra küçük bir lavaboya sığdı ve onları yok etmeye bir kibrit yetti. Neden bunca zaman beklemişim ki?... Şimdi geriye dönüp bakıyorum da hiçbir anlam veremiyorum kendime çektirdiğim bunca acıya. Ben nasıl bu hale geldim Derya?"

"Nasıl mı bu hale geldin?" dedi Derya küçümseyen bir gülüşle. Bu küçümseyişin Burak için olmadığı besbelliydi ama... Olsa olsa küçük bir aşkın dev ve gereksiz acılarınaydı. "Uyuşturmuşlar seni Burak" diye devam etti dudağındaki gülüşü bozmadan.

Burak, gözlerine bakarak, "Uyuşturmuşlar mı?" diye sordu.

"Evet uyuşturmuşlar."

"İyi ama kim bana böyle bir şey yapabilir ki? Hani büyü yapılmış sana desen yine anlarım. Ama uyuşturulmanın ne oluğunu anlayamadım doğrusu."

"Aşk bir uyuşmadır. Her yerin uyuşur âşıkken. Dışarıdan gelen hiçbir duyguyu hissedemezsin. Hepsine kapalısındır çünkü. Kendimden biliyorum... Senden sökülüp alınanları da hissedemezsin. Senden götürülenlerin büyüklüğü uyuşmanın yoğunluğu ile orantılıdır. Ağzın yeterince uyuşmuşsa, dişlerini kerpetenle sökseler hissetmezsin ya hani... Beynin için de geçerlidir bu! Aşk onu uyuşturur ve içindekileri söküp alır anlamazsın.

İşte bu aşk seni uyuşturdu ve her şeyini senden aldı. Ve sen çok sonra fark ettin bunu. Dünyaya kafa tutabilecek güçteyken tek bir kişiye yenildin işte. Bir alevdi kolları, bunu bile bile sana sarıldı. Hayal gibi bir şeydi, gerçekleşince bitti... İyi iki bitti. Seçilmiş bir ayrılık emrivaki bir aşktan iyidir. Şimdi yaralarını sarma zamanı. Kendine pansuman yapma zamanı. Sıkma canını. Hayat sıkılacak kadar uzun değildir. Ve insan yaşamayı en çok ölümlerden öğrenir.

Her vazgeçiş yeni bir yeni bir başlangıcın doğumudur. Bunu en iyi ben bilirim. İnsan yanıla yanıla öğrenir. Senin bildiğin kadar benim yanılmışlığım var. Hayatı öğrenmek bir ömür sürüyor zaten."

Bunları söylerken, yaşadığı acılar yüzünde beliriyordu sanki. Maviş gözleri dolmuştu. Ha yağdı ha yağacaktı. "Senin bildiğin kadar benim yanılmışlığım var" derken nasıl da acı acı gülümsemişti.

Yanına biraz daha sokulmak, ona sarılmak istedi Burak. İyice yaklaştı. Derya ise her zaman yaptığı gibi yine başını omzuna koydu Burak'ın. İkisinin içinde de bir huzur nehri akıyordu şimdi. Ve anlatmaya devam etti.

"Belki bir süre yalnız kalabilirsin. Olsun. Yine de hayata gülümseyebilirsin. Yalnız olmak öyledir işte. Her şeye rağmen gülümsüyorsun ama acıyor.

Herkeste onu aramışsın ama o kimsede kalmamış. Herkeste herkes olmuş. Bu büyük çaresizliğimiz de bu yüzden zaten. Olduğumuzdan daha iyi olduğumuzu zannettiren duygular yüzünden. Gerçeklerin acımasızlığı ile yüz yüze gelen insanların kaderini yaşıyoruz şimdi."

Son sözünden sonra yerinden doğruldu ve Burak'ın yüzüne baktı.

"Evet Burak, artık hayatının dönüm noktasındasın. Bana onu unutacağını, artık hayatında olmayacağını söylüyorsun.

Umarım başarırsın. Zor olacak biliyorum. İçinde yarım kalmış bir hesap ve aşk var. Ona bir gün hesap soracak olursan sakın yalan aşkını sorma.

Evet, seni yalan bir aşkla kandırdı. Ama seni asıl yıkan bu değildi. Gerçek ya da yalan bir zamanlar onunla bir aşk yaşadın. Mutlu olduğun anlar da vardı evet! O mutlu anların hatırına yaşadıklarını bir gül güzelliği olarak gör. Uzaktan kokusunu duyduğun ama asla sahip olamadığın bir gül... Ve sakın unutma seni o gülün yaprakları değil dikenleri kanattı. Ondan vermediği güllerin değil, batırdığı dikenlerin hesabını sor."

Gerçekler ancak bu kadar doğru ifade edilebilirdi. Hakikaten de yapması gereken buydu. Vermediği güllerin değil, batırdığı dikenlerin hesabını sorması gerekiyordu ondan. Oturduğu koltukta yavaşça geriye doğru yaslandı ve Derya'nın gözlerinin içine bakarak, "Bunu başaracağım Derya" dedi.

"Kaybettiklerimin yerine koyduklarımla alışacağım yaşamaya."

"Kayıplarınla yaşamayı öğreneceksin Burak. Ki bence doğru olmayanı kaybetmek bir kayıp değildir. Hatta kazançtır. Kalbinde yatan yanlışı kaybet ki gözlerin arkadaki doğruyu görebilsin. Ben bu durumu tırtılın ölümü olarak değil, kelebeğin doğumu olarak değerlendiriyorum. O senin yanlış zamanda gelen yanlış kişindi. Daha kötüsü de olabilirdi. Yanlış zamanda gelen doğru kişi gibi..."

Varsın kalbin acısın. Acı varsa hayattasın. Belki yaralı kalırsın ama yaşarsın. Yaralı yaralı yaşamaktan korkmamalısın. Kalbine baktığında açılmış olarak gördüğün her yara senin bin kusurunu kapatır aslında. Yaralar vardır sen sardıkça ağlar, yaralar vardır sen fark etmeden kabuk bağlar. Elbet hepsi geçecek, iyileşmez dediklerin iyileşecek. Artık bilinmezlikler bile sana çok tanıdık gelecek. Bu süreci atlatman için yapman gereken basit Burak."

"Neymiş o çok basit olan?"

"Bugünkü haline katlanabilmek için daha kötü hallerini aklına getireceksin. Belki zorlanacaksın. Yazın sıcak ve kurak, kışın yalnız ve hazin geceler yaşayacaksın. Zaman tenini, yalnızlık ruhunu kırıştıracak. Kendi çekirdeğini inkâr eden bir meyve gibi hissedeceksin kendini. Hatta bazen kalp tekrar yazacak hafızanın sildiğini. Kırık dökük bir hatıra defteri olacak aklın; sayfaları yırtılıp geriye hatıraları kalan... Yalnızlığın fotoğrafları her yerinde duracak. Yalnızlık odalarının duvarlarında uyuyacak. An gelecek duygularına yenileceksin."

Bunu duyar duymaz yayından fırlayan bir ok gibi atıldı Burak.

"Duygularıma yenilmek istemiyorum artık!"

"Duygu mantık mı ki akıllıca davransın Burak? İnsanlar en çok nasıl yanılır biliyor musun?"

"Biliyorum ama senden de duymak istiyorum."

"İnsanlar aklını kullanması gereken yerde hislerini, hislerini kullanması gereken yerde aklını kullandığı zaman yanılır. Kimse kimseye üşümek için sarılmaz Burak. Ama bazı kollar ısıtmak için değil üşütmek için uzanır karşısındaki vücuda... Sen, sana açılan her kolun seni ısıtmak istediğini, uzanan her elin seni tutmak istediğini düşünür ve o kollara, ellere tutunur üşürsün... Düşersin."

"Hep düşüyorum, hep üşüyorum."

"Olsun yine üşü, yine düş. Düşmeseydin hangi ellerin seni tutmadığını göremeyecektin."

Burak, başını Derya'nın dizlerine koydu ve sessiz gözyaşları dökmeye başladı. Anne karnındaki cenin gibi kıvrıldı koltukta. Derya onun içinin titremesini, dizlerine süzülen sıcak gözyaşlarını hissetti. Küçük bir çocuğu sever gibi okşadı saçlarını.

"Kurtulacaksın" dedi. "Kurtulacaksın acılarından."

Burak'ın gözyaşları dizlerini yakıyordu Derya'nın. Sessiz hıçkırıklarına şahitlik ediyordu. Kucağındaki masum yüzü seyrederken, saçlarını okşamaya devam ediyordu. Avuçlarında bir anne şefkati gizliydi. Sesini fısıltıya dönüştürerek devam etti konuşmaya.

"Hayat acımasız. Seni insanla sınar. Kaşıkla verdiğini kepçeyle alır. Hüzünlerle dolu bir hayat çemberinde soluklanacak köşe arıyoruz. Yuvarlağın köşesi mi olur Burak? Bir kedinin kuyruğunu yakalamaya çalışması gibi dönüp duruyoruz kendi etrafımızda. Zamanla yarışımız bu; yenile yenile bitiremediğimiz... Beklediğimiz hiçbir durakta durmuyor zaman. Ölümü beklemeyi yaşamak zannediyoruz, başımızdan uçup giden şapka için rüzgâra küsüyoruz. Varsın şapkamız olsun kaybımız ne gam!

Sahip olduğumuzu zannettiklerimizi kaybetmenin acısı bu biliyorum. Avuçlarımızdan kayıp giden mutluluk, hiç yaşamadığımız bir mutluluğun kaybından daha acıdır. Çünkü yaşamadığımız mutluluğun tadını bilmeyiz. Onu yakalayamamak da o kadar üzmez bizi. Ama ya elimdeyken yitirdiklerimiz?

Hayatın dibine ölüm diye bir delik açmışlar, oradan dökülüp dökülüp gidiyor insanlar. Benim babam, senin ailen... Sadece bir saniyeydi onlar için ölüm. Yıllar, aylar, haftalar, saatler, dakikalar hep yaralamak için vardır; ama ölüm payına düşen hakkı son saniyede kullanır. Bir bakarsın ki uçup gitmişsin hayattan.

Oysa yaşarken ne güzeldi değil mi her şey? Kimse ölümün bir gün kendi kapısını çalabileceğini düşünmez. Hepimizi bekleyen sonun ne olduğunu çok iyi biliyor ama o gün hiç gelmeyecekmiş gibi davranıyoruz. Belki de haksız sayılmayız... Ölümün ayak sesi yok ki Burak. Sessizce geliyor, sessizce alıp götürüyor. Kimileri betonların altında kalıyor, kimileri suların... Yaşam denen fotoğraftan sevdiklerimizi kesip götüren acımasız bir makastır ölüm. Sıra bize de gelecek bir gün...

Önemli olan hayatı yaşanabilir kılmak. İnsanın kendini tanımakla tükettiği süredir hayat. Hayatsızlık mı demeli yoksa ona? En kötü hayat hayatsızlıktan iyidir ama... Bir ceset gibi yaşamamalı insan, yaşamının içini doldurabilmeli. Yoksa yaşıyorsun sayılmaz; çünkü bir hayatın yok! Ne acı değil mi? Yaşamak istiyorsun ama bir hayatın yok... Rüzgârsız kalmış bir rüzgârgülü gibi yaşamak ne acı..."

Burak gözlerini açmadan, "Ne zaman benden bahsetsen cümlelerin kanıyor ve ben bir yara sanıyorum kendimi" dedi. Uykuluydu sesi. Derya, bir an duraksadı ve devam etti.

"Biz seninle hayatlarımızı birbirimize kazandırdık. Bu yüzden güçlüyüz. Başkaları hayatı tamamlamak için ilerlerken biz yeniden başladık. En taze halimizle 'Hadi...' dedik.

'Yeniden başlayalım.' Yeniden başlamak kadar güzel bir başlangıç olabilir mi hayata? Hayatı giydik işte üstümüze. Süslendik de o biçim; üstünüze yakışmadı diyenlere inat! Biz şimdi seninle güzel ve dürüst bir hayatın içindeyiz Burak. Dürüstlüğün beş para etmediğini bile bile dürüst kalmaya devam edebiliyorsak insanız demektir!

Gerçekler tarafından kaşı gözü yarılan umutlarımıza rağmen bu yolda yılmadan yürümeye devam edeceğiz. Çünkü biz iyi insanlarız; asla kötü olamayız. Kötüye bir şey olmuyorsa, kendini kurtaracak her yolu mubah saymasındandır. Bu yüzden iyilerin başına hep olmadık şeyler gelir. Olsun. Gelsin. Elbet bir gün kendimiz gibi insanlarla baş başa kalacağız. Onlarla birlikte omuz omuza yürüyeceğiz. Her insan yalnız doğar Burak ama bazıları hep yalnız yaşar."

Derya'nın son cümlesinden sonra dudakları usulca kıpırdadı Burak'ın.

"Biz birbirimizi ölümün kıyısında bulduk."

Sonra yavaşça Derya'nın yüzüne doğru döndü. Kafasının altında Derya'nın dizleri yumuşacık bir yastık gibiydi. Kızarmış gözleriyle Derya'nın buğulanan mavi gözlerine baktı.

"Beni yalnız bırakma Derya" dedi ağlamaklı bir sesle.

Derya, gülümseyerek baktı yüzüne. Suretindeki çocuksu masumiyeti izledi.

"Seni hiç bırakmayacağım Burak. Sen de beni bırakma olur mu?"

Kafasıyla onayladı Burak. Derya, elini Burak'ın kalbinin üstüne koydu.

"Ne kadar hızlı atıyor kalbin" dedi.
Burak kalbinin üstündeki eli tuttu ve "Kalbimi çalan kılıfını hazırlayamamıştı. Şimdi sıcak bir el dokununca heyecanlandı..." diye karşılık verdi.
"Kalpleri ve yolları kırılmış insanlar vardır Burak. Hani aklına yatmayanın kalbinde dimdik durduğu insanlar... Yani biz... Yani bizler... Bizi öylece bırakıp giderler. Giden gittiğiyle kalır, kalan gidenle. Bu yüzden kırılır kalbimiz. Sevgin ne kadar büyük olursa olsun umursandığın kadarsındır. Elinden hiçbir şey gelmez. Sen senin gibi sevmişsindir. Nasıl sevilmek isterse öyle sever çünkü insan. Ama bazıları bunu hak etmiyor işte. 'Sen benim her şeyimsin' dediği insana günün birinde 'Nasılsın?' bile demeyecek kişiler aşktan bahsediyor. İnsanları anlamak için inanılmaz bir çaba gösteriyorsun, en sonunda 'Anlamamak daha iyi' deyip sessizce köşene çekiliyorsun.

İnsanın severken değil giderken sergilediği tavır iz bırakır. Çünkü bir bıçak ansızın sıyırıp geçiyor etini ve tenin bir ömür taşıyor o yarayı... Aldırma boş ver. Kendinle yetin. Yine de sar yaranı; iyileşmiyorsa o da kalbinin ayıbı olsun. Şahitlik ettiğimiz bitişler, göremediğimiz nelerin başlangıcıdır kim bilir..."

Bu söz yüzünü gülümsetti Burak'ın. Sanki bunca konuşmanın sonunda beklediği cümle buymuş gibi parladı gözleri. Kalbi yine hızlandı. Yüzündeki mutlu gülümsemeyle Derya'ya baktı durdu. O gülümsemeye şefkat dolu gözleriyle cevap verdi Derya.

"Yüzü hep gülen insanlar vardır" dedi. "Onlar yüzlerinde her zaman umut taşırlar."

Burak kalbinin üstünde duran eli biraz daha sıktı. Bir minnettarlık ifadesiydi bu.

"Başkaları karanlık düşürse de o yüze, hep gülmeliyiz değil mi?"

"Yüzündeki karanlığın suçu ne sende ne de bende Burak. O suç bizi yakanda. Onlar doğru insan olarak doğup bir yanlış olarak yaşadılar. Hayatın içinde bir yanlışsan ölümün bile düzeltemez seni. Onlar bir yanlış olarak ölecekler; en azından bizim için."

Burak, yüzünde beliren umut ışığı ile "Aşkın uçurum çocuklarıyız biz Derya, kimse bizi düşmekle korkutamaz artık" dedi.

"Tabii ki korkutamaz. Biz küçük şeylerle mutlu olabilen ama aynı zamanda küçük şeylerle de üzülebilen hassas insanlarız. Ama bu bizim korkak ve cesaretsiz olduğumuzu göstermez. Biz iyi insanlarız Burak... Etrafımızda kötüler olsa da onlara rağmen iyi insanlarız."

"Ne insanlar gördüm sarayı ahıra çeviren ve ne hayvanlar gürdüm ahırı saray eden. İyilerin ve kötülerin savaşı bu... Bu kadar unutkan olup da zamanı ilaç olarak görenler var. Hepsi unutacak bir gün gördüğü iyilikleri ama kötülükler hep akıllarında kalacak. İyi insan olmanın ağır yükünü çekiyoruz Derya, eli boş gidenler de var bu dünyada."

Gece ilerlerken, Derya'nın gülüşüyle renklendi karanlık. Bu tespit hem çok doğru hem çok komikti Derya için. Eli hâlâ Burak'ın kalbindeydi.

"Büyüyüp giderken insan, bazıları çocukluğunu da içinde götürür. Senin gibi güzel bir insanın kalbini nasıl kırarlar anlamıyorum."

Burak, hınzırca gülümsedi.
"Yolu benden geçiyordu. Kalbime basmadan yürüyemeyecekti."
"Ah" dedi Derya. "En büyük yanlışımız ne biliyor musun?"
"Ne?"
"Yanlış insanlara doğru, doğru insanlara yanlış davranmak..."
"Bunu böyle yapmamayı ne zaman öğreneceğiz peki?"
"Kaderin, yürüdüğün yolu değiştirdiğini zannedersin. Ama değişmemiştir. Sadece hayat sana 'Artık buradan devam edeceksin' demiştir. Rabbim bize birlikte yürüyeceğimiz bir yol sundu. Artık yanlış insanlarla doldurmayacağız bu yolu. Doğrulara birlikte ulaşacağız. İnsanlar kendi özgürlüklerinin farkına bir varabilseler sevgiyi de saygıyı da yanlarında bulacaklar. İki parmaklığın arasına kafamızı dayamış oradan dünyaya bakıyoruz. Biraz geri çekilsek bizi kuşatan kafesi fark edeceğiz. Ve özgür olmadığımızın farkına varacağız. Hayat bir masal değil. Hatta masallardan daha yalancı... Boks eldivenleri giyip elimize, piyano çaldırmaya çalışıyor bize. Biz de neden çalamadığımızı düşünüp duruyoruz. Suçu hiç kendimizde aramıyoruz. Kendimizle yüzleşmekten korkarken, başkalarındaki kusuru hemen fark edebiliyoruz.
Gördüğümüzde başka, tanıdığımızda başka çıkıyor insanlar. Gündüzümüz karartılmış, o yüzden bize hep gece. Ama o gecenin içindeki yıldızlara kafamızı kaldırıp bakmıyoruz. Yıldızlar karanlıkta saklanamaz. Biz bunu fark etmiyoruz. Ne çok güzellik kaçırıyoruz... Yaşarken ölüyoruz. Birine yapılacak en ağır işkence onu yaşata yaşata

öldürmektir. Belki kötü bir hayat yaşamış olabiliriz ama bataklıkta büyümek güzel bir çiçek olmadığımızı göstermez. Kimsenin kimseden farkı yok aslında. Gözler kapatıldığında herkesin karanlığı aynıdır.

Ah Burak! Geçmişini bunca içinde taşırken insan ne bugüne ne de yarına tutunabiliyor. Bir gelecek görmüyorsan geçmişinde bırakacaksın her şeyi. Sonunda bunu başardın sen. Artık yeni bir insansın. Biraz yorgunsun evet ama en güzel dinlenmeler en yorgun olduğun zamanda güzeldir."

Gerçekten de yorgundu Burak. Yaşadıklarından, yaşayamadıklarından ve yaşayacaklarından yorgundu. Gün, ondan intikam alıyordu şimdi. Derya'yı dinlerken gözleri kapanmış, huzurlu bir uykunun kollarına uzatmıştı bedenini. Ama hiç bırakmamıştı Derya'nın elini. Derya, diğer eliyle saçlarını okşamaya devam etti. Eğilip gözlerinden öptü.

"Gözlerinde çocukluğun duruyordu. Dayanamadım ve çocukluğundan öptüm seni" dedi.

Yavaşça kalktı yerinden. Onu uyandırmamaya özen gösterdi. Başının altına bir yastık koyup içeriden bir pike getirdi ve örttü üstünü. Koltuğun hemen kenarına oturup masum yüzüne baktı. Duymayacağını bile bile usulca fısıldadı ona.

"Bir yağmur damlası olsan, bırakıp gittiğin bulut sana ağlar. Sen aşkı yaşamamışsın ve içinde bir boşluk var; ben yaşadım ama daha büyük bir boşluk var. Şimdi huzurla uyu. Rüya gibi bir hayat hayal ediyorsan yapacağın tek şey uyumaktır. Uyu. Yarınlarımız bugünlerimizden daha zor olacak. Unutma; geleceğimizde

kendimize güzel bir gün armağan etmek için bu kadar çok çaba sarf ediyoruz."
Yavaşça uzandı ve öptü onu. "Bu anı hiç unutmayacağım" dedi. "Bazı dakikalar yıllarca sürer..."
Vakit geç olmuştu. Bu saatte eve gidemezdi. Burak'ın yattığı uzun koltuğun tam karşısında duran tek kişilik koltuğa kıvrıldı. Yorgundu. Gözkapakları kapandığında babasının yüzü geldi gözünün önüne. Uyumadan önce ağzından çıkan son cümle babası içindi.
"Canımı gülümseyerek verebilecek kadar çok seviyorum seni baba."
Yanağından iki damla yaş süzülüyordu.

\*\*\*

Burak o gece bir rüya gördü. Rüyasında Derya mavi suların içinde sanki havada oturur gibiydi. Üzerinde tül gibi uçuşan kısa kollu beyaz bir gelinlik vardı. Dizlerini göğsüne kadar çekmiş, kollarıyla bacaklarını sarmış, başını hafifçe öne eğmiş, gözlerini kapatmış, masum bir yüz ifadesiyle suyun altında öylece duruyordu. Sular saçlarını sağ omzuna doğru sürüklemişti. Ayakları çıplaktı. Sonra birden kolunda Derya ile birlikte kendini uzun bir koridorda yürürken gördü. Üzerinde siyah bir damatlık vardı. Derya'nın üzerindeyse biraz önceki kısa kollu gelinlik... Gelinlik ıslaktı, sular akıyordu. Adımladıkları koridorda sular arkalarından iz bırakıyor, o izler harflere dönüşüyordu. Burak, geriye doğru bakıp yerde ne yazdığını okumaya çalışıyor ama bir türlü bunu başaramıyordu. Koridor sisliydi. Attıkları her adımda sis biraz daha dağılıyordu. Koridorun ucunda bir insan kalabalığı bekliyordu onları. Uzaktan seçebiliyorlardı kim olduklarını. Burak'ın depremde ölen ailesi, Derya'nın babası ve sevdikleri tüm dostlar oradaydı. Ölenler ve yaşayanlar bir aradaydı. Hepsi onların yanlarına gelmesini bekliyordu. Yüzlerinde mutlu bir gülümseme vardı.

Derya ve Burak ilerledikçe sis dağılmaya devam ediyordu. Sis dağıldıkça da kalplerine bir huzur gelip yerleşiyordu. Sanki tüm kederlerden uzaklaşıyorlardı. Kalabalığa vardıklarında sis tamamen ortadan kalkmıştı. Orada onları bekleyen nikâh masasına doğru yöneldiler. Mehmet Hoca nikâh memuru olmuştu. Nikâh defterinin üstünde çok tanıdık bir cümle vardı: "AŞKLA KAL."

Derya babasına sımsıkı sarıldı. "Mutluluklar diliyorum kızım. Bana verdiğin sözü unutma. Seni aşağıda bekliyor olacağım" dedi ve yavaşça uzaklaştı kızından. "Aşağıda..." diye tekrarladı. "Saklı cennetimizde..."

Sabah uyandığında bir iç huzuru ve rahatlama hissediyordu. Derya'yı karşı koltukta kıvrılmış uyur şekilde buldu. Bir iki adım yaklaşıp onu seyretmeye başladı. Ne kadar da masumdu. Melek gibi uyuyordu. Yüzünde bir nur vardı sanki. Onu bu şekilde günlerce, hiç bıkmadan seyredebilirdi. Dünyanın bütün güzellikleri sanki o an onun yüzünde toplanmıştı. Hâlâ rüyanın etkisindeydi. Bazı rüyalar, insanların bilinçaltını uyandırır. Burak, kendine dahi itiraf edemediği bir gerçeği rüyasında görmüştü. Onun yeryüzünde evlenip mutlu olabileceği tek kişi Derya'ydı.

Bir önceki gece yaptıkları o uzun konuşma geçti aklından. Meğer yüreği ne kadar büyükmüş onu anladı. Yazdıklarından yola çıkarak, derin düşünce ve hayat tecrübesine sahip biri olduğunu zaten biliyordu ama bu kadar engin bir görüş açısına sahip olabileceğini, genç yaşına rağmen bu kadar derin bir hayat tecrübesine vâkıf olacağını düşünememişti.

Derya'nın söylediği her şey aklındaydı. Nasıl da ışık olmuştu o sözler. İçinde hiçbir teselli cümlesi geçmemesine rağmen, nasıl da teselli etmişti kalbini. İşte gerçek sevgi buydu. Sevdiği insanın derdiyle dertlenmek, onun davasını kendi davası gibi görmek ve karşındakini incitmeden yaralarını sarabilmek...

Bunları düşünürken kendini dünyanın en mutlu insanı gibi hissediyordu. Karşısında uyuyan bu güzelliğe iki adım kadar yakın olmak her insana nasip olmazdı.

Derya'yı seyrederken Freyja geldi aklına. Birden beyninde bir ışık yandı... AŞKLA KAL kitabına uzun zamandır bir şey yazmamıştı ama onu asıl düşündüren bu değildi. O kitaba Derya için hiçbir şey yazmadığını fark etti. Varsa yoksa Burcu'ydu orada anlatılan...

Burcu'yu artık hayatından çıkarmaya, onu düşünmemeye, unutmaya karar vermiş ve ondan kalan tüm hatıraları yakmıştı. Resimler, notlar, defterler... Hepsi dün akşam yanıp küle dönmüştü. Kalbindeki hatıralar da öyleydi ama o kitap...

Evet, o kitapta yazılı olanlar olduğu gibi duruyordu. Ve belki de asıl yakılması gereken şeyin o kitap olduğunu düşündü... Hemen içeri gidip aceleyle aramaya başladı.

En son nereye koyduğunu unutmuştu. Odasındaki dağınık yazı masasının üzerinde duran kitapları ve masa lambasını bir kenara iterek o kargaşanın içinde deli gibi AŞKLA KAL'ı aramaya başladı. O aceleyle birkaç kitap yere düştü.

Sese uyanan Derya odaya kadar gelmişti. Gözlerini kısarak uykulu bir ses tonuyla sordu, "Ne arıyorsun böyle deli danalar gibi?" diye sordu.

Burak arkasına hiç dönüp bakmadan cevap verdi.

"Sana da günaydın Derya."

"Tamam günaydın. Baştan alıyorum. Ne yapıyorsun Allah aşkına? Sabah sabah ne bu telaş?" Bir yandan sorduğu soruya cevap beklerken, öte yandan ensesini ovuyordu. "Zaten boynum ağrımış iki büklüm uyumaktan."

Burak odanın her yerini didik didik ararken Derya'ya neden içerideki yatağa geçip yatmadığını sordu. Derya sorusuna soruyla cevap veren Burak'a tekrar ama bu sefer daha ısrarla "Ne arıyorsun sabah sabah böyle deli gibi?" dedi.

"Kitabımı arıyorum."

"Hangi kitabı?"

"AŞKLA KAL'ı"

"Ne o? Sabah sabah ilham mı geldi? Burcu'yu unutmak kalemine yaradı galiba?"

"Bir şey yazmak için aramıyorum."

"Ne için arıyorsun peki?"

"Bir şey yazmamak için arıyorum."

Derya hiçbir şey anlamamıştı bu dediğinden. Anlamsız gözlerle Burak'a bakıyordu. Aradığını odasında bulamayan

Burak salona geçmişti. Aynı aceleyle salonda aramaya başladı bu kez. Derya, uykulu ve şişmiş gözleriyle ayaklarını sürüye sürüye Burak'ın peşinden salona geldi. Meraklı gözleri onun üstündeydi.

"Burak, uyku sersemi olan benim ama tuhaf tuhaf konuşan sensin farkında mısın? Ne yazmamasından bahsediyorsun?"

Tam bu sırada kitabı buldu Burak.

"Hah! İşte burada. Bir an hiç bulamayacağımı sanmıştım."

"Bir şeyler yazmayacağın bir şeyi bulmak seni neden bu kadar sevindirdi anlamadım. Hem böyle değildi ki anlaşmamız. Kitap dolana kadar yazacaktık ikimiz de..."

"İstersen bu konuyu kahvaltı ederken konuşalım ne dersin?"

"Bugün antrenmanım var. Geç kaldım zaten. Kahvaltı edecek zaman yok. Hadi anlat şu ıstırabını da sen de kurtul ben de kurtulayım..."

"Bak bu kitapta Burcu var değil mi?"

"Bilmem. Var mı? Sığdı mı? Tamam komik değil biliyorum. Sabah sabah bu kadar çıkıyor ne yapayım. Üstelik ağır bir geceydi bizim için. Sen en iyisi direkt konuya gir."

"Peki, direkt söylüyorum o zaman. Bu kitabı da yakacağım."

"Fazla direkt oldu. Şimdi biraz geriye git ve anlat. Neden yakıyorsun o kitabı?"

"Az önce de sana sorduğum gibi, bu kitapta Burcu var."

"Ha biz yokuz yani o kitapta?"

Bunu espri olsun diye söylemişti Derya ama Burak'ın

yüzü allak bullak oldu birden. Derya'nın bu sözü beyninde binlerce şimşeğin çakmasına sebep olmuştu. Belki de hayatının seyrini değiştirecek bir durumla karşı karşıyaydı şimdi. O kitapta Burcu vardı, Freyja vardı. Buraya kadar sorun yoktu. Ama asıl ve önemli olan şuydu: O kitapta Derya da vardı! Hem de Burak'ın başından beri fark edemeyeceği bir şekilde... Freyja aslında Derya'ydı. Ve Burak bunu şimdi anlıyordu.

"Ah kaz kafam! Şimdiye kadar bunu nasıl anlamadın!" diye kızdı kendine.

Hayalindeki Freyja karakteri aslında Derya'ydı. Onu Burcu'ya karşı koruyan, cümleler arasında ona Burcu'yu unutturmaya çalışan hep oydu. Tıpkı Derya'nın dün geceki hali gibi... Evet, tüm diyalogları Burak yazmıştı ama bunları ona yazdıran şey, aslında Derya'ydı. Sabah onun yüzünü izlerken de Freyja'ya benzetmişti.

Bir an mitolojik bir karakter seçerken neden sarışın ve mavi gözlü bir karakter seçtiğini düşündü kendi kendine. Bu psikolojik bir reflektsi. Derya'nın kendisinin kurtarıcısı olmasını istemişti bilinçaltında. İçin için buna inanmış ve bu yüzden kendine hayali konuşmalarında cevap verecek mitolojik kahraman olarak Derya'ya tek benzeyen Freyja'yı seçmişti.

Derya'nın suratına boş boş bakarken, beynindeki ışıklar bir yanıp bir sönmeye devam ediyordu. Aradığı tüm cevapları Derya'nın öylesine sorduğu soruda bulmuştu. "Ha biz yokuz yani o kitapta?"

Evet, Derya vardı o kitapta... Hem de kitabın gizli öznesiydi ama bunu şimdi fark etmişti Burak. Derya,

sorusuna cevap bekleyen bir yüz mimiğiyle işaret yaptı Burak'a. Burak, bir elindeki deftere, bir Derya'nın yüzüne bakıyordu. En sonunda uyduruk da olsa bir cevap verdi.
"Şey... sen bana aldırma ben ne dediğimi bilmiyorum. En iyisi antrenmana git sen. Ben de işe gideyim. Dün gece benim için zor bir geceydi. Sen de çok yoruldun. Ben akşam iş çıkışı sana gelirim rahat rahat konuşuruz olur mu?"
Derya, omzunu silkti, "Peki" dedi. "Nasıl istersen."

\*\*\*

O gün akşam olmak bilmedi. Bütün gün düşündü ve nihai sonuca vardı Burak. Kafasında berrak olmayan hiçbir düşünce kalmamıştı artık.

Burcu'yu hayatından çıkarmıştı, bu netti. Bunda en büyük pay sahibi Derya olmuştu. Aslında, Burak çok önceden kendine kurtarıcı olarak onu seçmişti ama o zamanlar bunu kendine itiraf edemediğinden başka bir kimlikle, Freyja kimliği ile Derya'dan yardım almaya başlamıştı hayallerinde...

O zamanlar bunun farkında değildi. Fakat dün gece Derya ile yaptıkları uzun konuşma, Freyja'nın ete kemiğe bürünmüş halinin dile gelmesi gibiydi. Derya ile yaşadıkları dans gerginliği sonrası zaten Burcu'yu hayatından çıkarmaya karar vermişti. Bir de buna Derya'nın sözleri eklenince işi iyice kolaylaştı ve gerçek Freyja'nın yardımıyla Burcu takıntısından kurtuldu.

Sabah kalkıp onun o koltukta kıvrılıp uyumuş halini seyrederken artık hayatında Burcu diye birinin kalmadığını, içinden silinip gittiğini iliklerine kadar duyumsamıştı. Derya'nın gece yaptığı uzun konuşmanın uykuya dalana kadar duyduğu her kelimesini hatırlıyordu. O sözler onu bir Burak daha yapmıştı. Yaşadığı iç huzuru ve rahatlamanın kaynağı buydu işte.

Dans gerginliği sonrası, Derya'yı kaybetme korkusu dün gece yapılan o uzun konuşmayla birleşince geride Burcu'dan eser kalmamıştı. Tüm taşlar yerli yerine oturuyordu işte. Demek böyle bir şey olması gerekiyordu. AŞKLA KAL bu işe yaramıştı işte. Belki de kitabın rüyasına girmesi ilahi bir işaretti...

Fakat asıl soru şuydu: Kendisinin uzun bir uğraş ve gayretinden sonra dün gece bu kadar hızlı bu dertten kurtulmasının sebebi, Burcu'nun yerini Derya'nın alması mıydı?

İşte bu sorunun cevabını bir türlü bulamıyordu Burak. Öyle ya nasıl olmuştu da bir gecede unutmuştu eski sevgilisini?... Bu unutma işi neden Derya'yı kaybetme korkusu baş gösterince, birdenbire hızlanmıştı? Bunun bir sebebi olmalıydı. İnsan bir gecede takıntılı olduğu aşktan kurtulabilir miydi? Birden aklına AŞKLA KAL'a başladığında yazmış olduğu ilk giriş cümlesi geldi:

> "Sensiz başlamış bir hikâyenin neresinde hayatıma katılacaksın bilmiyorum..."

Bu cümle Derya'nın da aklına takılmıştı o zaman. Acaba bu sorunun direkt muhatabı Derya mıydı? Sonuçta

bu hikâye onsuz başlayan bir hikâyeydi ve o soruda gizli bir çağrı vardı.
Aklındaki düşünceler hem berrak, hem karmakarışıktı. Kocaman bir düğüm çözülürken, kocaman başka bir düğüm oluşuyordu. Yara sırtındaydı Burak'ın. İnsan sırtındaki yarayı göremezdi ama kimin açtığını bilirdi. Ve şimdi kimin iyileştirdiğini de biliyordu. Burcu bir aşk yarasıyken, Derya yarasına aşk olmuştu. Burak, bu gerçeğin farkına olmadan farkındalığına doğru gidiyordu; tüm farkında olmadan iyileşenler gibi...

\*\*\*

Burak'ın içinde gizli gizli yeşeren aşk, nihayet gün yüzüne çıkmıştı. O kendini hâlâ Burcu'ya tutsak zannederken, aslında kalbi çoktan Derya'ya akmıştı. Kendine bir türlü açıklayamadığı gerçekle yaşamaya başlamıştı artık. Şimdi işler daha da kötüye gidiyordu. Burak Derya'ya âşıktı ama Derya Burak'ı dost olarak görüyordu...

İçinde pek çok duygu çarpışıyordu Burak'ın. Bir yandan hayatından Burcu'yu silmenin vermiş olduğu rahatlığı yaşarken, öte yandan Derya'ya olan aşkını kendine itiraf edebilmenin iç huzurunu yaşıyordu. Bütün bunlar onu mutlu ederken, Derya'nın kendisini dost olarak görmesi ve hiçbir zaman onun aşkına karşılık vermeyecek olması Burak'ı büyük bir huzursuzluk ve karamsarlığa itiyordu.

Geriye dönüp baktığında geçmişin kirinden ve pasından arınmış olduğunu, önce dibe vurup sonra suyun yüzeyine çıktığını görebiliyordu. Geçmiş artık onu yaralayan, kanatan bir geçmiş olarak değil, bugünkü huzura kendisini hazırlayan bir zaman dilimi olarak görünüyordu gözüne.

Artık her şey Burak'ın seçimiyle yön bulacaktı. Önünde iki seçenek vardı. Ya her şeyi göze alıp duygularını itiraf edecek ve karşılık bulacaktı; ya da tam tersi olacaktı. İkinci ihtimali düşünmek bile istemiyordu. Derya'yı kaybetmektense mutsuz yaşamayı tercih ederdi. Ne yapması gerektiğini uzun uzun düşündü. Artık ona eskisi gibi davranamazdı. Dostmuş gibi yapamazdı. Bu, Derya'ya haksızlık olurdu. Hatta belki de onu kandırmak olurdu dolaylı yoldan...

Böyle düşününce ona tüm gerçekleri, daha doğrusu tüm duygularını anlatmak geçiyordu içinden ama her seferinde onu kaybetme korkusu ağır basıyor ve bundan vazgeçiyordu.

İçinde bu karmaşayla yaşarken, günler günleri kovalıyordu. Ne zaman yüz yüze gelseler, Burak içindeki duyguları belli etmemeye çalışıyor, onun gözlerine bakmamak için bakışlarını hep kaçırıyordu. Bir şeyleri saklamaya çalışıyor olması Derya'nın dikkatini çekmişti ama bu konuyu hiç açmadı. Rekor gününe az bir zaman kalmıştı ve işiyle ilgileniyordu.

Sadece o günlerde AŞKLA KAL'la ilgili olarak konuşmuşlar, Derya Burak'a o konu için ne düşündüğünü sormuştu. Burak ise artık yazmak istemediğini ama kitabı atma fikrinden de vazgeçtiğini söylemişti. Derya'nın buna

tepkisi çok yapıcı olmuş, "En iyisini sen bilirsin. O zaman artık ben de yazmayacağım ama aynı zamanda da atmayacağım, tıpkı senin gibi. Zaten şu sıralar yazamam, yarışma yaklaştı. Başka bir şeye konsantre olamıyorum" demiş ve eklemişti: "Belki bir gün beraber yazarız..."
Burak'ın gözünün önüne rüyadaki sahne geldi bir an. Nikâh masasındalar ve deftere birlikte imza atıyorlar...

\*\*\*

Ağustos sıcakları çekilmez bir hal almıştı. İstanbul, son otuz yılın en sıcak günlerini yaşıyordu. Ama sıcağa rağmen kalbi üşüyen biri vardı... Burak...

4 Eylül'de gerçekleşecek olan şampiyonaya iki hafta kala Derya, antrenmanlarda 100 metreye kadar inmişti ama önemli olan o metreyi geçebilmekti. Mehmet Hoca Derya'nın bunu dalış günü başaracağını düşünüyordu. Çok iyi form tutmuştu.

Burak'ın yüzü gülüyor ama içi kan ağlıyordu. O kadar zordu ki sevdiğinin yanında sevdiğini belli etmemeye çalışıp, dost rolü yapmak...

Kendine sabır diliyordu, kendine haklılıklar peydahlıyordu durmadan. "Sen yabancı birine âşık olmadın, en iyi tanıdığın kişiye âşık oldun" diyordu. Sevdiği birine güvenmek evresinden çıkıp güvendiği birini sevmek evresine geçmişti. Bir yol ayrımındaydı ama... Ya vazgeçerek ölecekti ya devam ederek sürünecekti. Kendini pislikle dolu bir havuzda yüzüyormuş gibi hissediyordu. Hem mutlu, hem kirliydi. Ruhu ağrıyordu...

Belki de ona olan hayranlığın aşk şeklini almasıydı durum. Her hareketini, her söylediğini, her yazdığını ezber etmişti. Hep onu yaşıyordu. Bir aşk daha ne kadar susulurdu? Tehlikesi güzelliğinden fazlaydı bu işin... Depresyona dönüşü olmayan bir gidiş biletiyle girmekti bu.

Yine de "Sevdiğimi söylemeliyim" diye düşünüyordu. Diğer türlüsü onu kandırmak olacaktı. Yalan söyleyerek değil gerçekleri susarak kandırmak... Yeryüzünde hiç mi yoktu dostken âşık olanlar? Hem karıkocalar yıllanmış aşklarından gururla bahsederken "Her şeyden önce çok iyi iki dostuz..." demezler miydi? Evliyken dost olmak bu kadar normalken diğeri neden anormaldi?

Birden aklına en sevdiği şairlerden biri olan Ersin Ergün Keleş'in şu dizeleri geldi: *"Aşk ve dostluk aynı yerden doğar, sadece bir öpüşlük fark var aralarında..."*

Gerçekten de öyleydi. Güç verdi ona bu dizeler. Söylemeliydi. Onu sevdiğini Derya'ya söylemeliydi. "Boş ver" dedi kendi kendine. "Belki şu anda sevdiğimi söyleyemiyorum, ya söyleyip de sevemeyenlerden olsaydım?"

Bu gerçeği ona söylemekte acele etmeliydi. Ya hayatına gelip biri girerse? O zaman ne yapardı? Arkadaşına âşık olduğunu açıklayamazsa aşkla arkadaş olarak hayatına devam ederdi. Peki, bu çile nereye kadar sürerdi?

"Kalbimin neresine saklasam görünecek bu aşk. Küçücük bir ışık varsa çok uzaklarda da olsan fark edilir karanlık olunca..." diye geçirdi içinden. "Mutlaka söylemeliyim. Ya bugün hayatımın son günüyse?"

İyice bileylemişti kendini. Bir sevgili kazanmak uğruna bir dostu kaybetmeyi göze almıştı artık. Dostluğunu kumara yatırmıştı. Kaybedebileceği gibi sonunda kazanmak da vardı. "Sevmekten vazgeçer diye sevdiğimi söyleyemeyecek miyim ulan!" diye bağırdı yalnızlığına. Sonra uzun uzun sustu bakışları. Bencilce bir tur atıp gelmek miydi bu yoksa? Bir arkadaşa bakıp çıkamamak mıydı?

"Allahım neden çektiğim acı çektikçe uzuyor?" diye sordu kendine. Yine bir korku sardı içini.

Sevdiğini söyleyememek belki de karşındakinin senin onu sevdiğin gibi onun seni sevmediğini öğrenmek korkusundandı...

Ondan duyacağı "Biz seninle dostuz" cümlesinden korkuyordu. Böyle bir cümle var olan dostluğu da bitirirdi. Acaba bilinmese daha mı iyiydi? Bilinirse yaşanır, yaşanırsa tükenir miydi?

Aşka çok zamansız yakalanmıştı. Sanki içinde hiç patlamayan, şiştikçe şişen ve en çok da kalbini sıkıştıran bir balon vardı. Biraz daha susmaya karar verdi. Onu kaybetme korkusu aşkı yendi. "Olsun" dedi. "Aşk kusura bakmaz, bakıyorsa o aşk olmaz."

\*\*\*

İnsanın dilinin ucuna gelip de söyleyemediği cümleler vardır. Konuşmaya çalışırsın ama sanki ağzında görünmez bir susturucu seni susturur. Ya da değiştirir o cümleleri. Söylemek istediğin başka, ağzından çıkan başka olur.

Şampiyona için Malta'ya gidene kadar bunları yaşadı Burak. Hep yanındaydı onun. Ya çok sustu, ya çok konuştu. Burak'ın suskun olduğu zamanlarda Derya ona "Neden suskunsun bugün?" diye soruyor, Burak'sa, "Dün müşterilerle çok konuştum. Artık çenem ağrıdı konuşmaktan" diye cevap veriyordu ama asıl söylemek istediği şuydu:

"Sessizlik aşkın dilidir, söyleyemediğim her şeysin işte..." Derya'ya "Günaydın rekor avcısı!" derken, aslında, "Günaydın yüreğimin şiir yarası..." demek istiyordu. "Bugün deniz adın gibi derin" derken, "Bazen çok uzun bir aşk hikâyesini kısacık bir isim anlatır o da Derya'dır..." demek istiyordu.

Ağzı, "Ooo Derya Hanım! Bugün yine yüzünüzde güller açıyor, hoş geldiniz" derken, kalbi, "Yeryüzünde her şey mi gülümser, sen gelince... Aşkın ilk harfiydi yüzün..." derdi. "Senin de gözlerin parlıyor bugün" diye yanıt verdiğinde Derya, o da aslında "Gözümün çiçeğisin sen ve sana bakıyor şimdi onlar. Çiçek açtı gözlerim. Ben o mavi gözlerde kalbimi yüzdürmüşüm. Seninle karşılaşınca kendisiyle tanışıyor insan" demek ister ama "Teşekkür ederim o senin güzelliğin" diyebilirdi sadece.

Söylemek istenenlerle söylenenler hep farklıydı Burak'ın cevaplarında, sözlerinde...

"Adın ki dudaklarımın arasını açan fırtına! Bu dünyada başka bir dünya varmış senin adınla başlayan" demek ister ama "Derya" diyebilirdi sadece.

Gülen gözlerine bakıp, "Gözlerin kalbimdeki şehir, sanki bir şiir... Adını gülüyor aşk. Seni sevince tek nüfuslu bir yere dönüyor bu dünya... Ve dünya ölmeye başlıyor sen gülmeyince" demek ister ama susardı. Çünkü bilirdi; hiçbir cümle gülümsemesi kadar gerçek değildi. Canı yandığında "Sana batan gül dikeninden utanır" demek ister, diyemezdi.

Dili, "Yüzünde bir aydınlık var bugün" derken, içi, "Yüzün hem hiçbir güzellikle tarif edilemiyor hem de bütün güzellikler orada toplanmış. Kaburgamın arasında sessizce saklayacağım seni" diyordu. Ama hep içinden söylüyordu. Ve hep içinden seviyordu...

Arada bir ona küçük hediyeler alıyordu Derya. Bazen bir kitap, bazen bir gömlek oluyordu bu. Burak onun aldığı gömlekleri giymeyi çok seviyordu. "Bu sana çok yakışmış" diyordu Derya her gördüğünde. "Senin aldığın her şey bana çok yakışıyor" diyordu dili, "Bir tek sensizlik çirkin durur üstümde" diyordu içi...

En çok gözlerine bakmayı severdi. Kaybolurdu o mavide. Derya'nın da ona bakmasını isterdi. "Gözlerime bakmanı ama içimi görmemeni istiyorum; orda çok yara var" derdi içinden.

Derya, bu dünyada görecek çok şey olduğunu söylerdi; Burak, "Seni sevmek yetti bana. Benim için bu kadar bu dünya..." derdi.

Derya, aşkın bilincinden bahsederdi; Burak, "Bilincim kapandı. İçinde aşk vardı..." derdi.

Derya, bazen susardı; Burak, "Susuşun bile bir şiir..." derdi.

Derya, dipte uzun süre nefesini tutmayı öğretirken Burak'a, Burak ona, "Bana nefesimi tutmayı öğretmeni değil, nefes olmanı dilerdim" derdi.

Derya, "Benim için ne kadar çok fedakârlık yapıyorsun. Hep yanımdasın, teşekkür ederim" dedikçe Burak, "Senin için yaptıklarıma fedakârlık mı diyorsun? Ah bir de kendim için yapmadıklarımı bilsen... Ömrümün kalanıdır sana hediyem. Seninleyken haddini bilemiyor insan" derdi.

Ama hep içinden söylerdi bunları. Sezen Aksu'nun dediği gibi... *Sessizce ve kimsesizce...*

Sonra bir gün Burcu'yu sordu. Onu hayatından çıkardıktan sonra kendini nasıl hissettiğini merak ediyordu. "Atlatabildin mi? Ne âlemdesin?" dediğinde, "Sen bana bakmayı öğrettin, ben görmeyi hallettim. Şimdi hep seni yazsam, anlatsam... Anlatamadığım yerde imdada koşsan... Kendime söylediğim en gerçek yalansın. Ama mutluyum. Benim olmasan da mutluyum. Aşk bedende aranmaz biliyorum.

Çıkmazların kırk türlüsüne girdim. Aşkın arka sokaklarında aşka bıçak çektim. Kendi yanımdan kendimi kovdum. Kendi kelimelerimle kırdım kalbimi; seninkilerle sardım. Kalbime astığım 'dikkat ölüm tehlikesi' tabelasıyla dolaştım. Başıma gelenler aklıma gelmediğindendi. Bir insan bir başka insanla kendini ancak bu kadar öldürebilirdi. Atlattım evet. Artık hayatımda senden başka kimsem yok.

Kimse bilerek düşmez ama ayağa kalkmak bir bilinç işidir. Bana bu bilinci sen öğrettin. Artık o vefasızı unuttum. Belki kısa bir elveda için fazla uzun cümleler kurdum. Ama işte dedim ya sonunda onu unuttum. Ona bir şiir yazmak için hayatımdan kimleri sildiğimi bana gösterdin. Kendi kaybetti.

Ama yine de beni hayatının dışına fırlatmasına gerek yoktu. Ellerimi bıraktığı gün kaybolmuştum zaten.

Arkamdan bela okumasına da lüzum yoktu; bana ilk güldüğünde Allah belamı vermişti zaten.
Karanlıktayken gölgesini göremezmiş insan. Sen benim karanlığıma ışık oldun ve kendimi görmemi sağladın. Çok şey borçluyum aslında sana. Bir gün ödeyeceğim hepsini; bedeli uzaktan sevmek olsa da seni... Sahip olabildiklerim aradıklarım değildi, aradıklarıma da sahip olamadım hiçbir zaman. Olsun sevdiceğim. Seni sensiz sevmek de yakışır bana. Hani 'Hayat bir gül bahçesi değildir' derler ya... Buna inanmıyorum. Bence hayat bir gül bahçesi... Ama kimine yaprakları değer kimine dikenleri.

Ve şairin dediği gibi: *'Sen benim görmek için bakmaya gerek bile duymadığım ezberimsin... Sen benim yerde bulduğum gökyüzümsün...'*

Bu dünyanın dikenine de razıyım gülüne de... Yeter ki senden gelsin hepsi... Ölüm şöyle dursun, ben seni yaşamak istiyorum. Seni çok seviyorum aşkım. Yeniden âşık olabileceğimi gösterdin bana. Senin çekeceğin acıları duyumsayıp senden daha fazla acı çekmeye hazırım; sen ağlama diye...

Aldığım değil ama bir sonraki nefes kadar değerlisin. Güldüğün yerden tekrar başlıyorum yaşamaya. Gözleri hayat rengi kadınım. İçinde boğulacağımı bildiğim bir denizi gözlerinden öpmek gibiydi seni sevmek. Seçme şansım olsaydı eğer çocuklarımın annesi sen ol isterdim..." diye cevap vermek isterdi... Ama diyemedi...

"İyim merak etme" dedi sadece. Aklına ilk geleni diyememenin sızısı vardı yaralarında... Çünkü "gül" deyince aklına önce dikeni geliyorsa çok yara almışsın demektir hayatında...

# Üçüncü Bölüm

*Eylül 2016, Malta*

Uçak, Malta'nın başkenti La Valetta'daki uluslararası havaalanına inişe geçtiğinde tüm ekip heyecanlıydı. Çoğu hayatında ilk defa bu büyülü ülkeye geliyordu. Malta, Gozo ve Comino isimlerini taşıyan üç takımadadan oluşuyordu ülke. İçlerinde en büyük ve turistler için ideal olanı Malta Adası'ydı.

Mehmet Hoca, Derya ve Burak yan yana oturuyorlardı. Uçak alçalırken üçünün de gözleri uçağın küçük penceresindeydi. Meraklı gözlerle adaya bakıyorlardı. Yumuşak bir inişin ardından diğer yolcularla birlikte çıktılar. TSSF'nin ekibiyle birlikte dokuz kişiydiler. Pasaport ve giriş işlemleri tamamlandıktan sonra havaalanının çıkışına yöneldiler.

Derya ve ekibinin gelişinden iki saat önce Aldora'nın uçağı inmişti. Aldora, otele geçmemiş, havaalanında kızının uçağının inmesini beklemişti. Çıkışa yönelen ekibi görünce kızına çılgınca el salladı. Derya, koşarak sarıldı annesine. Ardından Mehmet Hoca'yla kucaklaştı Aldora. Eski günlerindeki gibi sevgi yumağı oldular.

Bu yumağın biraz dışında kalan sessiz biri vardı. Bu özlem dolu tabloyu mutlu bir tebessümle izleyen Burak...

Yıllık izninin kalanını yarışma tarihine denk getirmiş ve ekip listesine Mehmet Hoca tarafından eklenmişti. Söz verdiği gibi Derya'nın yanında olacaktı. O da çok heyecanlıydı. Aldora önce Burak'ın elini sıktı, sonra dayanamayıp, Türkler gibi ona sımsıkı sarıldı. Biz millet olarak sevdiklerimizle kucaklaşmadan kavuşmanın tadına varamazdık. Aldora, bunu Özgür'den öğrenmişti.

Hep birlikte, onları kalacakları otele götürecek olan transfer aracına bindiler. Annesiyle yan yana oturuyordu Derya. Çok özlemişti onu. Yol boyunca elini hiç bırakmadı. Görüşmeyeli birkaç ay olmasına rağmen, annesinin çöktüğünü üzülerek gözlemledi. Yüzü ve elleri biraz kırışmış, gözlerindeki yaşam enerjisi azalmıştı. Kocasının ölümünden ziyade hâlâ cesedine ulaşılamamış olması onu bu hale getirmişti. Arama çalışmalarına bizzat katılmış ama hiçbir sonuç elde edememişti. Hüsranla sonuçlanan her girişim onun yüzüne bir çizgi daha eklemişti sanki.

Bir süre İngilizce konuştular. Burak, pek çoğunu anlamasa da konuşmalarına kulak misafiri oluyordu. Arada bir adı geçiyordu. Derya'nın annesine kendisi hakkında ne söylediğini merak ediyordu.

Çok geçmeden otele geldiler. Giriş işlemlerinin ardından odalarına yerleştiler. Burak, Mehmet Hoca'yla aynı odada kalacaktı. Aldora ve Derya odalarına çekilirken görevlilere akşam yemeğinin kaçta başlayacağını sormuşlardı. Ekibin mihmandarı, akşam yemeğinin saat 19.00'da ana restoranda olacağını tüm ekibe bildirdi. Herkes o saatte orada olacaktı.

Yemek yenirken tüm ekibi şampiyonanın heyecanı sarmıştı. Herkes Derya'dan rekor bekliyordu. Yemekte Burak ve Derya yan yanaydılar. Mehmet Hoca ve Aldora eski günlerden konuşurken, onlar da yarışmadan bahsediyordu.

"Çok heyecanlıyım Burak. Başaramazsam başta babamın ruhu olmak üzere hepinize mahcup olacağım."

"Bu şekilde düşünürsen motivasyonunu düşürürsün Derya. Biz hepimiz senin başaracağına inanıyoruz. Hatta biliyoruz."

"Ben de bundan korkuyorum işte. Aylardır çalışıyoruz. Herkes başaracağıma inanıyor. Bunca emek, bunca çaba boşa giderse çok üzülürüm."

"Gitmeyecek biliyorum. Babanın aziz hatırası için dalacaksın ve başaracaksın. Ona verdiğin sözü yerine getireceksin. Başaramazsam diye bir şey yok!"

Bu sözlerden sonra masanın altından gizlice elini tuttu. Masumca gülümsediler birbirlerine. Yemekten sonra hep beraber sahile indiler. Hayatlarında ilk defa geldikleri bu ülke hakkında konuşuyor, etraflarındaki insanları inceliyorlardı. Derya merakla sordu.

"Bunların konuştukları dil ne acaba?"
"Maltızca konuşuyorlar."

"Sen nereden biliyorsun?"

"Gelmeden önce küçük bir araştırma yaptım ülke hakkında."

"Hımmm... Daha neler biliyorsun?"

"Maltalılara aynı zamanda konuştukları dilin adı verilir. Yani hepsi birer Maltız onların. Adada yüzyıllar önce konuşulan dil Arapçaymış. Şimdiki dillerinde de zaten Arap-İtalyan sentezi var."

"Biraz karışık yani?"

"Evet. Malta'da ilk insan izleri birinci neolitik döneme dayanmaktaymış. Yeni taş devri insanlarının izleri buradaki bir mağarada yer alıyormuş. Arkeologlar o bölgede önceki dönemlerden kalma geyik, hipopotam ve bodur fillerin kalıntılarını da keşfetmişler. Bu kalıntılar, Malta'nın Avrupa ve Afrika kıtalarına bağlı olduğu dönemlere aitmiş. Takip eden dönemlerde koloniler, büyük ihtimalle Sicilya'dan, tapınak inşası için başka ırklar getirmişler. Muhteşem tapınaklar yapmış adamlar. Vaktimiz olsa da gezip görsek."

"Yarın senin vaktin olacak sen gez istersen. Ben denizde ön dalış yapıyor olacağım çünkü."

"Sen çalışırken ben gezemem. Yanında olacağım. Hem görüyorsun burası ne kadar sıcak bir ada. Serin sularda olmayı tercih ederim... Vakit kalırsa birlikte gezeriz sonra. Mesela sen rekor kırdıktan sonra..."

Sıcacık bir gülümseme yayıldı Derya'nın yüzüne. İyi ki vardı Burak. Varlığı birçok eksiğin üstünü örtüyordu.

"Çok iyisin Burak. Teşekkür ederim. Konumuza dönelim o zaman. Başka ne öğrendin Malta hakkında?"

"Aklımda kalan kadarıyla burada halkın yüzde doksanı Katolik... On dört bin kadar da Müslüman yaşıyor. Ülkede boşanmak 2011 yılına kadar yasakmış. Sonradan serbest bırakılmış. Kürtaj hâlâ yasak... İnsanlar buraya dil okumaya geliyor. Elliden fazla dil okulu varmış. Malta'da hiç dağ ya da akarsu yokmuş. Sadece birkaç alçak tepe varmış. Soğuk rüzgârlar, kar, don ve sis gibi terimleri buranın halkı bilmiyormuş. Ilıman ve sıcak bir iklimi var. Ekonomik olarak hiç sıkıntı çekmiyorlarmış. Evsiz hiç yokmuş mesela... Bir de hava güneşliyken yağmur yağıyorsa, 'Bir Türk doğdu' deme geleneğine sahiplermiş. Bu bilgi bana çok enteresan gelmişti."

"Beni de aydınlattığın için teşekkür ederim."

Yürüyüş sonrası tekrar otele döndüler. Derya'nın erken yatması gerekiyordu.

\*\*\*

Ertesi gün birlikte antrenman yaptılar. Yarışmaya katılan birçok sporcu kendilerine tahsis edilen dalış tekneleriyle yeşil denize açılmıştı. Derya ekibiyle birlikte hazırdı. Burak'ın getirdiği kahveyi geri çevirdi.

"Unuttun mu dalış öncesi olmaz."

"Pardon. Unutmuşum. Dalış sonrası hazırlarım tekrar."

"Sağ ol."

"Biraz gergin misin Derya?"

"Sanırım evet. Gerginliğimin asıl sebebinin ne olduğunu anlıyorsun biliyorum."

"Evet anlıyorum. Hem de çok iyi anlıyorum. Ben de beton yığınlarının altında yatan sevdiklerime bakarken aynı şeyi hissetmiştim. Onları göremiyordum ama orada olduklarını biliyordum. Zor bir sınavdı..."

Aralarında geçen bu konuşmadan sonra Derya, o gün en iyi dalışını yaptı. Ertesi gün için kendisine ve ekibe büyük moral oldu bu. En çok da Burak sevindi buna. Akşama doğru antrenman bitti. Yorgun ama mutlu bir şekilde karaya çıktılar. Yarın büyük gündü.

Mehmet Hoca akşam erkenden yatması gerektiğini söyledi Derya'ya. Yorgunluk ve stres istemiyordu. Tüm ekibi bir sonraki güne konsantre olmaları konusunda uyardı. Ekip odasına çekilirken Derya, Burak'la terasta kalmak istedi. Yarışma öncesi baş başa kalıp biraz konuşmak iyi gelecekti ona. Akdeniz'den esen meltem Derya'nın sarı saçlarını karıştırırken denizi izliyordu ikisi de...

"Eğer yarın kazanamazsam ne olacak sence Burak?"

"Ne mi olacak? Hayat kaldığı yerden devam edecek tabii ki..."

"Nasıl devam edebilir ki? Biraz eksik olmaz mı?"

"Suya düşen hayallerini yeni hayallerle yüzdürmeye çalışacaksın. Bunu senden daha iyi hiçbir yüzücü yapamaz."

Gülümsedi Derya. Karşısında hiçbir çıkar gözetmeden kendisinin iyiliği için çırpınan biri vardı ve bu anın değerini iyi saklamalıydı. Sonra yine karamsar bir ses tonuyla sordu.

"Yenilmiş olmayacak mıyım yani?"

"Kime karşı?"

"Kendime."

"Bence olmayacaksın."

"Babama verdiğim sözü yerine getiremeyeceğim."

"Bak Derya, bunu söylemek istemezdim ama artık mecburum. Kaybetme korkusu sen de derin bir kaygı yaratmış. Şöyle düşünmelisin: Bir kere kazanamasan bile babanın uyuduğu sularda kulaç atacaksın. Onun ruhu senin onun için orada olduğunu bilecek. Belki yanına gelip görünmez elleriyle saçlarını okşayacak. Belki aşağıda sana nefes olacak, güç olacak ve başarmanı sağlayacak. Aşağı inerken gözünün önüne babanın yüzünü getir. Nefesinin yetmediği yerde gülümse. Tıpkı babanın sana öğrettiği gibi. Bunu babanla kısa bir buluşma olarak gör. Kısa bir son buluşma. Hem ben babanı hiç tanımadığım, yüzünü sadece fotoğraflarında bildiğim halde rüyamda gördüm biliyor musun?"

Şaşırdı Derya. Yüzüne hayretle baktı Burak'ın.

"Gerçekten mi?"

"Gerçekten."

"Ne zaman gördün?"

"Buraya gelmeden birkaç gün önce gördüm."

"Nasıl gördün anlatsana?"

Burak, biraz düşündü. Rüyanın hepsini anlatamazdı. Sadece son kısımdan bahsetti. Babasının yaptığı çağrıdan... Nikâh masasını falan hiç karıştırmadı ama...

Derya'nın iki damla yaş süzüldü gözünden. Şimdi ağlıyordu ama dökülen gözyaşları onun kaygılarını yıkıyordu sanki. İçinde bir huzur vardı. İyi gelmişti Burak'ın anlattıkları.

Burak, eliyle sildi gözyaşlarını. Sonra tuttu iki kolundan ve yüzünü yüzüne çevirdi.

"İnsanlar ölür ama isimleri unutulduğunda asıl ölümleri başlar. Bu yüzden adını altın harflerle tarihe yazdıracaksın ki unutulmayasın. Senin unutulmaman demek sadece senin unutulmaman demek değildir, babanın da isminin unutulmaması demektir... Çünkü seni o yetiştirdi. Bu sporu sana o öğretti. Belki o hayallerini süsleyen olimpik yüzme havuzu olan yüzme okulunu açamadı ama senin başarının yanında onun da ismi hep anılacak. Sen adını unutturmayacaksın ki babanın da adı unutulmasın. Çünkü sen onun kızısın!

Başaracaksın biliyorum. Ne kadar hayata benziyoruz bak. Kendimizi tükete tükete birikmeye çalışıyoruz. Şimdi biriktirdiğin her şeyi; tüm hırsını, kazanma azmini, baban için verdiğin tüm sözleri sonuna kadar harcama vakti. Hayat bir kere yaşanır Derya. Sen bizim için, seni sevenler için, yanımızda olmasa da baban için çok önemlisin."

Burak'ın kendisine sevgiyle bakan gözlerine baktı ve sımsıkı sarıldı ona. Kendini güçlü hissediyordu.

"Önem verdiğinin yanında önemsendiğini hissetmek büyük mutluluk..." dedi.

Şimdi Burak'ın omzuna döküyordu gözyaşları.

"Bazı ölümlerin acısı her gün sürse de bazı yaşayanların verdiği mutluluk seni yeniden hazırlar her güne... Sen bilmesen de en zor günlerimde senden güç aldım ben Burak. Hep yanımdaydın ve eminim ki bundan sonra da hep yanımda olacaksın. Bana verdiğin güç ve kader birliğimizle ayaktayım. Sen beni umuda götüren bir yolsun. Başkaları başka yollara benim için çiçekler döşese de senin yolundayım. Gideceğim yere götürmeyen yolun çiçeğini ne yapayım ben? Dünyamdaki değerinin ne olduğunu bil diye söylüyorum tüm bunları... Benim seni bilmemden ziyade senin kendinden haberdar olman önemli. Ne olur bendeki değerini bil Burak. Bundan sonra da hep yanımda ol. Bizi zedelemesine izin verme kimsenin. İnsanı en çok sevdikleriyle vururlar bilirsin."

Burak, daha da sıkı sarıldı. "Buna asla izin vermeyeceğim" dedi. Gözünden sessiz sedasız iki damla yaş süzüldü. Çok seviyordu. Aşk onun içinde, o aşkın içindeydi. Toparladı kendini ve sevdiceğinin yüzüne baktı. "Yarın dediğin gün en yılgın olan için bile doğal bir umuttur. Yarın senin umudunun günü. Hadi şimdi odana git ve dinlen. Yarın çok yorulacaksın."

Derya odasına çıkarken aklı Burak'ın söylediklerindeydi. Şimdi kendini daha güçlü hissediyordu. Yatmadan önce babasının ruhuna bir fatiha okuyup uyudu.

\*\*\*

Sonunda beklenen an gelmişti. Teknedekilere son bir kez baktı. Hakemler, Mehmet Hoca, Burak ve annesi... Hepsi oradaydı. Hepsinin gözlerinde umut ışığı vardı. Onları utandırmamak ve o umut ışığını karanlıklara gömmemek için dualar ediyordu Derya.

Teknenin kıç tarafından denize indi. Kameralar kayıttaydı. Suyun altında başka bir ekip hazır bulunuyordu. Derya, tutunduğu çelik telden suya doğru bakınca aşağıdaki ekibin kamera ışıklarını ve yüzeye doğru çıkan hava kabarcıklarını görebiliyordu.

Suya inmeden birkaç dakika önce teknenin kendisi için ayrılan küçük kamarasında meditasyon yapmıştı. Tıpkı hayranı olduğu *Derinlik Sarhoşluğu* filmindeki Jacques gibi...

Kamarasından çıkıp teknenin arka tarafına doğru ilerlerken etrafındaki hiçbir sesi duymuyordu. Teknede olan insanları görebiliyor ama onlara yanıt veremiyordu. Tamamen dalışına odaklanmıştı. Bir tek Burak'ı fark edebiliyordu o kalabalık arasından. Bilincinden içeri bir tek o sızıyordu. Hemen sağındaydı...

Kronometreler hazır olduğunda geri sayım başlamıştı. Kalp atışlarını uyguladığı metot sayesinde yavaşlatmış, derin derin nefes almaya başlamıştı. Birazdan küçük küçük nefesler alıp dalacaktı.

"Hadi benim denizkızım" diyen hocasının sesini duyabiliyordu...

Geri sayım başlamıştı: 9... 8... 7... 6... 5... Burak'la göz göze geldi o an. Gözlerinde daha önce hiç görmediği bir anlam vardı. Derin maviye baktı tekrar. İçinde babasının ruhunun kendisini beklediğini düşündü. İntihar etmeye gittiği gün söylediği söz geçti aklından: "Yanına geliyorum baba!"

... 3... 2... 1... 0...

Suya daldığında tüm sesler kesilmişti. Tutunduğu çelik telin üzerindeki titreşimleri hissedebiliyordu. Sarı saçları suyun içinde dans ederken, ince bedeni bir denizkızı zarafetinde kıvrılıyor, derinlere doğru iniyordu. Babasının sesi çınlıyordu kulaklarında. Çocukluğunda birlikte yaptıkları dalışlar geçiyordu zihninden. İlk dalışı, ilk su yutuşu, ilk nefessiz kalışı, ilk sığ su bayılması... Hepsi birden dans ediyordu zihninde.

Derinlere doğru daldıkça yine kararmaya başlamıştı sular. Onu ürkütmüyordu bu koyuluk. Sadece babasıyla ilk dalışlarında öyle bir korku yaşamıştı. Bunu hisseden babası onun omuzlarından tutarak güç vermiş, birlikte dibe doğru ilerlemişlerdi.

Şimdi de kararan sularla birlikte babasının ellerini omuzlarında hissetti. Sanki onun dibe doğru inmesine yardım ediyordu.

Aşağıdaki kamera ışıklarına yaklaşırken, 50. metreye geldiğini anladı. Hiç zorlanmamıştı. Ama asıl mesele buradan sonrasıydı. Özellikle son metreler. 100 metreye ciğerlerinde stokladığı havayla ulaşabilmesi ve bu havayı geri dönüş için rahatça kullanabilmesi gerekiyordu. Aksi takdirde son metrelerde sığ su bayılması yaşayabilirdi.

50. metreyi de rahatlıkla geçti. Ama şimdi biraz zorlanmaya başlamıştı. İşin en zor kısmına gelmişti çünkü. Suyun altındaki basınç kulak zarlarını zorluyordu. Uğultu ve çınlama artıyordu giderek. Ama başarmalıydı. Babası için yapmalıydı bunu...

Valsalva manevrası yaparak inişine devam etti. Kulak eşitlemesi yaptığı halde hâlâ ağrı vardı. Bu derinlikte normaldi. Birden Jacques'ın tavandan aşağı doğru inen suların olduğu rüya sahnesindeki kulağından akan kan geldi gözünün önüne. Kendi kulaklarından da böyle kanlar akabilirdi.

100 metrede onu bekleyen ekibi ve projektörlerinden çıkan ışığı görebiliyordu şimdi. 80-90 metre arasında bir yerlerde olduğunu düşündü. Başaramama korkusu giderek artıyordu. Bu da onun kalp atışlarını hızlandırıyordu. Bu iyi değildi. Ciğerlerinde biriktirdiği oksijenin çabuk tükenmesine sebep olabilirdi.

Ciğerleri sızlamaya başladı. Çok zorlanmıştı. Her şeyden vazgeçmeli ve geri dönmeliydi. Olmayacaktı. Babasına ve sevdiklerine armağan edeceği rekoru kıramayacaktı. Önce hareketleri yavaşladı. Aşağıdaki ekibe çok yaklaşmıştı ama o derinliğe kadar inerse yukarı çıkamayacaktı. Ve vazgeçti. Önce yavaşladı, sonra durdu. Şimdi yukarı çıkmalıydı.

Kafasını yukarı doğrultmaya hazırlanırken birden karşısında babasının hayalini gördü. Tıpkı kendisine öğrettiği gibi suyun altında gülümsüyordu. Gülümsüyor ve onu çağırıyordu. O an Burak'ın kendisini ikna etmek için söylediği söz geldi. "Belki de babanın ruhu rekor kıracağın derinlikte seni bekliyordur kim bilir" demiş ve kendisini yeniden çalışmalara başlaması konusunda ikna etmişti.

Kalbine dayanılmaz bir ağrı saplandı. Ne yapacağını bilemedi. Kafasının içinde babasının sesi çınlıyordu:

"Vazgeçme yavru vatanım! Başarabilirsin... Benim için..."

O saniye her şey silindi... Yalnızca ve yalnızca babasının ruhu ve kendisi vardı. Suların içinde değil de, bulutların üstünde gibiydi. Ona gülümsemeye devam ediyordu. Derya da o gülümsemeye aynı şekilde karşılık verdi. Önünden aşağı doğru iniyordu şimdi babası. Sonra dönüp kızına "gel" işareti yaptı. Derya, peşinden gidiyordu babasının. Ne kulaklarındaki ne de ciğerlerindeki ağrıyı hissedebiliyordu şu anda. Hepsi geçmişti. Bir tek kalbinde bir ağrı vardı... Dayanılmaz bir ağrı...

Babasına dokunmak istiyordu. Hem peşinden gidiyor hem de ona uzanıyordu. Babası aşağı doğru indikçe o da elini ona uzatıyordu. Sonra birden durdu ve kızına döndü babası. Derya, onu kucaklamak istercesine uzandı. Babası "hayır" anlamına gelecek şekilde kafasını iki yana sallayıp ona yukarıyı gösterdi. "Yukarı dönmelisin" anlamında bir işaret yaptı. Yüzü kızına doğru dönük bir şekilde kendini suların karanlığına gömüyordu yavaş yavaş. Silueti kaybolurken hâlâ yukarıyı gösteriyordu parmağı. Hayat yukarıdaydı. Derya, kafasını yukarı doğru kaldırdığında ise 100 metrede bekleyen ekibin bile yukarda kaldığını, panik halinde aşağıya, kendisine doğru indiğini gördü.

Varması gereken mesafeyi geçmişti Derya. Babasının hayalinin peşinden giderken 100 metreyi aşmıştı. Yukarda kalan ekip ona ulaşmak için aşağıya doğru dalmaya devam ederken tekrar babasına döndü Derya. Yoktu... Gitmişti...

Kalbindeki dayanılmaz ağrının da babasıyla birlikte yok olduğunu, yerine tekrar kulak ve ciğer ağrılarının geldiğini hissetti. Bir an peşinden gitmek istedi ama yapmadı. Babası ona yukarı çıkmasını işaret etmişti. Babasının dediğini yapmalıydı. O, babasının kızıydı çünkü...

Ekip Derya'nın yanına vardığında, o da yukarı doğru çıkmaya başladı. Çelik ipin üstündeki düzenekte mandala sıkıştırılmış olan ve üzerinde 107 metre yazan etiketi çekip alarak yukarı doğru çıkmaya devam etti. Ekip de hemen arkasındaydı. Herhangi bir duruma karşı ellerinde yedek hava tüpleriyle ve hava mandalı açık bir şekilde yüzüyorlardı.

Derya babasının öğrettiği gibi sualtında gülmüştü ona. Bu tecrübeyi babasıyla defalarca yaşamıştı ama sualtında ağlamak denen şeyi ilk defa yaşıyordu. Suyun içindesin ve ağlıyorsun. Gözyaşların suya karışıyor...

Yukarıda gergin bir bekleyiş vardı. En çok da Aldora ve Mehmet Hoca huzursuzdu. Derya'nın suyun üzerine çıkması gereken zaman çoktan geçmişti. Tüm ekibin gözü sudaydı. Aşağıdan gelen kabarcıklara bakıyorlardı. Yüzünde endişe taşımayan tek kişi Burak'tı. O, Derya'nın başaracağını biliyordu.

Derya hâlâ yukarı doğru yüzmeye devam ediyordu. Karanlık suları geride bırakmıştı. Yukarıdan içeri doğru süzülen güneşin zayıf ışıklarını görebiliyordu. Yanındaki ekip dikkatlice onunla birlikte yüzüyordu. Ama artık gücü kalmamıştı Derya'nın. Tıpkı az önce aşağıda yaşadığı anları yaşıyordu şimdi. Vazgeçmenin eşiğine geldiği anı...

Ya devam edecek, ya da yanında yüzen ekipteki birinin elinde kendisi için taşıdığı tüpe sarılacaktı. Başı dönüyordu. Onu aşağı çeken güç, yukarı çıkmasına da yardım eder miydi acaba? Ama o gitmişti artık. Belki de gitmek için hep kızını beklemişti. Kızını... En sevdiği varlığını yani... Bazı ruhlar sevdiklerinden kolay kolay ayrılamadıkları için bu dünyadan gidemezlerdi. Onlar hep sevdiklerinin kendilerini bir an görebilecekleri o kısacık anı beklerlerdi gitmek için. O an Burak'ın bahsettiği andı işte. Derya o sözleri hatırladı. "Aşağı inerken gözünün önüne babanın yüzünü getir. Nefesinin yetmediği yerde gülümse. Tıpkı babanın sana öğrettiği gibi. Bunu babanla kısa bir buluşma olarak gör. Kısa bir son buluşma."

O son buluşma gerçekleşmişti. Artık babasının ruhu özgürdü. Derya son kez onu görmüştü. Hayal miydi tüm bunlar yoksa gerçek miydi bilinmez ama ne olursa olsun işe yaramıştı. Tam bu sırada yukarda bekleyen annesinin telefonu çaldı. Telefondaki kişi RV *Sonne* gemisini arayan ekipten olduğunu, gemiye ulaştıklarını ve eşinin cesedini çıkardıklarını söyledi.

Aldora, ne sevinebildi ne ağlayabildi. Sevinç ve hüzün arasında gidip geldi. Sadece bir iç huzuru vardı... Yaralı bir iç huzuru... Hiçbir şey söyleyemeden telefonu kapatıp olduğu yere çöktü. Tek düşündüğü babasının bulunduğunu kızına söylemekti. Ama önce onun denizin içinden çıkması gerekiyordu...

Şimdi Derya'ya son bir gayret gerekiyordu. Son bir güç... Hayallerini, ideallerini ve sözlerini olura dönüştürecek son bir güç.

O gücü Derya'ya Burak'ın dalmadan önce gördüğü yüzü verdi. Şimdi o görüntü gelmişti gözünün önüne. Burak'ın daha önce yüzünde hiç görmediği o anlamla birlikte gülümseyişi...

Hayatını etkileyen iki erkeğin görüntüsü arasında kalan derinlikte yüzeye doğru çıkıyordu. Biri babası için dalmasını söylerken, diğeri yaşamak için yukarı çıkmasını istemişti. Derya birbirini hiç tanımayan o iki erkeğin işaretleriyle başarmıştı. İçinde minnet ve huzur vardı onlara karşı... Yüzeye çıkmaya bir metre kala "Yavru vatanın başardı baba!" dedi içinden.

Önce elindeki etiket ve sonra sarı saçları belirdi suyun yüzünde. Ciğerleri patlamak üzereyken o ciğere çekilen havanın çıkardığı ötme sesinin teknedeki sevinç çığlıklarıyla buluşması yayıldı Akdeniz'e... Teknedeki kameralar ve tüm ekip Derya'nın suyun üstüne çıktığı bölgeye odaklandı. Burak ve Mehmet Hoca üstündekilerle suya atladı. Ekibin sağlıkçısı "Derya nefes al! Derya nefes al" dedi defalarca. Derya nefes alıyordu. Hem de yüzünde mutlu bir gülümsemeyle nefes alıyordu.

Rekorun tescillenmesi için suyun üstünde bayılmadan 20 saniye kalması gerekiyordu. Uluslararası temsilcilerden biri 20 saniyeyi geriye doğru saydı ve "Sıfır!" dediğinde rekor tescillendi. Hayallerine kavuşmuştu Derya. Başarmıştı. Artık yeni dünya rekoru ondaydı. Hem de kırılması güç bir rekorla...

Burak ve Mehmet Hoca yüzerek yanına gelmişlerdi. Sarıldılar sıkı sıkı. Hep birlikte tekneye yüzdüler. Bir an önce annesine sarılmak istiyordu Derya. Tekneye çıkar çıkmaz ekipten biri Türk bayrağı açmış ve Derya'nın omuzlarına koymuştu.

Annesi teknede tuttuğu gözyaşlarını bırakıvermişti. Oluk oluk akarken o yaşlar, kızının gülen yüzüne bakıyordu. Teknede çığlıklar, ıslıklar, alkışlar bitmek bilmiyordu. Derya annesine sarıldı, "Babam içindi, babam içindi" diye tekrarladı durdu.

Aldora artık açıklayabilirdi babasının cesedine ulaşıldığını. Gözyaşları akarken söyledi kızına. "Babana ulaştılar kızım" dedi. Hiç ağlamadı Derya. Babasına verdiği sözü hatırladı. Artık onu görebiliyordu babası. Hiç ağlamadı... Ve bir daha hiç ağlamayacaktı...

Karaya çıktıklarında yerel ve ulusal basın mikrofon uzattı Derya'ya ve duygularını öğrenmek istedi. Mehmet Hoca hiçbir soruyu kabul etmeyeceklerini, gerekli açıklamayı otelin lobisinde bir basın toplantısıyla yapacaklarını söyledi.

Ve bir saat sonra lobide basının karşısındaydılar. Türk ve yabancı basın mensupları birazdan yapılacak açıklama için hazırdı. Derya, hayatında ilk defa karşısında bu kadar gazeteci ve kamera görüyordu. Yüzünde buruk bir mutluluk ve heyecan vardı. Mehmet Hoca'yla yan yanaydılar. Burak ve Aldora az ötede, kenardan onu izliyordu. Söze Mehmet Hoca başladı ve o güne kadar geçen süreci anlattı. Daha sonra sözü Derya aldı.

"Öncelikle bu başarıda pay sahibi olan Mehmet Hoca'ma, benden hiçbir desteğini esirgemeyen aileme ve dostum Burak'a, ayrıca hep yanımda olan cefakâr ekibimize teşekkür etmek istiyorum. Bu rekor ülkem ve dalış sporuna gönül vermiş insanlar içindi... Umarım bu vesileyle dalış sporunu kitlelere tanıtmak ve sevdirmek adına bir adım atabilmişimdir. Bu rekoru geçen yıl bu sularda hayatını kaybeden babama adıyorum."

Bu sözlerle birlikte gözleri dolmaya başlamıştı. Gülüşü biraz gölgelenmişti. Sesi titreyerek devam etti.

"O hep yanımdaydı. Yaşarken de ben bu rekoru kırarken de... Son metreleri tamamlamaya çalışırken onun ruhu bana güç verdi. Suyun üstüne çıktığımda onun bedeninin bulunduğunu öğrendim. Bulunmak için beni bekliyordu babacığım.

Buraya sevdiğim ve değer verdiğim insanlarla geldim. Ama şimdi yanımıza babamı da alıp döneceğiz. Mavi sulardan ayrıldı ve şimdi çok sevdiği vatan topraklarına dönecek. Bu yüzden tekrar etmek istiyorum. Bu rekoru babama adıyorum. Ve evlatlarına doyamadan ölen tüm babalara... Teşekkür ederim."

Konuşması bittiğinde herkes onu alkışladı. Birkaç fotoğraftan sonra tüm ekip odasına çekilip, dönüş için hazırlanmaya başladı. Ertesi gün sabah erkenden uçağa bineceklerdi. Cenazenin, dönüş uçağı ile Türkiye'ye gönderilme prosedürleri hızla tamamlanmıştı.

***

İki saat süren bir yolculuktan sonra Türkiye'ye vardılar. Uçakta hem mutluluk hem keder vardı. Derya yol boyunca hiç konuşmadı. Tam altında, uçağın bagaj kısmında bir tabutun içindeydi babası. Aynı gökyüzündeydiler. Yanında bu kez Burak oturuyordu. Yol boyunca elini hiç bırakmadı, omzunda uyudu... Atatürk Havalimanı'na ayak basar basmaz onları birkaç gazeteci karşıladı. Derya'ya röportaj talebinde bulundular. Daha sonrası için gün verildi. TSSF'nin kendilerine tahsis ettiği VIP minibüsle evlerine kadar götürüldüler. Yorgun ve mutluydu herkes.

\*\*\*

Cenaze çok kalabalıktı. Derya, babasını uğurlarken, "Ne çok sevenin varmış babacığım" dedi. Dualarla mezara indirilirken Derya ve Aldora neredeyse bayılmak üzereydi. Ama Derya sürekli olarak kendini telkin ediyordu. "Ağlamayacağım. Sana söz verdim babacığım. Senin yanında hiç ağlamayacağım."

Burak, bir yandan kürekle mezara toprak atıyor diğer yandan Derya ve annesine bakıyordu. Durumları iyi görünmüyordu. Mezara birkaç kürek toprak attıktan sonra sırayı Mehmet Hoca aldı. Burak kalabalığın arasından sıyrılarak Derya ve annesinin yanına gitti.

"İsterseniz ayrılalım. Defin işlemleri bitmek üzere... İyi görünmüyorsunuz" dedi onlara. İkisi de Burak'ı duymuyor gibiydi. Aldora'nın ağlamaktan neredeyse gözlerinde yaş kalmamıştı. Perişan durumdaydı. Derya, annesinden daha metanetli görünüyordu. Kalabalığın içinden birçok kişi onların yanına yaklaşmaya çalışıyordu. Özellikle siyah gözlük takmış siyah takım elbiseli bir genç ısrarla onlara ulaşmak için çabalıyor ama tam yaklaştığında araya başka birileri giriyordu.

Kim olduğunu bilmediği bu kişi dikkatini çekmişti Burak'ın. Siyahlı delikanlı bir ara iyi bir fırsat yakalayıp onların yanına yaklaştı ama tam o sırada Mehmet Hoca girdi araya. Durumu fark eder etmez küreği birine devretmiş ve oraya gelmişti. Delikanlıya nefret dolu bakışlar fırlatarak, Derya ve Aldora'ya, "Artık gitmeliyiz" dedi ve apar topar oradan uzaklaştırdı onları. Burak o an bir tepki veremedi. Yeri değildi. Ama ilk fırsatta bunun nedenini soracaktı.

***

Babasının ona yıllar önce aldığı evin bir gün cenaze evine dönüşebileceği hiç aklına gelmezdi Derya'nın. Kapının önünde birikmiş ve eşleri birbirine karışmış sayısız ayakkabı, evin kapanmak bilmeyen kapısı, gelenler gidenler, ağlayanlar, teselli verenler, gelenlere ikram edilen yemekler, zaman zaman yükselen ağıtlar, zaman zaman bıçak keskinliğindeki sessizlikler, boşluğa dalıp giden gözler, sigara içmek için arada bir aşağı inip geri çıkanlar... Ve acının varlığının neredeyse gözle görülebilecek şekilde somutlaşmış hali olan duvarlar...

İki gün sonra azalmaya başladı gelen giden sayısı. Taziye evi yavaş yavaş günlük rutinine geri dönüyordu. Burak, tüm aşamalarda hep onların yanındaydı. Bazen ev sahibi gibi misafirleri karşıladı, uğurladı. Bazen de evin en küçük çocuğu gibi bakkala günde beş kere gidip, evin eksilenlerini tamamladı. Akşam olunca da evinin yolunu tuttu.

\*\*\*

Zor günlerdi. Onlar da geçti. Şimdi sonbaharın hüzünlü havası hâkimdi İstanbul'da. Ekim ayının sonlarıydı. Derya, birkaç gazete ve dergiye röportaj vermiş, bir iki televizyon kanalına çıkmış ve sonrasında normal hayatına geri dönmüştü. Burak'ın tatili bitmiş ve Nis Kuaför'deki işine yeniden başlamıştı.

Derya, cenazeden sonra birkaç kere babasının mezarını ziyaret etmiş, son gidişinde Burak'ın da gelmesini istemişti. Beraber gittiler. Birlikte dualar ettiler. Derya, babasına sesleniyordu.

"Bak bu Burak babacığım. Keşke yaşıyor olsaydın. Seni onunla tanıştırmaktan gurur duyardım. Onun benim hayatımda çok önemli bir yeri var babacığım. İkimiz de birbirimize hayatlarımızı borçluyuz. Bugün burada sana dua edebiliyorsam, onun vesilesiyle, bugün o da burada sana dua edebiliyorsa benim vesilemle..."

Bu duygu dolu konuşma Burak'ı mahcup bir tavrın içine sokmuştu. Yüzü kızarmış, avuçları terlemişti. Derya, babasıyla konuşmaya devam ediyordu.

"Aynı hikâyenin, birbirine uzak iki farklı ucu olsak da kader bizi birleştirdi baba. Senden sonra kendimi o kadar çıplak hissediyordum ki meğer sen benim ruhuma ten giydirenmişsin babacığım. Bunu hayat beni üşütmeye başlayınca anladım. Bir de korkum vardı benim. Seni hak ettiğin kadar sevmekte eksik kalırım korkusuydu bu. Senden sonra kendimi her yerde ve her şeyde eksik hissettiğim için, o eksikliğimi de hiç kapatamayacağımı düşünüyor, sessizce ölüme gidiyordum. Ve canımdan başka yanıma alabileceğim hiçbir şey yoktu.

'Ölümden korkmayın dostlarım, orada dostlar da var. Gelen ölümse ona da gülümse...' Bu senin sözündü baba. Belki de sen öldükten sonra hayatı biraz daha yaşanır kılmamız ve ölümden korkmamamız adına söylediğin bir sözdü bu. Zaten ölüm haberin geldi. Hepimiz biraz daha öldük sonra... Hiçbirimiz sandığın kadar hazır değildik ölümüne. Daha yarına hazır değilken, bugünümüzü dünden öldürdü ölümün. Yaşarken ölü farz edilenler bölümündeki yerimizi aldık hepimiz.

Bir sırrın zamana sessizce yayılmasıydı ölüm. Ama bana ağır geldi bu sır ve senin yanına gelmek istedim. Ölmek istedim baba. Elimden geleni yaptım, bir ölmek kaldı. Ama o da olmadı... İyi ki olmadı..."

Dönüp Burak'ın gözlerine baktı Derya. Kısa bir tebessümle baktı. Minnet dolu bakışlarla baktı... Sonra kaldığı yerden devam etti.

"Ölümle randevusu olan birini bu randevudan ancak ve ancak kendisinden önce aynı yerde ölüme giden biri vazgeçirtir. Çünkü oradaki öncelikli görevin ölmek değil, ölmeye gideni kurtarmaktır; hele ki yüzmeyi iyi biliyorsan..."

Burada yüzü gülümsedi Derya'nın. Burak gözünü mezardan ayırmadan onu dikkatle dinliyordu.

"Senin bana öğrettiklerinle ben bir insanı hayata döndürdüm baba. Hiçbir öğreti boşuna değilmiş. Ölümle olan randevum mahvoldu ama şimdi iki iyi insan yaşıyor ve hayatta. Burak'ın hikâyesini dinleyince benden çok daha kötü şeyler yaşayan insanların da bu dünyada var olduğunun farkına vardım. Bazılarının yaşadıkları acılar yanında benimkisi dert bile değildi. Sonra birlikte yaşama sarıldık, yaralarımızı sardık, birbirimizi iyileştirdik ve birbirimize iyi geldik. Onu tanısaydın çok severdin. O senin sevdiğin ve bu dünyada mutlaka olmalı dediğin insanlardan biri. Keşke o, hayatıma çok daha önce girmiş olsaydı, belki de şimdi..."

Son cümlesini bitirmedi, bitiremedi Derya. Dilinin ucuna kadar gelip de söylemediği, belki de söyleyemediği şey acaba neydi? Burak, bunu merak ediyordu. Kafasının içinde bir yığın ihtimal vardı. Acaba hayatına önceden girmiş olsaydı, Ömer'in yerinde kendisi mi olacaktı? Acaba hayatına önceden girmiş olsaydı, aşka birlikte ve el ele mi yürüyeceklerdi? Acaba hayatına önceden girmiş olsaydı, kendisiyle evlenir miydi?

Son cümlesinden sonra sessizliğe gömülmüştü Derya. Burak ne söyleyeceğini merak edercesine yüzüne bakıyordu. Utangaç ve mahcup bir bakışla karşıladı o bakışları Derya. Başını öne eğdi ve "Gidebiliriz Burak" dedi.

O günden sonra içindeki ateş daha da büyüdü Burak'ın. Sanki bir umut vardı o yarım bırakılan cümlede. Burak, o umuda tutunarak düşme pahasına bile olsa cehennemin üstünde yıllarca bir sarkaç gibi salınabilirdi.

\*\*\*

Amerikan hükümeti Derya'nın babasının ölümü üzerine, yüklü bir tazminat ödemişti. Aldora, Mehmet Hoca ile konuşup, bu para ile Özgür'ün hayalini kurduğu olimpik yüzme havuzu olan bir yüzme okulu açıp, o okula kocasının adını vermek istediğini söyledi: ÖZGÜR ÖZTÜRK YÜZME OKULU.

Mehmet Hoca bunun çok onurlu bir davranış olacağını söyleyerek hemen konuyla ilgili araştırma yapmaya başladı. Bir ay içinde önce yer bulunup, sonra devletten de destek alınarak okulun temeli atıldı.

Aldora, zamanının çoğunu Türkiye'de kızının yanında geçirmeye başlamıştı. Yüzme okulu hizmete girince Mehmet Hoca'yla birlikte çocuklara yüzme öğretecek ve sadece bir iki ay Amerika'ya gidecekti. Bu arada okul inşaatı hızla devam ediyordu. Birkaç aya kadar tamamlanacaktı.

Yüzme okulu Derya açısından da iyi olacaktı. Antrenmanlarını orada yapacak, annesiyle ve Mehmet Hoca'yla birlikte miniklere dalma dersi verecek, yeni Şahika Ercümen'ler, Yasemin Dalgıç'lar, Derya Öztürk'ler yetiştireceklerdi.

Burak'sa bir yandan içinde taşıdığı gizli aşkla hayata tutunmaya çalışıyor, diğer yandan da Derya'dan bir ışık gelmesi için her gece Rabb'ine dua ediyordu. İşten artırdığı zamanlarda inşaatı devam eden okula geliyor ve ustaların başında durup, çalışmaları mühendislerle birlikte yakından takip eden Mehmet Hoca'nın yanında duruyordu.

Artık okul inşaatında sona yaklaşılmıştı. Birkaç usta dışında çalışan kimse kalmamıştı. Onlar da son rötuşları yapıyorlardı. Burak yine orada, Mehmet Hoca'nın yanındaydı. Ve o gün kafasında dönüp duran o soruyu sordu hocaya.

"Hocam çok merak ettiğim bir şey var sorabilir miyim?"

"Tabii ki sorabilirsin evlat."

"Cenaze günü bir kargaşa olmuştu hatırlıyorsan. Sen o kargaşada Derya ve annesine taziye için yaklaşmaya çalışan birine çok sert bakmış ve onları hemen oradan uzaklaştırmıştın."

"Evet, çok iyi hatırlıyorum."

"Sen işinde çok disiplinli bir hocasındır ama normal hayatta insanlara bu tarz bir davranışta bulunmazsın; yanılıyor muyum?"

"Hayır, yanılmıyorsun evlat. Hak etmeyen hiç kimseye öyle davranmam ben."

"O günden beri o kişiye neden öyle davrandığını çok merak ediyorum. Şimdi müsaitken sormak istedim."

"O kişi asla orada olmaması gereken bir kişiydi. Kendinde nasıl o haddi bulup da geldi anlamış değilim."

"Derya'nın tanıdığı biri miydi?"

"Hem de çok iyi tanıdığı biri!"

"Kimdi hocam, sorabilir miyim?"

"Denizkızımın eski nişanlısı Ömer'di..."

"Ömer mi?"

"Evet Ömer. Oldum olası sevmezdim onu. Daha en başından beri gözüm tutmamıştı. Ama gel gör ki denizkızım sevmişti bir kere. Ama o namussuz aldattı biricik kızımızı."

"Hak ettiği yanıtı da almış ama. Derya bana anlattı o olayı."

"Aklıma geldikçe sinir oluyorum. Öyle bir günde ne işi vardı orada, nasıl cesaret edebildi anlamıyorum."

"Belki de öyle bir günden faydalanıp, kendini affettirebilmek için gelmiştir?"

"Olabilir. Onun gibi bir karaktersizden beklenir bu! Zengin züppe!"

"Dünya onlar yüzünden kirleniyor. Keşke silinip gitseler yeryüzünden..."

"Hayır! Göçüp gitmesini istemem bu dünyadan."

Bu tepkiye şaşırmıştı Burak. Tam olarak neden öyle dediğini anlayamadı Mehmet Hoca'nın. Acaba şaka mı yapmak istemişti? Merakla sordu.

"Neden istemezdin hocam?"

"Dünya malı dünyada kalsın! Bu ülkede hamsiden bile reçel yapılabilmişse ondan da bir bok olur herhalde ilerde."

İkisi de gülmeye başladı. Ömer konusunda yerden göğe kadar haklıydı Mehmet Hoca.

Öğlene doğru ustalara yemek getirmek için bir kebapçıya gittiler. Verilen siparişleri beklerlerken sohbet ediyorlardı. Mehmet Hoca yüzme okulunun bir an önce faaliyete girmesi için sabırsızlanıyordu. Bunun Derya açısından da çok iyi olacağını düşünüyordu. Söz Derya'dan açılmışken Mehmet Hoca bir ara artık onun da evlenme çağına geldiğini, karşısına hayırlı bir kısmet çıkarsa hemen evlenmesi ve bir yuva kurması gerektiğini söyledi. Burak buna telaşlı ve biraz da gergin bir şekilde itiraz etti.

"Bence bunun için biraz erken hocam. Rekor ve cenaze olayı aynı güne denk geldi. Üstünden biraz zaman geçti ama hâlâ erken bence. Duygusal anlamda normalleşemedik."

"Ben de zaten hemen demedim evlat. Ama yaşınız büyüyor. Bence biraz da acele etmeniz lazım."

Burak'ın kafası karışmıştı. Mehmet Hoca çoğul konuşurken acaba ikisinin birbiriyle evlenmesinden falan mı bahsediyordu?

"Anlamadım hocam. Acele etmeniz gerekir derken?"

"Yani ikiniz için kullandım o sözü."

"İkimiz için mi?"

"Evet, ikiniz için. Bana sorarsan ikiniz birbirinize çok yakışıyorsunuz. Yani evlenmeniz çok uygun olur. Birbirinizden daha iyisini mi bulacaksınız Allah aşkına?"

"Aman hocam öyle demeyin. Biz onunla dostuz."

Bunu söylerken zorlandı Burak. Ağzı söyledi sadece. Kalbinin buna hiç inanmadığı o kadar belliydi ki bunu hemen anlamıştı Mehmet Hoca.

"Vallahi görünen köy kılavuz istemez Burak."

"Görünen köy neresi hocam?"

"Ah evlat! Daha çok gençsin. Sen bu yollardan giderken ben dönüyordum. Derya'yı sevdiğini biliyorum.

Evlenmenizi çok da münasip buluyorum. Bence ikiniz de çok mutlu olursunuz."

Burak'ın ağzı açık kalmıştı. Şaşkınlıktan ne diyeceğini bilemedi. Kendine bile itiraf etmekte zorlandığını, Mehmet Hoca bir çırpıda söylemişti. Bir başkasının onaylamış olması, muallakta kalan tüm düşünce ve temennileri berraklaştırıyordu. O kadar şaşkındı ki Burak, sanki ummadığı bir anda yakalanmış ve sersemlemiş gibiydi.

Sessizce başını öne eğdi. Cevap veremedi. Bu sessizliğin ne anlama geldiğini çok iyi biliyordu Mehmet Hoca. Elini Burak'ın omzuna koydu ve şefkat dolu gözlerle yüzüne baktı.

"Sen çok özel birisin Burak. Bir evladım olsaydı ancak bu kadar sevebilirdim."

"Teşekkür ederim hocam. Zaten ben de sizin evladınız sayılırım."

"Derya, benim elimde büyüdü. Rahmetli babası giderken onu bana teslim etti. Ben de baba yarısı sayılırım onun. Hiçbir baba kızının mutsuz olmasını istemez. Rahmetli Özgür yaşıyor olsaydı o da kızı için en doğru olanı yapmak isterdi. Bir baba için en önemli şey evladının mutluluğudur çünkü. Dediğim gibi ben o Ömer'i hiç sevmemiştim. Üzülüyordum Derya için. Keşke yanılıyor olsaydım. Keşke Ömer benim tahmin ettiğim gibi çıkmasaydı da evlenip mutlu olsalardı. Keşke ben haksız çıksaydım. Ama olmadı işte... Seviyor işte insan, gençliğin yan etkisi bunlar.

Ömer, belasından kurtulduktan sonra ben Derya'nın yanına bir tek seni yakıştırdım. Dans ettiğiniz gece sizi pistte izledim uzun uzun. İçimden 'Ne kadar da yakışıyorlar birbirlerine' dedim. Birbirinize bakışlarınızda aşk vardı. İkinizin de birbirinizi sevdiğiniz o kadar belliydi ki bunu sadece ben böyle düşünmüyordum. Bütün ekip aynı kanıdaydı."

"Bütün ekip mi?"

"Evet, bütün ekip!"

"Yani herkes bizi mi konuşuyordu?"

"Herkes sizi birbirinize yakıştırıyordu. Hatta bir gün evleneceğinizden o kadar eminlerdi ki..."

"Ben o kadar emin değilim hocam."

Bu sözler büyük bir keder ve kırıklıkla dökülmüştü dudaklarından. Sesinde bir hüzün dolaşıyordu. Öyle çaresiz gibiydi ki o an. Mehmet Hoca anladı onu. Elini tuttu ve gözlerine bakarak, "Biliyorum evlat. Kendi duygularından eminsin ama Derya'nın ne düşündüğünü bilmiyorsun değil mi?" dedi.

"Biliyorum hocam. O bizi dost olarak görüyor."

"Nasıl bu kadar emin olabiliyorsun?"

"Bunu birkaç kere dile getirdi. Her fırsatta dost olduğumuzu söylüyor. Hatta bir keresinde biz sevgili olsaydık yürümezdi bu ilişki gibi bir şey söyledi. O yüzden bu kadar eminim."

"Hiçbir şey için bu kadar emin olma evlat. Kim bilir onun içdünyasında senin haberin olmadan ne kasırgalar, ne fırtınalar büyüyordur. Sen ona âşık mısın değil misin şimdi bana onu söyle?"

"Uzun zamandır bunu düşünüyorum hocam. Unutamadığım bir aşkım vardı. Burcu... Derya ile aramın bozulmasına sebep olmaya başlar başlamaz o büyük aşkı tek seferde sildim, silebildim... Bu acaba neyin kanıtıdır hocam?"

"Bu yalnız ve yalnızca aşkın kanıtıdır evlat. Ne demiş şair: *'Her aşk katilidir bir öncekinin.'* Sen âşıksın."

"Onu çok seviyorum evet. Ama eğer o beni söylediği gibi gerçekten dost olarak görüyorsa benim bunu ona söylemem ilişkimize çok büyük zarar verir. Hatta bizi bitirir. Bu yüzden emin değilim."

"Zaten ona gidip sana âşığım ben falan deme!"

"E ne yapayım peki?"

"Evlenme teklif et."

"Yapma hocam. Nasıl derim bunu? Daha âşık olduğumu bile söylemeden..."

"O senin onu sevdiğini çok iyi biliyor evlat."

"Gerçekten mi?"

"Evet, gerçekten. Sana biz dostuz demesinin anlamı 'Artık bana âşık ol' demektir. Derya'yı biraz olsun tanıyorsam bu böyledir. Onu son zamanlarda çok gözlemledim. Zaten rekor sürecinde hep benim yanımdaydı. Cenazeden sonra gözlerinin eskisi gibi bakmaya başladığını fark ettim. Onun o mavi gözlerinde koca bir dünya durur. İçinde ne ararsan vardır. Ama ben son günlerde o kalabalıkta başka bir şey görmeye başladım."

"Nedir hocam?"

"Sen! Sen varsın artık o gözlerde... Eskiden bir gün evlenememekten korkarak severdi insanlar birbirini, şimdi bir gün evlenmekten korkarak seviyorlar. Siz onlardan değilsiniz. Bu yüzden kaçırmayın birbirinizi."

Burak, kulaklarına inanamıyordu. Eli ayağı titremeye başladı. Mehmet Hoca ne söylediğinin farkında mıydı acaba? Yoksa kendisiyle dalga mı geçiyordu? Kafası allak bullak oldu. Ne diyeceğini şaşırdı. Sonra biraz kekeleyerek, "Peki... peki ben şimdi gerçekten ne yapmalıyım hocam?" diye sordu.

"Biraz sabret. Şu havuzun açılmasını bekle. Bu arada seninle derslere başlayacağız."

"Peki sonra?"

"Sonrası bende... Sadece seninle bir plan yapacağız o kadar. Bununla ilgili olarak yarın konuşalım. Şimdi işçilere yemek götürmemiz lazım adamlar açlıktan ölecek."

Yolda o müthiş planı konuştular. Burak, hayret ve hayranlık içinde, "İşte hayat tecrübesi bu olsa gerek" dedi.

Mehmet Hoca halinden hoşnut bir şekilde, "Eee, en güzel meyveyi en yaşlı ağaçlar verir evlat!" diye karşılık verdi.

Mehmet Hoca, Burak'tan ayrıldıktan sonra Aldora'ya telefon etti ve çok önemli bir konu hakkında konuşmak istediğini söyleyip akşam yemeği için davet etti.

\*\*\*

Saat tam sekizde kapı zili çaldı. Aldora elinde bir kutu tatlıyla içeri girdi. Nesibe Hanım sofrayı çoktan hazırlamıştı. Hemen yemeğe geçtiler. Yemekler yenip üstüne kahveler içilmeye başlanınca Aldora merakla sordu.

"Ee Mehmet neymiş bakalım şu önemli mesele? Hem neden Derya'nın gelmesini istemedin onu da anlamış değilim."

"Büyükler olarak baş başa konuşacağız bu işi Aldora. Nesibe de biliyor konuyu."

"Neymiş bu konu ben de öğreneyim o zaman?"

"Mesele bizim çocuklar."

"Bizim çocuklar?"

"Derya ve Burak'tan bahsediyorum."

"Ne olmuş onlara? Derya şu sıralar mutlu. En çok istediği şeydi rekor kırmak. Onu da başardı. Burak için ne diyeceksin bilemiyorum ama?"

"Ben de sana onu diyeceğim. Sen Burak için ne diyorsun?"

"Bilmece gibi konuşuyorsun Mehmet."

Tam bu sırada Nesibe Hanım olaya müdahale etti.

"Aldora haklı Mehmet. Kadıncağızın zaten Türkçesi yetersiz... Bir de sen zorlama. Meseleyi bana anlattığın gibi anlat."

"Haklısın karıcığım. Bak Aldora Burak için ne diyorsun dememdeki amaç şu: Sence Burak nasıl bir çocuk?"

"Ah evet şimdi anladım soruyu. Bence çok iyi bir insan Burak... Sizin dilinizde ona ne deniyor? Çok... eee çok..."

"Çok efendi" diye cümleyi tamamladı Nesibe Hanım.

"Ah evet çok efendi bir çocuk. Hatta birçok davranışını Özgür'e benzetiyorum."

"Bence de çok efendi bir çocuk. Kendi evladım gibi seviyorum onu. Nesibe'ye de söyledim. Eğer dedim bir erkek çocuğumuz olabilseydi, onun Burak gibi olmasını isterdim dedim."

"Peki, mesele nedir Mehmet?"

"Mesele şu. Sen de ben de seviyoruz bu çocuğu. Başka kim seviyor peki?"

"Tabii ki Derya... İyi arkadaşlar."

"Peki, açık ve net soracağım. Sence Burak, sizin ailenize yakışmaz mıydı?"

"Ne anlamda?"

"Yani sence Burak'la Derya evlenseydi, o senin damadın olsaydı güzel olmaz mıydı?"

Nesibe Hanım gülümsedi. Aldora biraz şaşkındı. Ani bir soru olmuştu bu. Mehmet Hoca ise bir cevap bekliyordu. Aldora ummadığı bir anda ummadığı bir soruyla karşılaştı. Biraz kekeledi önce.

"Bilmiyorum Mehmet. Bu onların karar verebileceği bir şey. Eğer isterlerse olur. Kendileri bilir yani."

"Yani böyle bir evliliğe karşı çıkmazsın değil mi?"

"Tabii ki çıkmam. Sonuçta onların kararı... Birbirlerini seviyorlarsa ve mutlu olacaklarsa neden olmasın?"

"Bence seviyorlar."

"Ben pek o gözle bakmadığım için anlayamam tabii. Bana hep arkadaş gibi geldiler. Yani aralarında bir aşk olabileceği ihtimali üzerinde hiç durmadım. Burak açısından konuşamam ama kızım açısından düşündüğümde sanki Derya ona daha çok dost gibi yaklaşıyor. Yine de bilemiyorum tabii..."

Mehmet Hoca keyifle gülümsedi.

"Rahmetli Özgür de sana ilk başta dost gibi yaklaşmıştı ama kalbini çalmayı başardı Aldora."

Nesibe'ye dönüp cümlesini tamamladı.

"Ben de Nesibe Hanım'a dostça yaklaşmıştım ama kırk yıldır evliyiz. Erkeklerin dostluğu böyle işte..."

Hep birlikte gülmeye başladılar. "İlahi Mehmet Bey" dedi Nesibe Hanım. Aldora söze girdi hemen.

"Ben dost da kalsalar, aşk da yaşasalar karışmam. Sonuçta bu onların hayatı... Sadece saygı duyarım. Ayrıca Burak çok da iyi bir damat olur."

Neşe içinde devam etti sohbet. Saat ona gelirken Derya aradı annesini. Aldora hemen kalkacağını söyledi. Kapıdan çıkarken son olarak bir plandan bahsetti Mehmet Hoca. Kısa ve özel bir plandı...

***

Nihayet yüzme okulunun açılış günü gelmişti. Tüm davetliler havuz kenarına yerleştirilen masalardaki yerini almış, kürsüden yapılan konuşmaları dinliyordu. Her konuşmacı Özgür Öztürk'ün ne kadar değerli bir insan olduğundan bahsediyor ve böyle bir yüzme okulunun onun adını taşımasından gurur duyduklarını anlatıyordu.

Mehmet Hoca konuşmasını bitirir bitirmez kurdeleyi Aldora ile birlikte kesti. Alkışlar eşliğinde canlı müzik başladı. Orkestra klasik parçalardan oluşan bir potpuri sunuyordu. Davetliler arasında en heyecanlı olanlar ise Derya ve Burak'tı. İkisi de çok şık giyinmişlerdi.

Derya, Burak'ı takım elbiseyle ilk defa görüyordu. Nedense o takımın içinde olduğundan çok daha yakışıklı görünüyordu Burak. Derya ilk defa ona kıskanan gözlerle baktı. Sevimli ama daha çok sahiplenme içgüdüsüyle eyleme geçen bir kıskançlıktı bu.

Derya'nın açılış için giydiği elbise de göz kamaştırıcıydı. İncecik ayak bileklerine kadar uzanan siyah dar elbisesi tüm vücudunu sımsıkı sarıyordu. Saçı saçları ve mükemmel makyajıyla adeta bir *Cosmopolitan* kızı gibiydi.

Burak'la yan yana geldiklerinde birbirini tamamlayan mükemmel bir çift oluyorlardı. Dans müziği başladığında açılışa çift olarak katılanlar, havuz kenarında dans etmeye başladı. Bu kez Burak erken davrandı ve elini Derya'ya uzatarak, "Ben olsam benim gibi yakışıklı biriyle dans etmek için bu fırsatı kaçırmazdım" dedi.

Derya da, "Hımmm... Demek intikam vakti..." diyerek elini uzattı.

Fonda Frank Sinatra'nın "My Way" şarkısı çalarken, birbirlerinin gözlerine derin derin bakarak dansa başladılar. Diğer dans eden çiftler kaçamak bakışlarla onları süzüyordu. Dans devam ederken Burak içini çekerek konuşmaya başladı.

"Keşke baban bugünü görebilseydi."

"Ben görebildiğini düşünüyorum. Gökyüzünde bir yerlerde bize bakıyor ve gülümsüyor olmalı şu anda. Bu yüzden böyle derin derin bakma gözlerime her an yukardan ensene bir şaplak inebilir."

"Gözlerine bakmanın bedeli bir değil bin şaplak bile olsa razıyım."

"Anlaşılan bugün romantik günündesin. İltifat için teşekkür ederim."

"İltifat değildi Derya. Gözlerin kadar gerçek bu duygularım. Ki gözlerin benim kalan ömrümün hikâyesi... Maviyi gökyüzünden çalar bütün denizler. Senin gözlerin de denizlerden çalmış o maviyi. Seni sana anlatmak gibi bir cüretin içinde değilim, olamam. Seni anlatmak sınırlamaktır. Sen anlatılamazsın.

İnsanın hayallerini en çok yapmak istemediği halde yapmak zorunda oldukları yıkar. Ben artık yapmak istediklerimi yapmak için yaşamaya ve savaşmaya karar verdim Derya. Bu savaşta kaybetme şansım yok. Hatta berabere bile kalmamalıyım. Mutlak yenebilmek için yapılan bir savaşta beraberlik bile yenilgidir çünkü... Yanımdaysan her şeyle savaşabilirim; değilsen bir çocuk bile yenebilir beni.

Derdim içimdeki ağrıda gizli. Artık anlatmak zorundayım. Kaçacak saklanacak yerim kalmadı. Her yerdesin. Her yerimdesin. Eksik bir parçamı bulmuş gibiyim sende. Senden kaçmak için bile sana sığınmak gerekiyor. İnsanın kendini kendine inandırmaya çalışması gibi bir şey bu. Belki ayrı rüzgârla gelmiştik buraya ama bu o kadar önemli değildi. Sonuçta aynı yerdeydik. Ya aynı rüzgârla ayrı yerlere gitseydik?"

Derya, duyduklarına hiç şaşırmamış gibiydi. Burak konuşurken bir an bile yüzünde bir tereddüt oluşmadı. Sanki yıllardır bu sözleri bekliyordu. Burak da ondan gözlerini hiç ayırmıyordu.

"Sözlerim sana ne kadar dokunabiliyor bilmiyorum Derya" dedi.

Derya hiç düşünmeden "Herkes dokunur Burak; önemli olan iz bırakabilmektir" karşılığını verdi.

Gözleri hâlâ gözlerindeydi. Burak "Bakma öyle ilham geliyor" dedi.

Derya, daha da sıkı sarıldı ona. Kulağına usulca fısıldadı.

"Sana doymak istemem."

"Neden?" diye sordu Burak.

"Ya bitersen?" diye cevap verdi Derya.

Burak güç aldı bu sözden. Uzun zamandır beklediği kapı nihayet ardına kadar açılmıştı. Demek o da seviyordu...

"Aşka giden uzun ve zor yol, yine aşkla kısalır. Cüretimi bağışlayın prenses hanım özür dilerim. Sizi sevebilir miyim?"

"Sevme beni Burak."

"Neden?"

"Çünkü inanırım."

Gözlerinin içi gülmeye başladı Burak'ın. Tüm bedeni titremeye başladı. Bir an kalbinin bu heyecana dayanamayıp duracağını sandı. Az ötelerinde onları Mehmet Hoca ve Aldora izliyordu. Mehmet Hoca Aldora'ya göz kırparak, "Plan kusursuz işliyor" dedi. Burak artık sesi titreyerek konuşuyordu.

"Büyük ve sınırsız bir yalan bu dünya. Benimle her sabah aynı yalana uyanır mısın Derya? Öyle başkalarının kaldığı yerden devam eder gibi değil, en baştan, hiç incitilmemiş gibi sevebilirim seni. Seni içime ektim, kalbim çiçek açıyor şimdi. Nefsime yenilişimin adısın sen. Uzun zamandır mücadele ediyorum kendimle. Cesaret edemiyordum gerçek duygularımı sana söylemeye. Aklımla mantığım arasında tokatlanıp duruyordum. Tam mantığıma ayak uydurmaya başlıyordum, birdenbire sen geliveriyordun aklıma, mantığım tedavülden kalkıyordu. Seni seviyorum Derya. Ne olur vazgeçme benden."

"Nasıl vazgeçerim senden? Sen benim en sevdiğim mecburiyetimsin."

"Keşke seni yirmi yıl önce tanıyıp on yıl sonra sevseydim."

"Neden on yıl?"

"Sana layık bir seven olabilmek en az on yılını alır insanın da ondan. Hele ki geçtiğimiz yollar kanatmışsa ayaklarımızı."

"Ayakların yara bere içinde olsa ne olacak Burak? Aşka kalple yürünür."

Birdenbire Derya'yı kucakladı Burak ve çevik bir hareketle ayağını yerden kesiverdi. Bir adım sonra kucağında Derya ile birlikte havuzun içindeydi. Derya, ne olduğunu anlayamamıştı. Kendini bir anda suyun içinde buldu.

"Ne yapıyorsun Burak delirdin mi?"

Burak ona aldırmıyordu. Havuzun dışında her şeyden haberdar olan konuklar, onları mutlu kahkahalarla izledi. Burak, "Hadi dalıyoruz" diyerek Derya'yı suyun altına doğru çekti. Suyun içinde ilerlemeye başladılar.

Bir iki metre sualtında yüzdükten sonra Burak havuzun zeminini işaret etti. Yerde kocaman harflerle "BENİMLE EVLENİR MİSİN?" yazıyordu. Derya hayretler içinde kaldı. Burak ona suyun içinde evlenme teklif etmişti. Ne garipti hayat. Derya, hayatının en acı anını da en mutlu anını da suyun altında yaşamıştı.

Burak onun yüzüne bakıyordu. Ağzında tuttuğu nefesi işaret ederek çabuk cevap vermesi yönünde ona uyarıda bulundu. Zira Burak, nefesini Derya kadar tutamayacaktı. Derya "evet" anlamında kafasını salladı. Burak tıpkı Derya'nın yaptığı gibi suyun içinde gülümsedi. Bunu da ona Mehmet Hoca öğretmişti. Zira bugünkü plan için bir haftadır ondan ders alıyordu. Müthiş plan buydu işte.

El ele suyun yüzüne çıkarlarken ipe bağlı bir can simidi onların bulunduğu noktaya atılmıştı bile. Yüzeye vardıklarında ona tutundular. Burak, "Evet dedi, evet dedi!" diye bağırınca herkes onları alkışlamaya başladı. Can simidinin bağlı olduğu ipin diğer ucunda Aldora ve Mehmet Hoca vardı. Onları olimpik havuzun en uzak noktasına doğru çektiler. Havuz sonuna geldiklerinde Derya suyun altından kabarcıklar çıktığını fark etti.

"Tekrar dalacağız" dedi Burak. Derya "Neden?" diye sorunca elinden tutup, "Evlenmek için" dedi, onu da aşağı çekerek daldı. Suyun altında daha önceden hazırlanmış bir düzenek bulunuyordu. Havuz tabanına monte edilmiş bir nikâh masası ve dalgıç kıyafetiyle o masada oturmuş, onları bekleyen bir nikâh memuru...

Tam bu sırada tüm davetliler birer birer suya atladı. Biri elindeki boneli duvağı Derya'nın başına geçirdi aceleyle. Bir diğeri plastik bir papyonu Burak'ın boynuna taktı. Nikâh memurunun karşısında duran ve onların oturacakları sandalyelerin üstünde kemerler vardı. Yan taraftaysa iki oksijen tüpü.

Nikâh memuru daha önceden dalıp, suyun kaldırma kuvvetine karşı kemerlerini sıkıca bağlamış, oksijen tüplerinden uzanan mapsları takıp, onları beklemeye başlamıştı. Tüm bunlar büyük bir gizlilik içinde yapılmıştı. Derya'nın hiçbir şeyden haberi olmaması gerekiyordu çünkü. Aynısını Burak ve Derya da yapıp mapslarını taktılar ve kendilerini platforma bağlı sandalyelere bağladılar. Yukardan tek tek konuklar iniyordu dibe doğru. Aldora, Mehmet Hoca ve tanıdıkları kim varsa. Hepsi ellerinde on beş dakikalık mini oksijen tüpleriyle dalmıştı. Masanın üst kısmında bir yuvarlak oluşturdular. Mehmet Hoca ve Derya'nın çocukluk arkadaşlarından biri şahitlik için yerini aldı.

Nikâh memuru elinde nikâh kıyılırken konuşulan cümlelerin yazılı olduğu küçük bir tabelayı kaldırıp Derya'ya gösterdi. Derya, yazıyı okuduktan sonra önünde duran "EVET" ve "HAYIR" yazılı minik tabelalardan "EVET" olanını kaldırıp nikâh memuruna gösterdi. Aynısını Burak da yaptı. Bu arada tepelerinde duran konuklar da yanlarında taşıdıkları küçük tabelaları evlenen çifte gösteriyordu. Tabelalarda "ALKIŞ" yazıyordu. Her şey en ince detayına kadar düşünülmüştü.

Şahitlere de aynı şekilde sorulduktan sonra sualtı için özel üretilmiş kalemle yine sualtı için özel yapılmış olan nikâh defterine imza attılar. Son olarak nikâh memuru üzerinde "GELİNİ ÖPEBİLİRSİN" yazılı bir tabela gösterdi. Mapslarını çıkarıp öpüştüler ve bu şekilde yüzeye doğru çıkmaya başladılar. Suyun altına bekâr inip suyun üstüne evli olarak çıkmışlardı. Hayatının en güzel sürprizini yaşamıştı Derya.

"Bir gün suyun altında evlenme teklifi alıp yine suyun altında evlenebileceğim hiç aklıma gelmezdi. Hatta seninle ilk öpüşmemizin sualtında olacağını da hiç ummazdım" dedi Derya.

"Bu bizim ilk öpüşmemiz değil ki aşkım."

"Nasıl yani? Daha önce öpüştük de benim mi haberim yok?"

"Evet!"

"Mümkün değil böyle bir şey."

"Sen beni intihar ettiğimde sudan çıkarıp suni teneffüs yaparken ilk kez dudaklarımız birbirine değmişti. Daha birbirimizi tanımadan ve âşık olmadan öpüşmüştük yani..."

"Delisin sen" dedi gülerek. Ve onu tekrar öptü. Sonra yüzüne baktı ve "O hayat öpücüğüydü. Bu ise aşk..." dedi.

Burak'ın gözlerinde mutluluk pırıltıları vardı.

"Gözlerime bak ve bizi gör Derya."

"Görüyorum Burak. Ama yıllar sonra baktığımda gözlerin geleceği gösteriyor fakat içinde bizi göstermiyorsa, oyarım o gözleri!"

"Sana feda olsun her şeyim."
"O zaman aşkla kalalım."
"Aşkla kalalım."
İkisi de felekten bir hece çaldı; o da "AŞK"tı.
Aşkla kaldılar...

**SON**